U0927340

精美译文·经典常读

Gespräche mit Goethe

人 文 经 典 精 装 书 架

Ginkgo biloba

Dieses Baums Blatt, der von Osten
Meinem Garten anvertraut,
Giebt geheimen Sinn zu kosten,
Wie's den Wissenden erbaut.

Ist es Ein lebendig Wesen,
Das sich in sich selbst getrennt,
Sind es zwey die sich erlesen,
Daß man sie als Eines kennt.

Solche Frage zu erwiedern
Fand ich wohl den rechten Sinn,
Fühlst du nicht an meinen Liedern
Daß ich Eins und doppelt bin.

d. 15. S. 1815

精美译文·经典常读

Gesprӓche mit Goethe

人 文 经 典 精 装 书 架

Ginkgo biloba

Dieses Baums Blatt, der von Osten
Meinem Garten anvertraut,
Giebt geheimen Sinn zu kosten
Wie's den Wissenden erbaut.

Ist es Ein lebendig Wesen,
Das sich in sich selbst getrennt,
Sind es zwey die sich erlesen,
Daß man sie als Eines kennt.

Solche Frage zu erwidern
Fand ich wohl den rechten Sinn,
Fühlst du nicht an meinen Liedern
Daß ich Eins und doppelt bin.

d. 15. S. 1815

歌德
谈话录

Johann Peter Eckermann

［德］艾克曼 辑录

王海颖 译

图书在版编目（CIP）数据

歌德谈话录 /（德）歌德著；王海颖译. —南京：江苏凤凰文艺出版社，2017.8

（人文经典精装书架）

ISBN 978-7-5594-0719-1

Ⅰ. ①歌… Ⅱ. ①歌… ②王… Ⅲ. ①歌德（Goethe, Johann Wolfgang Von 1749-1832）—语录 Ⅳ. ① I516.64

中国版本图书馆 CIP 数据核字（2017）第 138913 号

书　　名	歌德谈话录
著　　者	（德）歌德
译　　者	王海颖
责任编辑	聂　斌　黄孝阳
出版发行	江苏凤凰文艺出版社
出版社地址	南京市中央路 165 号，邮编：210009
出版社网址	http：//www.jswenyi.com
印　　刷	三河市华东印刷有限公司
开　　本	880×1230 毫米　1/32
印　　张	7.625
字　　数	160 千字
版　　次	2017 年 8 月第 1 版　　2020 年 1 月第 2 次印刷
标准书号	ISBN 978-7-5594-0719-1
定　　价	38.00 元

（江苏凤凰文艺版图书凡印刷、装订错误可随时向承印厂调换）

目　录

1823 年 \ 1

1823 年 6 月 10 日 \ 1

1823 年 6 月 11 日 \ 4

1823 年 9 月 18 日 \ 6

1823 年 10 月 29 日 \ 12

1823 年 11 月 3 日 \ 15

1824 年 \ 20

1824 年 1 月 2 日 \ 20

1824 年 1 月 4 日 \ 25

1824 年 1 月 27 日 \ 29

1824 年 2 月 26 日 \ 31

1824 年 2 月 28 日 \ 36

1824 年 3 月 30 日 \ 38

1824 年 4 月 14 日 \ 42

1824 年 5 月 2 日 \ 45

1824 年 8 月 16 日 \ 49

1824 年 11 月 24 日 \ 50

1824 年 12 月 3 日 \ 52

1825 年 \ 57

1825 年 1 月 10 日 \ 57

1825 年 1 月 18 日 \ 61

1825 年 2 月 24 日 \ 72

1825 年 3 月 22 日 \ 79

1825 年 3 月 27 日 \ 86

1825 年 4 月 14 日 \ 90

1825 年 4 月 20 日 \ 92

1825 年 5 月 1 日 \ 100

1825 年 5 月 12 日 \ 115

1825 年 6 月 11 日 \ 118

1825 年 10 月 15 日 \ 120

1826 年 \ 124

1826 年 1 月 29 日 \ 124

1826 年 7 月 26 日 \ 127

1827 年 \ 131

1827 年 1 月 18 日 \ 131

1827 年 1 月 31 日 \ 139

1827 年 3 月 28 日 \ 146

1827 年 5 月 3 日 \ 158

1827 年 10 月 7 日 \ 165

1828 年 \ 173
1828 年 3 月 12 日 \ 173

1829 年 \ 182
1829 年 2 月 4 日 \ 182
1829 年 3 月 23 日 \ 186
1829 年 4 月 10 日 \ 188
1829 年 12 月 6 日 \ 196
1829 年 12 月 16 日 \ 198
1829 年 12 月 30 日 \ 201

1830 年 \ 203
1830 年 3 月 14 日 \ 203
1830 年 8 月 2 日 \ 213

1831 年 \ 216
1831 年 2 月 13 日 \ 216
1831 年 2 月 17 日 \ 221
1831 年 2 月 21 日 \ 224
1831 年 6 月 6 日 \ 226

1832 年 \ 229
1832 年 3 月 11 日 \ 229
几天后 \ 233

1823 年

1823 年 6 月 10 日，星期二，魏玛

我于数日之前抵达魏玛，今天终于有幸见到了歌德本人。他和蔼可亲，平易近人，给我留下了至深的印象。我由衷地感到这一日必将成为此生中最美好的一段回忆。

昨天我前去探问何时方便叨扰，他欣然定下今天十二点与我面叙。我如约而至，看到一个仆役已恭候在门口，等着带我去见他的主人。

宅邸内部装饰得赏心悦目，每一件物品都透着一股质朴清雅的气韵，不带一丝奢靡之风。台阶上端立着一座座古代雕像的仿制品，无声地显露着歌德在造型艺术上的品味和对古希腊艺术的偏爱。几位女眷在底楼忙进忙出，这时有个小男孩径直朝我走来，他是奥蒂莉厄[1]的儿子，长得和他几个兄弟一般眉清目秀。小家伙倒也不怕生，目不转睛地盯着我一个劲地打量。

[1] 奥蒂莉厄·冯·歌德(Ottilie von Goethe,1796—1872)：歌德的儿媳。

匆匆环顾四周后我便和身边那位健谈的仆役一起走上二楼。他打开一扇门，只见门槛上刻着一行祝祷安康的经文，这像是个好兆头，仿佛在告诉客人迈过门槛就能受到主人家的殷殷款待。仆人领着我穿过房间，打开另一扇门，门后的屋子似乎更加宽敞一些。他请我在那儿稍等片刻，随后便赶去向主人通报。屋内的空气清新凉爽，地上铺着地毯，摆放着绯色的沙发和椅子，明快奔放的色调令人眼前一亮。房间的一侧放着一架钢琴，四面的墙上挂满了大小不一、风格迥异的画作。

从对面开着的门望去，里面还有一间房，那里同样挂着许多油画。仆人正是穿过那间屋子前去通传的。

过了不久，歌德走进屋里。只见他身着蓝色双排钮、长及膝部的正装礼服，脚上穿着皮鞋，如此正式隆重的着装着实让我受宠若惊。不过他一开口，亲切的话语立刻打消了我的紧张不安。我们在沙发上坐下。曾经于我而言遥不可及的伟人如今却近在咫尺，并且正安详地注视着我，我幸福得有些不知所措，一时间竟不知该说些什么才好。

他率先打破沉默，聊起了我的手稿。“就在刚才我还在读你的文稿，”他说，“整个上午我都沉浸其中，不忍释卷。年轻人，它无需任何人的推荐，作品本身就能说明一切。”他称赞说洗练的文笔、连贯的思路、独到的见解都依托在一个坚实的根基之上，可见是经过一番刻苦研究和仔细推敲的。“投稿之事宜早不宜迟，”他说，“我等会儿就给科塔[①]写信，简单地介绍一下这部作品，今天赶

---

① 约翰·弗里德里克·科塔(Johann Friedrich Cotta，1764—1832)：德国出版商、政治家。其家族是德国有名的出版世家，与德国文学界关系密切。科塔因率先出版歌德和席勒的作品而在文坛享有一定的声誉。

趟先把信寄出去，明天再用邮包把文稿寄给他。”我连忙向他道谢，感激之情溢于言表。

然后我们又谈到了接下来的短途旅行。我告诉他原本打算去莱茵兰，找个清静的地方住下来，动笔写些新作品，不过现在我想先去耶拿，在那儿等候科塔先生的回复。

歌德问我在耶拿可有熟人，我告诉他会先试着和克内贝尔先生[①]联系。歌德闻言当即表示要为我写封介绍信，以确保我在当地能受到更加周到妥帖的招待。他对我说：“等你到了耶拿，咱们就成了邻居，随时都能相互探访，也方便书信往来。”

之后，我们便没再开口，就这样静静地安坐良久，享受着周身隐隐流动的脉脉温情。我离他很近，近到几乎有种与他心意相通的感觉。我看着他，仿佛怎么看也看不够，就在这长长的注视中我甚至忘记了要说话。他有一张褐色的脸庞，线条硬朗，充满力量。脸上的每一道皱纹都在生动地诠释着人生中经历过的悲欢离合，每一处细节都在默默地彰显着高贵与坚毅、从容与伟大。他说话时语速缓慢，语气沉稳，让你觉得你正在和一位年长的君王促膝交谈。从他的言谈举止中你能感受到一种非凡的定力，面对尘世纷扰他早已宠辱不惊。坐在他的身旁，我忽然被一种前所未有的满足感紧紧包裹，所有的浮躁烦忧刹那间抽身而去，只留下内心深处的宁静祥和，如同一个历经千辛万苦、无数次跌宕于希望与失望之间的人最后终于得偿所愿，再也没有任何遗憾了。

---

① 卡尔·路德维格·冯·克内贝尔(Karl Ludwig von Knebe，1744—1834)：德国诗人、翻译家，与歌德关系甚笃。早年在法兰克福拜访歌德期间曾将他引荐给当时魏玛公国的王储卡尔·奥古斯塔，正是这次会晤为之后歌德与魏玛宫廷的密切交往拉开了序幕。

接着，他又说起了我写给他的信，对于我在其中论及的观点深以为然。他点评道，如果一个人可以把一件事阐述得条理分明，那么阐明其他事情也自然不在话下。

“先去耶拿也未尝不可，各有各的好处，”他说，“你瞧，我在柏林有许多故朋旧识，现在，在耶拿又多了你这么一位新知。”说到这儿，他的唇角泛起了一抹暖人的笑意。然后，他告诉我魏玛有哪些地方值得一游，并说会安排秘书克劳特[①]当我的向导，他特别指出在所有景点中最不容错过的就是魏玛大剧院。之后，他又仔细问明了我的住处，表示在适当的时候会差人来请，邀我再次畅怀一叙。

临别时分，我们依依互道再见。我幸福得如同身处云端。他所说的每一句话都饱含情谊，让我深深地感受到了他对后辈的关怀与爱护。

1823年6月11日，星期三

早上，我接到歌德亲笔书写的请帖，邀我去他府上叙谈。我立即动身前往，并在那里逗留了一个小时。今天的歌德与昨天判若两人，身上竟有一股年轻小伙子才有的迫不及待和分风劈流的劲头。

他捧着两本又厚又沉的书走进会客室，一照面就开口说道：“我真不愿意你这么快就离开魏玛，咱们得抓紧时间多多见面，多多交流，这样才能加深彼此之间的了解。不过泛泛而谈的话题俯首皆是，没多大意思，我倒是想到一件事情，或许它能成为我们交

① 克劳特(Krauter，1790—1856)：从1814年起担任歌德的秘书和图书管理员。

流思想情感的基点。喏，这两卷册子是1772年到1773年《法兰克福文学评论报》的合集，我在那段时期写的一些短评几乎全都收录在里面。文章没有署名，不过，因为你对我的观点和文风了然于心，所以要把我写的文章找出来想必也不是什么难事。我想请你仔细研读一下这些早期作品，谈一谈你的感想，帮我来确定它们是否有资格在今后出版的文选中占据一席之地。这些文章都写于年轻气盛之时，对年迈的我而言已相距太远，好坏与否也已无从评断。可是你们年轻人不一样，你们能看清楚它们是否还有价值，与当今的文学主流思想到底是一脉相承还是大相径庭。我已经命人誊写了副本，你可以和原件对照着一起看。然后，我们再一起好好琢磨琢磨，看看在无伤原文整体风格的前提下，有没有什么细枝末节需要删减，又有哪些地方需要添笔补墨加以润色。”

我当即表示非常乐意效劳，如果所做的一切能合他心意，便再无所求了。

他说：“一旦投身其中，你就会发现自己不但完全可以胜任这份工作，而且还是它的不二人选。”

接着他告诉我一周后将前往玛丽安温泉镇①，希望在他动身之前我能留在魏玛，这样一来我们就能有更多会面畅谈、增进了解的机会。

他还说：“我也不希望你到了耶拿后只是蜻蜓点水般的待个十几二十天，最好能留在那里度过整个夏季，到了初秋我就从玛丽安温泉镇回来了。其实，我已经写信安排好了你在耶拿的住

① 著名的温泉疗养地，位于现捷克境内。

所，凡是有关生活起居的必要事宜只要是能想到的我也都一并做了安排，保证你在那里能住得舒心，过得愉快。

“你会在耶拿找到数不尽的文献资料和学习渠道供你开展深入研究，那里的文化气息浓厚充沛，平日里来往的都是文人墨客、饱学之士；郊外风光无限，可供漫游散步的路径不下半百，而且无一雷同，沿途景色宜人，环境清幽，再适合沉思冥想不过了。在那里，你会有大把的时间用来专心写作，同时也能顺便完成我刚才嘱托的事情。”

我找不出任何理由拒绝如此殷切周到的提议，于是满心欢喜地答应下来。临走时，歌德特仿佛意犹未尽，他和我约定后天再谈一小时。

1823年9月18日，星期四，耶拿

昨天上午，就在歌德动身返回魏玛前我有幸与他再度见面。他当时的谈话内容弥足珍贵，让我如获至宝，我很清楚这番话将对我之后的人生产生无比深远的影响。德国所有的年轻诗人都应该了解这次谈话的要义，相信他们都能从中获益良多。

会面时，他先是问我这个夏天有没有写诗，由此便打开了话题。我回答说倒是写了一些，但总感觉自己好像缺少创作诗歌时必不可少的那份优游自适。

一听这话他马上说道：“不要急于求成，老想着一动笔就要写一部巨著。正是这种妄念耽误了许多聪慧的年轻人，甚至连那些最具才华、最勤奋刻苦的人都不能例外。我本人就曾深受其害，在这一点上也算是吃足了苦头。所幸我及时摆脱执念，如果我信马由缰地想到哪儿写到哪儿，怕是洋洋洒洒写上一百卷也收不

了笔。

“活在当下很重要，诗人们都善于从生活中的某个片段中获取灵感，进而将那一刻的所思所想诉诸笔端，这是再自然不过的事情，而且也合该如此。可是，如果你每时每刻只念叨着你那部鸿篇巨制，除此之外脑袋里容不下丁点‘旁骛’，那么你无疑就是将其他想法统统拒之门外，由此也必将错失日常生活中的种种乐趣。试想一下，从最初构思布局到最后修正完善一部巨著需要付出多少努力、耗费多少神思？而要将它用准确流利的语言呈现出来，天赋和功力自不待言，你还得具备无穷的体力和精力，以及一个鸦默雀静、不易受到任何干扰的创作环境。如果作品在大局上出现问题，那么你所有的辛劳将付之东流；而如果你在细节安排上缺乏足够的把握，那么就会影响整体，使之瑕疵频现，最终招致无数诟病。在这种情况下，诗人在创作过程中所经历的艰辛磨难换来的不是大众的褒奖与成功的喜悦，而是无情的批判和沉重的打击，并且极有可能就此一蹶不振。反之，如果诗人能活在当下，抓住当下，并且以崭新敏锐的目光、振奋饱满的精神来打量、对待日常生活中遇到的一切，那么他必定能创作出优秀的作品，即便做不到篇篇美文、字字珠玑，至少他也不会因此失去什么。

“哥尼斯堡[①]有一位才华横溢的年轻诗人名叫奥古斯特·哈根[②]，不知道你有没有读过他写的《阿尔弗雷德和丽珊娜》？其中某些部分写得真是令人拍案叫绝，比如关于波罗的海及其地貌风

---

① 现俄罗斯海港城市加里宁格勒，旧称哥尼斯堡，曾经是东普鲁士首府，位于波罗的海沿岸。

② 奥古斯特·哈根（August Hagen，1797—1880）：德国浪漫派青年诗人，《阿尔弗雷德和丽珊娜》是他写的一首叙事体长诗。

光的描写，笔触就十分精妙老到。然而惊艳之处也就只有屈指可数的几个片段而已，从整体而言，诗歌乏善可陈。可叹哈根在这首诗上倾注了多少心血，抛洒了多少汗水啊！为了创作，他几乎淘尽了毕生才学。现在，他正在写一部悲剧。”说到这里，歌德微笑着停了下来。我接过话头说：“如果我没记错的话，您是不是曾经在《艺术与古风》[1]杂志中撰文建议哈根尝试写一些小题材的诗歌？”歌德回答说：“没错，我的确给过这样的忠告，可现在又有谁会把我们这些老朽的话听进去呢！所有人都自以为是，以至于到最后不是彻底迷失了自我，就是在很长一段时间里徘徊于歧路。现在已经不是闷头闷脑乱闯乱撞的时候了，那些开山劈石、擿埴索途的过程我们老一辈已经全都完成了。要是年轻人非得把我们曾经走过的弯路、渡过的险滩再重新走上一遍，不把我们曾经犯过的错误、吃过的苦头当作前车之鉴，那当年一次次的跌倒爬起、探寻求索究竟所为何来！若是这样一意孤行、执迷不悟的话，那就注定只能裹足不前了。世人之所以宽赦我们当年的盲目莽撞，是因为那时没有现成的大道坦途可走，但对于后来者而言就不能再由着性子鲁莽行事了。他们应该听从过来人的劝导，从一开始就选择一条正确光明的道路。诚然，我们是为了到达最后的目的地而勇往直前，但我们不能仅仅只关注终点，而是要重视迈出去的每一步，并将每一步的落脚点都视为目的地，是的，每一步都该如此。

“牢牢记住这番话吧，仔细想想怎样才能使它落到实处，发挥应有的作用。我这么说并不是因为对你有这方面的担心，而是觉

---

① 《艺术与古风》：歌德自己创办的一份文艺评论杂志。

得它或许可以帮助你快些度过眼下这段创作低迷期。如果现在你能专注于一些小题目，以身边小事为素材，随时把生活中打动你的那个瞬间记录下来，你一定可以写出让自己满意的作品，同时也能真切地体会到每一天带给你的喜悦。试着给杂志投稿，或者让人把作品印成小册子，不过在创作的过程中务必要跟着自己的感觉走，切莫人云亦云，在别人的指手画脚中丧失了自己的主见。

“这个世界天宽地广，五彩斑斓，而生活本身又是如此千变万化，你永远不需要去刻意寻找特定的景或物来激发诗兴。话说回来，诗歌本身又确实是应景而生的产物，也就是说，现实生活促使诗人产生了创作欲望，同时也为他们提供了吟诵的对象和素材。在诗人的解读和描摹下，某个特定的场景变得充满诗情画意，并且也赋予了普罗大众以相同的感受。我所有的诗歌都是现实中某个片段或瞬间的延伸，它们来源于生活，扎根于生活。在我眼里，那些无根无据、胡编乱造的诗歌全都一文不名。

“不要说什么日常生活皆是庸常之类的话，因为诗人的工作就是凭借慧心才情挖掘出平淡事物中富有意趣的一面，正是这一过程体现了身为诗人的存在价值。现实生活给予了诗人创作的主题和表达的依据，也就是我所说的诗歌的内核，而要将这些要素糅合打磨成一个优美生动的整体则是一个诗人应尽的本分。你肯定听说过‘自然诗人’弗恩斯坦[①]的大名，他曾经以种植啤酒花为主题写过一首动人至极的诗歌。我建议他可以尝试诵咏不同行业的劳动者，特别可以试着写写织布匠之歌。我相信他一定

① 弗恩斯坦(A. Furnstein，1783—1841)：德国作家和诗人，创作诗歌多以农耕、手工艺为主题。

可以创作出高质量的作品，因为他从小就生活在手工艺人中间，对这些行当了若指掌，相关素材可以说是信手拈来且取之不尽。这就是写短篇的好处了，你尽可以挑选一些你熟悉和擅长的主题进行创作。然而，大部头的作品就不同了，它涉及面广，容不得你避重就轻、扬长避短。从诗歌的整体风格、情节发展的主要脉络，到贯穿于诗行间的所有细节，都必须运用精炼准确的语言加以呈现。可是，年轻人看待事物总是过于片面，而长篇作品却要求诗人具备从多方位了解、洞悉事物的能力，这一点恰恰是年轻人的软肋，故而在这上面栽跟头是在所难免的。”

我告诉歌德曾经准备写一部关于四季的长诗，计划将各阶层、各行业的人们在不同季节里的衣食住行以及消遣娱乐统统编入其中。歌德说：“这就是我刚才所说的问题，在大部头作品中有些部分你写起来可能非常得心应手，但另外一些没有经过深入调研、真切体验就匆匆落笔的部分很有可能就会成为败笔。比方说，你或许能把渔夫的生活刻画得入木三分，但在描写不太了解的猎户生涯时就会露出破绽。只要你在一个地方出现问题，那么势必就会影响全局，无论其中某些段落写得再怎么出神入化，就整体而言也不能算是完美之作。但是，如果把它们拆解开来，而不是硬往一堆里凑，也就是说只拣选你所擅长的那几个部分来写，那么你肯定会成功。

“我特别要提醒你一点，千万不要凭空臆想出一个主题，然后以此为依托创作一部长篇大作，因为这样的作品必然要求你罗列出对于不同事物的各种看法，而年轻人的见解十有八九是不全面、不成熟的。此外，为了塑造不同的角色，赋予不同的角色以不同的性格特征和观点见解，你就不得不把自己的思想情感硬生生地掰开砸碎，而这么做的后果无疑就是破坏了你在今后创作过程中必须一以贯之的思想完整性。为了安排好大作品中的起承转合，让所有的人物、情节能统合成一个整体，试问你得消耗多少时间、投入多少精力！就算最后写完了，也不见得会有人看在你努力的份上买作品的账。

“但如果你选用现成的题材，一切就会变得简单轻松许多。人物、情节都已经搁在你面前，你要做的无非就是为这个故事注入新的生命力。这种创作过程基本上不需要你摆出自己的观点，也无须你把自己放入不同的角色中来回切换，这就最大程度地保留了诗人思想情感的一致性，同时也大大缩减了在时间和精力上的投入，因为你只需要在遣词造句上花些心思即可。说得更明确一点，我甚至觉得采用前人已经写过的题材也未尝不可，想想看吧，光是一个依菲琴尼亚[①]就被人写了多少回啊！然而每个诗人笔下的依菲琴尼亚都截然不同，因为他们对人物的理解和对情节的编排都不一样，换而言之，对于相同的素材，每个人都有自己独特的观察视角和处理方式。

“就当下而言，我劝你最好还是把写大部作品的念头先放到一边，这段时间你一直潜心研究实在太过辛苦，还是应该多享受一下生活中轻松愉快的时刻，要做到这一点，最好的办法就是写一些小题材的作品。”

就这样，我们在屋内边走边谈。歌德说的每一句话都如同真理一般让人首肯心折。每往前踏一步，我心里的愁闷就消退一

① 荷马史诗中希腊东征主帅阿伽门农的女儿。古希腊三大悲剧诗人之一的欧里庇得斯、十七世纪法国古典主义诗人拉辛还有歌德本人都曾以她的故事为题材创作过不朽的悲剧。

分，心情也变得越发轻盈欢快。我得承认，之前那个让我朝思暮想却始终像雾里看花一样模模糊糊的宏伟计划一直沉甸甸地压在心头，而现在，我如释重负，因为我已决定把这个计划暂且搁置起来，等有了足够的生活积淀之后再重新开始。眼下，我准备先挑选一些自己游刃有余的部分来练笔，随着对这个世界的了解慢慢加深，我相信终有一天我可以举重若轻地驾驭不同的题材。

听君一席话，胜读十年书。与歌德的这次交谈让我从内心深处感到能遇见这样一位真正的大师是多么幸运的事情，此番谆谆教诲对我而言不啻是千金不换的无价之宝。

这个冬天我从歌德那里学到的东西、明白的道理数不胜数，不仅是比较正式的谈话，即便闲话家常也让我受益匪浅。有时候甚至他什么也不说，我都能从他静默的陪伴中感受到高尚的人格魅力，如同春风夏雨一般滋养身心。

1823年10月29日，星期三

晚上来到歌德家，仆人们正忙着为阖府上下点灯。这一刻的歌德神采飞扬，一双眼睛在烛火的掩映下闪闪发光，他脸上带着欢喜雀跃的神情，显得格外年轻，充满活力。

当我们开始在屋里来回散步时，他聊起了我昨天请给他过目的诗歌。

他说："记得在耶拿时你曾对我说起过想写一部关于四季的长诗，现在我终于明白你为什么会有这样的念头了。你确实应该写，而且应该马上动笔，就从冬天开始写起。我发觉你对于大自然的种种现象具有过人一等的感受力。

"关于你给我看的那些诗歌，我只说两点。现在你正处在一个承上启下的关口，如果要往上走就必须有所突破，只有这样才能迈入艺术领域中更为高深的境界，也就是具备对于具体实物的理解力。你必须在某种程度上打破自己惯有的思维模式。你有天赋，而且已经小有建树，为了能走得更远，现在你必须要跨出这关键的一步。前一阵子你不是刚去过蒂尔福特[①]吗？也许这就个不错的命题。你可能要去上三四趟，通过全方位的观察才能触及蒂尔福特的地方特质，这之后把你想要表达的主题思想全部整理归拢好。切莫有一丝一毫的懈怠，要把蒂尔福特研究得滚瓜烂熟，然后用美妙的文字把它描绘出来。虽然整个过程极费功夫，但它绝对值得你这么做。这原本是我多年前就该着手进行的事情，可惜一直未能如愿。我在那里经历过的种种变故直到今日仍然像一张千丝万缕织就的大网将我层层缠绕裹挟，让人无法脱身。而你就不同了，你初来乍到，和那个地方没有任何渊源，你可以从城堡主人那里了解蒂尔福特的过往，而你要用眼睛看的就是它的今天，以及那些令人过目难忘的湖光山色和人文风情。”

我答应歌德一定尽力一试，但也不得不实言相告这个命题难度极大，可能已经超出了我的能力范围。

歌德说：“我当然知道这不容易，但是艺术的生命力就在于对具体事物的领悟力和表现力。另外，如果你只是满足于一些大而无当的题材，那么你能做到的其他人也一样能做到，但是，如果你的题材是具体而特别的，那就不可能有人来模仿你，即便模仿，也无法超越。为什么？因为你亲身经历过了，而他们没有。”

---

① 位于魏玛郊外，曾经是公爵夫人安娜·安玛莉亚夏日避暑行宫的所在地，其林苑的自然风光十分优美。

“你也不必担心特殊的题材不能引起读者的共鸣。无论一个角色有多刁钻古怪,可只要是你能用白纸黑字描写出来的具体对象,小到一颗石子,大到一个人,都或多或少具有一定的普遍性。因为任何地方都有石子,都有人。世上没有什么东西是只露一次面便从此销声匿迹的。”

“而到了描写普通事物的特殊性时,”歌德继续道,“也就是所谓‘写作’的开始。”

这话让我听着有些摸不着头脑,但我按捺着没有发问。我暗自思忖,也许歌德说的是要将理想与现实融合起来,或是把事物的外部特征与内在本质相结合,又或许他另有所指。

歌德接着说:“不要忘了为每首诗歌注明日期。”我不解地看着他,不明白这件事情有什么要紧。他解释道:“如此一来,你写诗就像写日记,它记录了你每一天的进步。多年来我一直坚持这么做,其作用不可小觑。”

看戏的时间到了,我匆忙告辞。只听歌德在我身后打趣说:“你这是要赶着去芬兰吧!”他知道我看的剧目正是韦森图恩夫人[①]的《芬兰的约翰》。

整场戏不乏精彩之处,不过因为全剧的基调太过悲戚,每个角色都在没完没了地煽情,所以整体而言并没有给我留下什么特别美好深刻的印象。最后一幕倒是深得我心,为此我也只好对其他问题睁一只眼闭一只眼了。

看完戏后,我有了这样的体会:诗人笔下轻描淡写的人物,在台上演绎起来反而更容易出彩,因为演员都是活生生的个体,为

① 韦森图恩夫人(Frau von Weissenthurn,1773—1847):德国剧作家。

了演活角色，他们多多少少都会给原本单薄苍白的角色添加些许鲜明的个性。而那些经过诗人精雕细琢的人物，因为他们的性格特征已经被刻画得纤毫毕现，所以一站到台上很可能就会黯然失色，要知道并不是每个演员都能驾轻就熟地演好这样的角色，鲜有人可以将自己的个性彻底抽离，在台上活成另外一个人。如果演员与他要扮演的角色秉性气质相去甚远，或者他没有办法完全抛却自我，那么就必然会塑造出一个不伦不类的人物，诗中的原型也必将失真。因此，一个真正伟大的诗人其作品被搬上舞台的次数不会很多，诗歌原本就是供人吟诵欣赏，而不是改成戏剧被人演绎的。

1823年11月3日，星期一

傍晚五点我去拜访歌德，上楼后听到大屋子里传来一阵欢声笑语。仆人说今天有一位波兰来的女士留在府上用餐，茶叙还没有结束。于是我转身欲走，准备改日再来，那仆人却又唤我留步，说主人曾吩咐过如果我来了一定要禀报一声，现在天色已晚，见我来访，主人必定欢迎。我从善如流，便在门外驻足等候。不多会儿，歌德兴高采烈地迎了出来，把我带进对面的房间。很显然，我的到来让他非常高兴。他命人拿来一瓶酒和两个杯子，亲自为我斟满，自己也频频举杯抿上一口。

“差点忘了，”歌德说着话，目光在桌上来回逡巡像是在寻找什么，“喏，这里有张音乐会的入场券，是希曼诺夫斯卡夫人[①]拿来

---

① 玛利亚·希曼诺夫斯卡（Maria Szymanowska，1789—1831）：波兰著名女作曲家，位列欧洲首批大师级钢琴演奏家。

的，她明晚将在市政礼堂举办公众音乐会，你一定得去。”我回答说这次绝不会错过，上次因为看戏没能去成，同样的傻事不会再干第二回了，随后又补了一句：“都说她琴艺十分了得。”“不同凡响！”歌德盛赞道，“与赫梅尔[①]相比呢？”我问。歌德说：“你得明白一点，她不仅是一位出色的演奏家，同时还是一位优雅迷人的女士，无论她做什么，这份美丽都只会为她所做的事情增光添色。她的演奏如同行云流水，令听者心醉神迷。”“那她的弹奏是否也一样富有力度？”我问。“没错，”歌德回答说，“充满力量，这正是她身上最难能可贵的地方，要知道女士在弹奏时一般都以柔美见长，很少有人能像她一样弹出磅礴的气势。”我当即表示万分期待明晚的演出。

这时，秘书克劳特走进来和歌德商讨了一会儿图书馆的事宜。等他走后，歌德连连夸奖说克劳特不仅能力出众，而且为人也诚实可靠。

后来我将话题转到了歌德1797年途经法兰克福和斯图加特去瑞士旅行时写的杂记。前些日子，歌德把这部手稿交给了我，我已经反复研读了好几遍。我说从书稿中可以看出他和迈耶[②]就艺术造型题材这一问题进行了多次深入探讨。

“的确如此。”歌德说，“在艺术创作中还有什么能比题材更重要的呢？若是脱离了题材还谈什么艺术呢！如果题材不合适，那就注定才华要尽付之东流了。当代艺术家们正是因为没有去寻

---

① 约翰·尼波姆克·赫梅尔（Johann Nepomuk Hummel，1778—1837）：德国著名作曲家和钢琴家，莫扎特的学生，曾在魏玛宫廷担任乐队指挥。

② 迈耶（I. H. Meyer，1760—1832）：瑞士艺术理论家，著有《古希腊造型艺术史》，是歌德的好友。

找有价值的题材，所以他们在艺术的各个领域中都举步维艰，难有成就。在这一点上，人们吃的亏、摔的跟头难道还不够多吗！就连我自己也不敢拍着胸脯说完全没有沾染到这个当代艺术家们身上的通病。”

歌德继续往下说道：“关于选材这个问题，没有几个艺术家具有清醒的认识，或者说很少有人知道挑选什么样的题材才能皆大欢喜。就拿我那首《渔夫》为例，有人要以它为主题创作一幅油画，他并不觉得自己在行不可为之事。可是那首叙事诗从头到尾都在描写夏日里一泓清波的魅惑，它引诱着人们跳下去畅游一番，除此之外，别无其他。试问这种虚无缥缈、无影无形的意境如何能够一笔一笔呈现在画纸上？”

我告诉歌德，我欣喜万分地看到在旅途中他对身边的每一件事物都抱有浓厚的兴趣，并且兴致高昂地去体验、去感悟。他描绘了群山的轮廓、山区的地貌、千姿百态的山石；记录下不同的土壤、河流、云霞、空气和气候；他写下了一座座城市的前生后世，还有不同风格的建筑物、绘画、剧院、市政管理、治安条例、贸易、经济状况、道路网络、不同的民族和他们各自的生活方式、人文特色，还有政治、军事装备以及其他数之不尽的事物。

他接话说：“可是你在游记里找不到关于音乐的一言半语，因为我对音乐可以说是一窍不通。每个旅人都应该清楚地知道在旅途中自己要去看什么，究竟什么才是他想要寻找的，什么才是旅途中真正属于他自己的收获。”

这时，首相先生①走进来和歌德交谈了几句，接着他转身告诉

---

① 此处指的是魏玛公国的首相穆勒。

我前两天读了我写的小文章，我们就这个话题闲聊了片刻，他态度随和，观点鲜明。随后，他又回到了女士们中间，我听到对门响起了钢琴声。

歌德在首相先生离开后对他给予了极高的评价，之后他说："你正在结交的这些杰出人士都像是我的家人，有他们在，家就在，教人舍不得离开。"

我告诉歌德我已经开始体会到在魏玛逗留的这段时间对自身产生的积极影响，我发现自己开始慢慢纠正之前过分看重结果以及偏重于理论的思维方式，并且越来越享受活在当下、珍惜当下这一生活理念带给我的点滴乐趣。

"你这么说我一点也不觉得惊讶，"歌德说，"就这样坚持下去，紧紧地把握住现在。任何一件事，乃至任何一个瞬间都有其无法估量的价值，因为一瞬即是永恒的缩影。"

沉默片刻后我聊起了蒂尔福特以及创作时应该采用什么文体。我说："这是一个复杂的题材，很难决定采用什么样的文体比较合适，就我而言，用散文来描写可能最为简便。"

歌德听后说道："如果用散文来写似乎有点头小帽子大的感觉，毕竟，这个题材没有什么特别崇高的立意。那些所谓的训诫体或叙事体从大体上讲勉强可行，但也不够理想。最好的方式是以十或十二首押韵短诗来表现主题，而且每首诗歌最好采用不同的格律和形式，就像通过变换角度和方位，光线可以照射到房间的每个角落一样，你也可以采用一首诗一个视角的方式进而全方位地描写蒂尔福特。"我立刻采纳了这一宝贵建议。歌德继续提议说："对了，你为什么不借鉴一些戏剧创作的手法呢？比方说描写一段和园丁之间的对话。从一个个小片段写起，然后积水成渊，这样不仅使写作过程变得更加容易，而且还能更好地展现蒂尔福特的众多特征。反之，如果你一开始就从整体入手，而这个整体又是包罗万象、无所不有，那么你就会发现根本无处落笔。但凡尝试这么做的人往往都会顾此失彼，最后呈现的结果总是不尽如人意，离他们想要的面面俱到、尽善尽美差着十万八千里。”

1824年

1824年1月2日，星期五

今天留在歌德家里用餐，席上相谈甚欢。有人提到了魏玛社交场里的一位年轻美人，另一位客人则声称自己几乎已经爱上了这个姑娘，虽然她身上寻不见半点兰心蕙质的痕迹。

“得了吧，”歌德大笑着说道，“爱情和智慧压根就是两码事。我们爱上一个年轻女子可不是因为她有多么明敏慧黠。我们爱的是她的明艳、青春、佻挞，她的天真、轻率、一目了然的个性和爱哭爱笑的脾气，以及其他许多难以言说的地方。但，我们爱上的肯定不是她的头脑。当然，如果这个姑娘才学出众，那我们的爱情里必定会平添一份尊敬，因为她的睿智，她在我们心目中的地位无疑也会大幅提升。当我们已经坠入爱河，对方的才思也许会为我们的爱情添柴加薪，不过单凭智慧本身是无法点燃爱情之火，唤醒沉睡激情的。”

这番话听得我们频频点头称是，都觉得确实应该从这个角度去看待、解析情感问题。宴席散去后，我留下来继续陪歌德谈天说地。

我们聊起了英国文学，谈到了诗坛巨匠莎士比亚的伟大之处，以及后继者们的尴尬处境。

歌德说："但凡是有点名气的剧作家都不可能对莎士比亚的著作视而不见，他们一定会反复研读，深入研究。之后，他们就会发现莎士比亚的一支笔已经把世间的人情、人性写尽了，无论从高度还是深度都已刻画到了极致，对于后来者而言，确实没有多少可以发挥的余地。要是他们一早意识到这世上已经有人写过如此这般惊天地泣鬼神的绝世佳作，五体投地之余他们哪里还有勇气拿起手中的笔呢！

"五十年前，我在祖国德意志的境遇就要好许多。当时，德国的文学作品并不多，我很快就将它们研究了一个遍，其中没有什么作品能让我感佩莫名或是值得我铭记于心的。不久，我就把德国文学和相关的研究工作放到一边，转而开始认真思索生活的真谛，并且踏上了自己的文学创作之路。就这样，我像一株自由生长的植物，顺应天性慢慢地发展、进步，在每一个阶段、每一个时期我都能连续不断地创作出不同风格的作品。在前行的过程中，我为下一个阶段设定的目标都不会和现阶段自身的能力相差太过悬殊。但是，如果我生于英国，在对世界刚刚具有认知能力的青年时代，当铺天盖地的文学杰作以排山倒海之势向我涌来，我的自信心也许会被瞬间碾成齑粉。自然，我也就不可能一身轻松、跃跃欲试地踏上征途了，即便最后依然选择写作，我肯定也会左思右想、瞻前顾后，说不定要花上很长一段时间才能找到一条新的出路。"

我把话题又引回到莎士比亚身上："假设莎士比亚不是英国文学家，而是一个在德国土生土长的剧作家，那么肯定所有人都会将他视为横空出世的文学奇迹。但是如果我们置身于莎士比亚的故乡，感受他那个年代的生活气息，进而研究与他同一辈的作家和后起之秀，领略本·约翰逊[①]、玛辛杰[②]、马洛[③]、博蒙特[④]和弗莱彻[⑤]笔下锐不可当的文风，在如此背景下，莎士比亚诚然依旧不失为一位万众景仰的文坛泰斗，可我们也有理由相信，他的许多文学成就并非是无法企及的，而莎士比亚之所以能写下流芳百世的伟大作品，在很大程度上和那个时代强劲蓬勃的创作氛围密不可分。"

"完全正确！"歌德说，"看待莎士比亚和看待瑞士的群山是一个道理。如果将直插云霄的勃朗峰搬到地势平坦的吕内堡大草原，我们肯定会被这座拔地而起的险峻奇峰震撼得目瞪口呆；但如果我们回到勃朗峰的家乡去探访它，我们就会发现在一望无垠的崇山峻岭中它虽然依旧高于左邻右舍——少女峰、芬斯特阿霍恩峰、艾格尔峰、维特霍恩峰、圣戈特哈德峰和罗莎峰，但之前它

---

① 本·约翰逊(Ben Johnson,1572—1637)：英国著名剧作家、诗人、文学评论家，其作品对英国诗坛和戏剧创作产生了深远的影响。

② 菲利普·玛辛杰(Philip Massinger,1583—1640)：英国著名剧作家，作品多以讽刺时政为主题，并以巧妙的构思、紧张的情节设置而著称。

③ 克里斯托弗·马洛(Christopher Marlow,1564—1593)：英国著名剧作家，他革新了中世纪的戏剧，在舞台上创造了反映时代精神的巨人性格和"雄伟的诗行"，为莎士比亚的创作铺平了道路。

④ 弗朗西斯·博蒙特(Francis Beaumont,1584—1616)：英国著名剧作家。他曾与约翰·弗莱彻保持密切合作关系，两人一起创作了几十部传奇戏剧和喜剧，并联合署名"博蒙特与弗莱彻"。

⑤ 约翰·弗莱彻(John Fletcher,1579—1625)：英国著名剧作家，追随莎士比亚为国王剧团创作剧本，曾与弗朗西斯·博蒙特保持密切合作关系。

带给我们的那种轰雷掣电般的震惊之情已经不复存在了。

“如果有人认为莎士比亚的辉煌成就与他所处的那个生机勃勃的伟大时代毫无关联，”歌德继续说道，“那就请他扪心自问一下，在1824年的今天，在吹毛求疵、指责批判蔚然成风的英格兰文坛，是否还有可能再现像莎士比亚那样耀眼夺目的一代文豪！

“唯有不受干扰、心无杂念、沉醉如梦的创作状态才有可能诞生伟大的作品，现如今，这几乎已经变成了痴人说梦。我们的作家都被摆在了公众面前，每天都生活在五十多份地方报纸的评头论足和大众制造散布的飞短流长中，这样贫瘠劣质的土壤是不可能培育出任何健康美好的作品的。我们的作家如果不能远远逃离这片土壤，不能从乌烟瘴气的大流中挣扎而出，那就不可能有任何前途。时下的各种文艺评论不仅水平低下，而且只知道一味地寻弊索瑕，在这样的背景下，一种半吊子文化在大众中间落地生根，它像是四处弥漫的雾霾，到处流淌的毒液，把原本应该茁壮成长的栋梁之材从最深处的树心、叶脉，到伸展在空中的绿叶一并腐蚀摧毁掉。

“经过了两个世纪的凄风苦雨，生活本身也变得越发委顿怯懦。现在我们哪里还能找到大性大情之人？谁还会无所顾忌地展现真我？不过，这种情况倒是刺激了诗人，既然身外的世界已经弃他不顾，那么他就必须从自身、从内心深处寻找出路。”

之后，我们聊起了《少年维特之烦恼》。歌德说：“这部作品对我来说就像是鹈鹕以心口之血精心哺育的雏鸟一样，它蕴含了涌动于我内心幽深之处的情感和思想，要是把它们统统写出来，估计十本小说的篇幅也不在话下。另外，就像我经常所说的那样，自打这本书问世以来我只读过一次，而且一直小心翼翼地避免再度翻开扉页。它就像是一匣子一触即发的弹药，只要一看到它我就会立时三刻陷入当年写作时那种近乎走火入魔的疯狂状态，想想就觉得不堪回首。”

我提醒他曾经和拿破仑有过一次对话，我是在整理他未出版的手稿时发现的，之前我就曾几次请求他提供关于那次对话更多的细节。我对他说：“拿破仑曾指出在《少年维特之烦恼》中有一个段落似乎经不起推敲，当时您也同意了他的说法，我很想知道他指的是哪一段。”

“你猜！”歌德说，他的脸上随即浮现出一抹讳莫如深的微笑。

我说：“我觉得是夏洛特把手枪借给维特的那一段，她一句话都没对埃尔伯特说，更没有告诉她内心的担忧和疑惧。虽然文中用了相当的篇幅来解释夏洛特为什么沉默不语，但是在一个朋友命悬一线、生死攸关的时刻，沉默的理由多少显得有些牵强。”

歌德听后说：“你的想法很有意思，但至于你所说的这一段是不是就是拿破仑所说的那一段，我觉得还是留个悬念为妙。反正不管怎么说，你和拿破仑的意见都很有道理。”

我又问歌德，《少年维特之烦恼》出版后的轰动效应是否真的与那个时代有关。我说：“这种想法非常普遍，但我个人却不太赞同。我并不认为这部小说是应运而生的，相反，是它的出现创造了一个时代。在任何一个时期都会有那么多难以言表的苦闷哀愁，那么多不可向他人言说的愤恨不平和对人生的憎厌倦怠，而个人与群体世界的格格不入、本质天性与伦理制度之间的矛盾同样比比皆是，所以《少年维特之烦恼》即便放在今天出版，我相信也一样具有划时代的意义。”

“说的没错，”歌德说，“正是因为这个原因，这本书从问世到现在一直都在影响着某个年龄段的年轻人。而我自己没有什么必要把青年时期经历的那些烦恼和我生活的时代背景或是读过的几本英国小说扯上关系。我的青春苦闷源于一桩桩我亲身经历、让我痛彻心扉、并带给我无尽忧思的事情,也正是它们把我带进了创作《维特》的心境。我活过,爱过,也痛过,这就是《维特》的立身之本。

"如果我们更深入地去思考一下人们所说的'维特时代',就会发现它其实并不属于普世文化的范畴,而是只和个人的生命历程有关。人生来就渴望自由,但他必须学着去适应现实世界的陈规旧俗,学会在被条条框框分割的狭小空间中安身立命。坎坷的命运,限制自由的枷锁,无法实现的愿望,这些并不是只属于某个特定的时代,而是每一个人都会遭遇到的不幸。如果一个人在他漫长的一生中不曾有过一次'《维特》就像是在写我自己'这样的体会感悟,那他这一辈子就算是白活了。"

1824年1月4日,星期日

晚饭后,我和歌德一同翻阅艺术作品选辑,其中收录了一些拉斐尔的画作。他经常翻看拉斐尔的作品,在赏析世界名画的同时希求在心灵上更接近他,从而探寻这位伟大艺术家的思想轨迹。现在,他希望我也能这么做。

后来,我们聊起了《西东诗集》,特别提到了其中的《不满之书》,歌德在这部作品中借短诗将内心的不满与愤怒一吐为快。

歌德说:"我已经相当克制了,如果将所有的不快、愤懑统统掏干吐尽,这薄薄几页纸立马就能变成厚厚一本书。

"人们总是看我不顺眼,老觉着我不该长成上帝替我安排好的模样。他们也很少瞧得上我写的东西。我夜以继日笔耕不辍，殚精竭虑地写完一部新作献给世人，可他们反倒认为该说感谢的是我，因为承蒙他们不弃，作品还算看得过去；如果有人赞赏，我也绝不可以沾沾自喜，更不能视之为理所应当的褒奖，他们巴不得我低声下气地说尽菲薄之词，最好把我自己还有作品说得一文不值，全部贬到尘埃里去才好。可是，我的本性不允许我顺他们的意，如果我张口就说言不由衷的话，成天里和他们虚与委蛇，那我岂不成了可怜又可恨的伪君子！我的内心足够强大，从来不怕把一个完全真实的我展现在世人面前，于是我的真实和勇敢落在世人眼里就变成了愤世嫉俗、桀骜不驯，时至今日，他们对我的看法也未曾有过改变。

"无论是宗教问题，还是关于科学、时政，我总是给自己惹麻烦，因为我学不会口是心非那一套，我愿意而且敢于大声说出内心的真实感受。

"我信仰上帝，敬畏大自然，坚信邪不胜正。但在那些所谓虔诚高贵的人看来，仅仅做到这些是不够的，他们还要求我相信其他东西，可是他们说的那些和我灵魂深处的感受完全背道而驰，而且我也不认为按照他们说的去做能给我带来任何好处。

"最近，我又捅了个娄子。事情的起因是我发现牛顿关于光和颜色的理论是一大谬误，于是针对这一举世公认的学说大胆提出了质疑。光是纯净的，是真实存在的，我要为捍卫这条真理而斗争。可是，却有一伙居心叵测的人无所不用其极地想要否定光的纯粹性，说什么阴影是光的一部分，这话听上去真是荒谬可笑至极，可他们就是这么说的。他们还说深浅不一的阴影形成了不同的颜色，而颜色就是光本身，换而言之，颜色就是光以各种角度折射交汇的结果。”

歌德沉默了一会儿，一向表情丰富的脸上这时露出了嘲讽的笑容。然后，他接着说道：

“政治方面的问题就更不必说了。我在这上头受的罪多得数也数不清。你知道我的《被煽动者》吗？”

我回答说：“昨天刚读过，在重新编辑您的文稿时读到的。这部手稿没有写完实在太可惜了。不过即便如此，我相信每一个头脑健全的人都会与您产生共鸣。”

“这是在法国大革命时期写的，”歌德说，“从某种意义上讲，它就是我政治信仰的供述状。书中的女伯爵代表贵族中的一群人，借她之口表明了我的想法，即身为贵族应该如何看待这场革命。这位女伯爵刚从巴黎回来，见证了大革命的整个过程，从中感悟到许多道理。她认识到人民或许应该被统治，但绝不能被镇压，而生活在社会底层的民众之所以会揭竿起义完全是因为上层阶级作威作福、鱼肉百姓的缘故。她说：‘从今往后只要我看到任何不公正的事情，我自当奋起抵制，无论在社交场上还是在宫廷内院，我都会勇敢地站出来大声地喊出我的主张。我再也不会对不义之举三缄其口，即便有人骂我是民主派也在所不惜。’

“我认为这种情怀是可亲可敬的，”歌德接着说道，“这就是我当时的想法，直到现在也没有改变。然而我却因此被人硬扣上了各种帽子，其中就里不提也罢。”

我说：“其实他们只要读过《艾格蒙特》就会了解您的想法，在德国所有的戏剧中，没有哪一部比它更能激发民众对于自由的渴望了。”

歌德闻言说道：“有时候，人们总是带着各种偏见来看待我，对于那些展露我真实想法和个性的事情却往往视若不见。而席勒——这话就我们两个私下讲讲——其实比我更像一个贵族,但因为他说话不像我那么欠考虑,所以反倒成了民众的好朋友。我就没有他那么幸运了。当然,我真心实意地替他庆幸,至于我自己嘛,比上不足比下有余,想想之前有人的境遇还不如我,也算是聊以自慰了。

“说实话,我的确算不上是法国革命的忠实拥趸,那些暴力流血事件触目惊心,让人每时每刻都生活在担惊受怕中,而且革命带来的裨益并非立竿见影。可笑的是,那时候的德国人也不甘人后,来不及似的要把法国的革命火种传递到我们的国土上来,对此我也不可能坐视不理。

“但同时,我也不会和专制统治者为伍。事实上,我深信大革命之所以爆发,错绝不在人民,政府才是罪魁祸首。如果政府一向公正严明,时刻保持警醒,居安思危,防微杜渐,面对民众的不满能及时改进,防患于未然,而不是一味拖延不作为,以至于到最后不得不在自下而上的暴乱中缴械投降,那么就不可能爆发大革命。

“就因为我排斥革命中血腥暴力的一面,所以有人便趁机抓住这一点给我戴上了一顶‘现有制度之友’的大帽子。然而,这一称呼含义暧昧,似是而非,恕我不敢领受。如果所谓的‘现有制度’是所有杰出、美好、公正的象征,那我自然是求之不得;但如果它在具备许多优点同时始终无法摒弃拙劣、不公正、不完善的一面,那么所谓的‘现有制度之友’岂不是等同于‘因循守旧之友’了吗!

“时代的车轮永远在不断前进,人类社会每隔五十年就会呈现出与以往截然不同的新面貌，故而在 1800 年堪称完美的社会制度到了 1850 年可能就变成了一堆糟粕。

“再者，对一个国家而言，由内而生并顺应广大民众需求的制度才是真正先进的制度，照搬、效仿他国制度是不可行的，因为甲之熊掌很有可能就是乙之砒霜。任何不是从国内实际情况和人民实际需求出发、盲目采纳其他国家变法革新的做法都是愚不可及的。像这样生搬硬套的革命注定不会成功，因为他们得不到上帝的庇佑，看到这种大逆不道之事上帝肯定有多远躲多远。反之，如果是民众的需求水到渠成地促成了一场伟大的革命，那么上帝必然与之同在，革命之火必将熊熊燃烧直至迎来最后的胜利。上帝一定也曾和耶稣及其最初的门徒同在，因为当时的民众正迫切地渴望一种全新的爱的教义；上帝也一定曾和马丁·路德同在，因为重新净化被无良教士玷污的教义同样是众望所归。以上我所提及的两位伟大的先知圣贤绝非‘现有制度之友’，非但如此，他们所做的一切都是在向世人证明除残去暴势在必行，绝不能在一条腐烂枯朽、满目疮痍、毫无公允可言的道路上沉沦下去。”

1824 年 1 月 27 日，星期二

这些日子歌德一直在和我商量回忆录续篇的编辑问题。他提议说有关老年的部分就不必像在《诗与真》里叙述青年时期那样面面俱到了。他说：“这个时期发生的事情最好以大事年表来记述。比起私人生活还是应该在社会活动上多费些笔墨。无论如何，一个人一生中最重要的时期肯定是其成长发展的时候，而我人生中的这个阶段已经详细地记录在《诗与真》里了。人生的

后半段主要是用来发现自身和现实世界之间的矛盾，这部分内容如果还有什么吸引人的地方，那大概就是产生矛盾之后的结局了。

“再者说，一个德国学者的一生有什么重要性可言呢？以我为例，我生命中最美妙的部分也许是无法言传的，而能说出来的没准恰恰是不值一提的。此外，能让我怀着一份喜悦满足细诉从前的听众又在哪里呢？

“当年迈的我回首走过的青春和盛年，总忍不住感叹曾经和我共同度过青葱岁月的朋友如今还剩下多少。这有点像在避暑胜地消夏的情形。你刚入住的时候，结识了几位已经在那里下榻数日的住客，他们几周后就会启程离开。离别总不免让人心生惆怅，好在不久后你就迎来了第二拨客人，你们相处了颇长一段时日，彼此结下了深厚的友情。可是天下没有不散的筵席，他们也离开了，把你一个人和第三拨刚来的客人留在那里。然而，你已经没有多少时间和新来的住客称兄道弟、把酒言欢，因为离你作别的日子也已不远了。

“在别人眼里，我是一个深受命运之神恩宠眷顾的人，我本人也觉得这一辈子没有什么可挑剔抱怨的了。可同时，我也不想否认我这一生其实是一段充满艰辛的旅程。在七十五年的漫长岁月里，没有哪一个月我是清闲安逸地度过的。就像推一块大石头上山，到了山顶石头就会滚下来，然后你就得一次又一次地重新把它推上去。大事年表会告诉你我所言不虚。无论来自外界还是来自内心，催着让我马不停蹄向前跑的声音实在是太多太响了，我做不到听而不闻。

“诗歌创作给我带来了真正的快乐，可是它却为名所累，不断地受到干扰、束缚和妨碍。如果我能避开凡尘俗务离群索居，那么我必定会更加快乐，所取得的成就或许也不仅仅只限于文坛。然而，自打我的《葛兹》[①]和《维特》相继问世后，从前一位先哲的谶语就在我身上应验了——'如果你为这个世界做出了贡献，作为对你辛苦付出的回报，它就永远不会再让你做第二次。'

"扬名立万，身居高位，想来也不是什么坏事情。可惜，名气和地位并没有让我占多大便宜，相反，我还得对别人的指指点点、说三道四忍气吞声，要是开口反驳或是为自己辩护几句指不定还会惹出多大的麻烦。好在这么做也不是全无好处，至少我能知道别人的想法，而他们却琢磨不透我的心思。要是连这一点点好处都没有的话，那么我的沉默就当真太可笑、太不值当了。"

1824年2月26日，星期四

今天和歌德一起用餐。等餐具撤下后，他命仆人施塔德尔曼抱来一大本铜版画收藏册。专辑的封面上积了些灰尘，当时我们手边恰好没有手巾之类的东西。歌德很是不快，他斥责道："我已经嘱咐过你好几次不要忘了买抹布，今天再说最后一遍，要是你还是一只耳朵进，一只耳朵出，那明天我就自个儿去买。你看着吧，我说到做到。"挨了训的施塔德尔曼转身走了。

"这倒让我忽然想起来，我对那个叫贝克尔的演员也说过同样的话，"歌德颇为得意地说，"那次他死活不肯演《华伦斯坦》[②]里骑兵的角色，我就警告他说，如果他不演，那我就亲自登台。这话

---

① 指歌德所著的《葛兹·冯·伯里欣根》，这部作品是德国第一部现实主义历史剧，在艺术手法上采用了莎士比亚戏剧创作的方法。

② 《华伦斯坦》三部曲被誉为歌德历史剧中的巅峰之作。

很管用，因为剧院里的人都了解我，知道我在这种事上绝不会随便开玩笑，只要话说出口就一定做到，梗脾气一上来，我才不管什么场合不场合，什么该做不该做的。”

“要是当时贝克尔还是不肯演，那您真会上台吗？”我好奇地问。

“那还用说！”歌德答道，“我当然会演啊！而且肯定把那个贝克尔给比下去，要知道，我对角色的理解可比他深刻多了。”

接着，我们打开了画册，细细品鉴里面的素描和铜版画。在这方面，歌德对我倾注了不少心血，我感觉到他是在有意识地提升我对艺术的鉴赏力。他给我看的都是每一类艺术品中的顶尖之作，他还费神劳心地一一说明，引导我去理解、发现作者的创作意图和他们各自的特色长处，希望我能领会这些优秀艺术家们透过画作想要传达的思想情感，学会像他们一样用敏锐的触角去捕捉、感受身边的一切。他对我说：“这才是培养品位的正确途径。我们所说的品位只有在上乘佳作的长期熏陶下才能逐渐形成，只看那些不好不坏、中规中矩的作品是起不了什么作用的。所以我给你看的都是精品杰作，在潜移默化的影响下你就能形成一套评估衡量其他作品的标准，既不会高估，也不会低估它们的艺术价值。我所推荐的都是每一类画中的翘楚，也许这样你就不会随意地看低某一类型的画作，任何一个画家只要在他专攻的领域里练就了炉火纯青的画技，那么他的作品就一定能给观者带来美的享受。比方说这幅作品，它出自于一位法国画家之手，在游乐画派中你很难找到哪幅画能与之相媲美，毫无疑问，它已经成为此类画中的经典代表作。”

我接过歌德递过来的画，兴致勃勃地观赏起来。这是夏日避暑别墅里的一个房间，门窗敞开着，能看到外边的花园。房内有几位身姿娉婷的丽人，其中一位美妇人端坐在那儿，她三十岁左右的年纪，手里捧着一本歌谱，看似刚刚一曲唱罢的样子；在她身侧靠后一点的位置坐着一位十五六岁的少女；窗边站着另一位年轻女子，她轻握一管横笛放在唇边，仿佛还在吹奏乐曲。这时，一个年轻人走了进来，女士们的目光齐齐落在他身上，男子意识到自己的出现打断了闺中娱乐，故而微微鞠躬向她们致歉，从女士们的表情看，年轻人的话语必定十分贴心。

歌德点评说："这幅画笔触细腻幽远，色彩华美艳丽，其缠绵隽永的韵味与卡尔德隆[①]笔下任何一部作品相比都毫不逊色。瞧，今天你已经看到了游乐画派中最杰出的作品。来，让我们接着往下看。这几幅你觉得怎么样？"

说着他把鲁斯[②]的蚀刻画递了过来，全都是非常著名的动物画作。眼前这几幅是姿态各异的绵羊，它们脸上一律挂着呆板木然的表情，身上披着丑陋蓬乱的毛。鲁斯用笔出神入化，独具匠心，画纸上的绵羊惟妙惟肖，恍若活物一般。

这时，歌德开口说道："每次看到这些羊，我心里就忍不住发毛。你看它们，可怜巴巴地挤成一堆，呆呆地看着你，永远都是一副百无聊赖、魂不守舍的模样。不知道为什么，我竟会有种投契的感觉，这感觉让我害怕，担心没准哪天我自己也会变成一只羊。我甚至觉得作者本人曾经就是一只羊，最让人觉得匪夷所思的是

① 佩德罗·卡尔德隆·德·拉·巴尔卡(Pedro Calderón de la Barc，1600—1681)：西班牙剧作家、诗人，是西班牙文学黄金时期的重要人物，代表作品有剧作《人生如梦》等。

② 鲁斯(I. H. Roos，1631—1685)：德国画家，以画家畜见长。

鲁斯究竟如何钻入这些动物的灵魂去感受它们的感受，然后通过无与伦比的技法让观者透过皮囊窥得它们的本性。鲁斯的作品告诉我们，如果艺术家的选材和他所具备的过人天赋‘情投意合’，而且他能坚持不懈地运用这些题材进行创作，那么不仅他的天赋能发挥得淋漓极致，而且还能帮助他取得无法估量的成就。”

我接着他的话问道：“那这位画家是否也擅长画狗、猫，或其他猎食野兽呢？既然他天赋异禀，可以揣摩动物的内心世界，那他是不是也同样可以逼真地刻画我们人类的思想情感呢？”

“不，”歌德答道，“你所说的那些就不在他的选材范围之内了。如果是像绵羊、山羊、奶牛之类温顺的草食动物，他可以不厌其烦地描画练习。他会一直画下去，终其一生坚守这片特殊的创作天地。这么做再正确不过了。鲁斯天生就和这类动物意气相投、心灵相通，因此他就拥有了一双独特的慧眼，在观察它们的形态体貌时能看到别人看不到的东西。而对于其他动物，他可能就不能像看牛羊一样看透它们，故而无论在创作激情和创作技法上必定会大打折扣。”

听了这番话，我忽然有了一种触类旁通的感觉，许多联想纷至沓来。记得歌德不久前和我说过，一个真正意义上的诗人，他对于这个世界的理解感悟是与生俱来的，他无须通过亲身体验或反复观察就能将其充分准确地表达出来。他说：“我当年写《葛兹·冯·伯里欣根》的时候只是个二十二岁的年轻人，十年后再读，对书中逼真的描写感到非常惊讶。要知道当初写那本书的时候我没有任何相关的亲身经验，所以我认为我对人生百态、人情世故具有某种预知力和洞察力。

“一般说来，我喜欢在认知外部世界之前描写内心世界，可当我发现现实世界和我想象中的没什么两样时，便会觉得十分无趣，再也提不起兴致去描画展现它了。如果我一直等，直到认清世界后再动笔，那么恐怕我写出来的尽是对这个世界的挖苦和嘲讽了。”

还有一次，歌德这样说道：“每一个人的性格中都有某种必然性和连贯性，它们和这样或那样的主要特征相结合从而产生了次要特征。人们一般通过实际观察就能很好地明白这一点。但对于有些人来说，这一认识似乎生来就有。至于我自己，后天经验与先天预知力是否结合在了一起，那就不得而知了。不过有一点我很清楚，如果我和哪个人交谈了一刻钟，那么我就可以让他在我笔下一口气说上两个小时。”

谈到拜伦时，歌德也同样说过拜伦看世界简直洞若观火，他可以凭借先天预知力来描绘世界万物。对此我提出了疑问，比如拜伦是否能成功地刻画比人类低等的动物特质，因为他高傲自负，个性极强，可想而知是不屑于关注类似题材的。歌德点头称是，并说只有当预知的对象在你天赋才能的范围之内时，预知力才有用武之地，而这块用武之地是大是小直接关系到艺术家才能的高低。在这一点上，我们两人的意见是一致的。

“您说诗人天生即已认识世界，这个世界应该是指内心世界，而不是指由现象和习俗惯例组成的外部经验世界吧。如果一个诗人要想成功描写这个经验世界，那他就有必要对现实生活进行仔细观察和深入研究。”

“确实如此，”歌德回答说，“诚如你所言，像爱与恨，希望与绝望，以及其他被我们称之为由心而发的情绪或情感，诗人生来就能体验，而且也能恰如其分地表达出来。然而，他不是生来就知道法庭如何开庭，议会如何召开，也不知道皇帝的加冕典礼到底是怎么一回事。当他的创作涉及这些问题时，如果他不想胡编乱造的话，那就必须通过亲身经历、参阅文献资料或请教他人来学习研究这方面的常识和习俗。所以，在《浮士德》中，我可以通过预知力来描述主人公对于生命的厌倦，以及格雷琴坠入爱河时内心的激荡，但是像下列诗句：

天际一钩残月，晚来迟，

月色迷蒙，泫然欲涕。

就需要先观察自然现象才能落笔。”

我说：“可是在我看来，《浮士德》里的每一行诗句无不带着对生命、对世界深入探究之后的印痕，而且我相信所有读者都不会怀疑，整部作品是由无数细致入微的观察和人生阅历积累而成的产物。”

“或许吧，”歌德说，“但是如果我不曾通过预知力拥有丰富的内心世界，那么当我面对外部世界时也就成了有眼无珠之人，所有的观察、经历都是在做无用功，毫无意义可言。光一直存在，色彩围绕身边，但如果我们的心灵之窗里没有光和颜色，那就无缘感知外界的光影交错、姹紫嫣红了。”

1824年2月28日，星期六

“真正优秀的艺术家，”歌德说，“从来不会即兴落笔，草草了事，他们的秉性会引导他们沉心静气、心无旁骛地沉浸在每一个题材中。这样的人往往会让我们觉得不耐烦，因为我们不能立时三刻从他们那里获得我们想要的东西，然而，也只有像他们这样的人才有可能创作出彪炳青史的伟大作品。”

我顺着话茬提到了兰贝格[①]。歌德说："他完全是另外一种类型：天资拔群，随性而发，兴之所至，一挥而就。在这一点上，我想没有人能与他比肩。有一次我们在德累斯顿，他让我给他出个题目，于是我选了阿伽门农[②]：从特洛伊回来的阿伽门农刚下战车，在进家门的一瞬间突然一阵郁郁之情涌上心头。你肯定和我一样认为这个题材极有难度，要是换个画家，可不得冥思苦想好一阵子。可是我话音还没落地，兰贝格就动起笔来，更让我又惊又喜的是，他一下子就抓住了要旨，而且表达呈现得无比准确。说真的，我真想收藏几幅兰贝格的画作。"

我们又谈到了另外几位画家，他们的创作流于表面，过分偏重形式上的浮华奇巧，最后沦落成了矫饰主义。

歌德说："矫饰主义耽于模仿前人的风格样式，完全忽略创作过程中应有的乐趣。而一个真正伟大的艺术家能在创作中体验到至高无上的幸福。鲁斯在描摹羊身上的羊毛时一丝不苟，乐此不疲，从不遗毫发的细节表达中我们不难发现他非常享受精雕细琢的过程，甚至希望这个过程不要那么快结束。"

"德薄才疏的人无法从艺术创作中体会到快乐与幸福，他们不是因为热爱艺术而工作，满脑子想的尽是手头上的活儿能换取多少好处和报酬，除此之外别无他想。被这么多世俗功利的私心杂念所捆绑，怎么可能创作出优秀的作品呢！"

---

① 约翰·海因里希·兰贝格(Johann Heinrich Ramberg，1763—1840)：德国画家、版画家。

② 希腊神话人物，迈锡尼国王，也是远征特洛伊的统帅，十年征战结束后回到家即遭到其妻与奸夫的谋害。

1824年3月30日，星期二

今晚，歌德府上只有我和歌德两个人。我们天南海北无所不谈，后来，我们聊起了法国戏剧与德国戏剧的不同之处。

歌德说："德国的观众很难像意大利和法国的观众那样形成一套正确清晰的评判标准。其中一大障碍就是我们的舞台简直就像一个大杂烩，什么剧目都往台上搬。就在同一个地方，昨天还在上演惨兮兮的《哈姆雷特》，今天就变成了闹哄哄的《斯塔波尔》①，明天观众们沉浸在《魔笛》②的庄严肃穆中，后天他们又会被《下一个幸运儿》③逗得前仰后合。这一大堆纷繁多变、不一而足的剧目把观众们看得眼花缭乱，晕头转向，你让他们如何学会正确地理解悲剧、欣赏喜剧。另外，每个人都有自己的偏好和期望，他们会情不自禁地回到上一次让他们达成所愿或心满意足的地方。但是，就像一个今天在某棵树上采到了无花果的人，当他第二天又来到这棵树下，却发现原本长着无花果的枝头上却结满了黑刺李，可想而知他有多沮丧了。要是有人喜欢黑刺李，他自然会去荆棘丛中寻找。

席勒曾经有过一个非常美好的愿望——盖一座只演悲剧的剧院，每周上演一部悲剧，观众限定为男性。不过这个想法只有在大城市方有可能实现，像我们这样的小地方就行不通的。"

① 全名为《斯塔波尔的婚礼》，是奥地利喜剧作家博伊勒(A. Bauerle，1784—1859)创作的一部闹剧。

② 《魔笛》是奥地利音乐家莫扎特(Wolfgang Amadeus Mozart，1759—1791)于1791年创作的著名歌剧。

③ 《下一个幸运儿》是德国剧作家缪勒(W. Muller，1767—1835)创作的滑稽歌剧。

我们又谈到了伊夫兰德[1]和柯策布[2]的戏剧作品，歌德对他们的创作手法评价甚高。他说："由于我们的观众分不清孰优孰劣，所以像伊夫兰德和柯策布之类的作家经常会受到不公正的非难指责。创作雅俗共赏的戏剧并不容易，德国文坛也许要等上好一阵子才能再现像他们两人这样优秀的剧作家了。"

我对伊夫兰德的《老单身汉》赞不绝口，看戏的时候完全沉醉其中。歌德说："毫无疑问，这是伊夫兰德最好的一部戏，不过也是唯一一部脱离通俗平淡之风，蕴含高深立意的戏。"

随后他告诉我，他和席勒曾经给《老单身汉》续了一个后记，不过不是用笔写的，而是在两人的交谈中口述完成的。歌德按场次介绍了后续剧情的发展，故事充满趣味，我听得津津有味。

然后，歌德谈起了普拉滕[3]的几出新剧。他点评说："从这些作品中我们能清楚地看到卡尔德隆对他产生的影响。剧本写得相当流畅，从某种意义上讲，故事也很完整成熟，但毋庸讳言，它们缺少一种更加深远的立意，总让人觉得轻飘飘的不够分量。作者在写作时似乎从没想过要通过手中的笔去激发读者和观众心中深沉的思想情感，也没有期望他们在曲终人散之后仍然感到有什么东西萦绕心头，久久不散。诚然，作品中确实也有几处拨动心弦的地方，可惜只是轻轻一碰，轻到触碰过后没有留下些微袅袅余音。这有点像浮在水面上的软木塞子，它毫不费力地漂来荡

---

① 奥古斯特·威廉·伊夫兰德(August Wilhelm Iffland，1759—1814)：德国通俗戏剧作家、演员。

② 奥古斯特·冯·柯策布(August von Kotzebue，1761—1819)：德国通俗戏剧作家。

③ 奥古斯特·冯·普拉滕(August von Platen，1796—1835)：德国诗人、剧作家。

去,可是所经之处却看不到一丁点它来过的痕迹。

“德国人需要的是热情专注的投入,深沉伟大的思想,和丰富饱满的情感。席勒做到了,所以他受到民众的爱戴。对于普拉滕的才华我没有一丝一毫的怀疑,但可能是因为艺术观点不同,他的作品中恰恰缺少上述三点。诚然,他向大众展现了他无与伦比的文化素养,他的聪明才智、连珠妙语,以及艺术创作手法上的完整圆熟,然而仅有这些,特别是对于德国人来说,是远远不够的。

“一般而言,感染打动民众的并不是作家的艺术才华,而是他的人格魅力。拿破仑没有读过科尔内耶①的作品,但他曾这样评价过这位悲剧大师:‘假如他还在世,我定封他为王’,而对于他所读过的拉辛②,拿破仑却没有说过类似的话。还有像拉方丹③,他之所以在法国人民心中具有极其崇高的地位,并不是因为他文采斐然,而是他通过作品所展现的高洁的品格和伟大的思想。”

后来我们又谈到了《亲和力》。这时,歌德说起了一桩小事,曾有个英国旅人对歌德信誓旦旦地说,等他回到英国后一定要和他妻子离婚。说到这里歌德忍不住笑了起来:“那家伙真是傻得可以!”接着又举了几个例子,都是些离婚之后又悔不当初的糊涂蛋。

“德累斯顿已故主教莱茵哈德生前百思不得其解,”歌德说,“为什么我对于其他事情都宽容有加,唯独在对待婚姻问题上却

---

① 皮埃尔·科尔内耶(Pierre Corneille,1606—1684):法国著名剧作家,与拉辛、莫里哀并称为法国十七世纪三大悲剧作家。

② 让·拉辛(Jean Racine,1639—1699):法国著名剧作家,与皮埃尔·科尔内耶、莫里哀并称为法国十七世纪三大悲剧作家。

③ 让·德·拉方丹(Jean de Lafontaine,1621—1695):法国著名诗人,以写寓言诗见长。

那么死守原则、寸步不让。”

这话立即引起了我的注意，因为它很清楚地表明了在那部备受争议的《亲和力》中歌德究竟想要表达什么。

后来我们的话题又自然而然地转到了蒂克①以及歌德和他的私人关系上。

“我对蒂克毫无恶感，”歌德说，“而且我相信他对我也同样如此。问题是在我同他的关系上有些事情脱离了原来的轨道。这不是他的错，也不是我的错，是某些人为的因素造成了现在这种尴尬的局面。

“当年，施莱格尔兄弟②为自抬身价大造声势，他们认为我的影响力过于强大，为了能与我抗衡，他们不得不另拉一个才能卓著的人加入到他们的阵营以壮大声势，而蒂克恰巧成为了他们想要寻找的对象。一旦蒂克被摆在了我的对立面，他在公众心目中的地位就会大大提高。于是施莱格尔兄弟力捧蒂克，无限夸大了他的优点长处。正是这种做法伤及了我和蒂克之间的关系，因为从一开始他就被人摆在了一个与我敌对的位置上，而蒂克自己也许并没有意识到这一点。

“蒂克是一位不容忽视的优秀人才，没有谁比我更清楚他出类拔萃的艺术才华，但是如果有人要将他的才能夸大到与我并驾齐驱的地步，那他们显然是打错了算盘。我不怕开诚布公地说这话，又不是我要自抬身价，所以说实话与我无害。我倒是想和莎

---

① 路德维格·蒂克（Ludwig Tieck，1773—1853）：德国著名诗人、翻译家、编辑、小说家，是十八世纪至十九世纪欧洲浪漫主义运动的奠基人之一。

② 施莱格尔兄弟（August Wilhelm Schlegel，1767—1845；Friedrich Schlegel，1772—1829）：德国浪漫派作家。

士比亚并驾齐驱呢,他也不是靠人吹捧才有了今天的地位,只是莎士比亚的成就太过卓越,对他我唯有崇拜敬仰的份儿。"

这天夜里,歌德谈笑风生,兴致极高,他拿来一些诗稿,大声地朗读起来。能够倾听他的吟诵真是我莫大的荣幸,不仅因为这些激情澎湃的诗句让我热血沸腾,更是因为歌德咏诵诗歌的方式让我看到了他的另一面,一个迄今为止我从未见过、但同样极具感染力的歌德。他的声音是那样抑扬顿挫,浑厚有力!那张满是皱纹、无比高贵的脸庞这一刻是那样朝气蓬勃,神采飞扬!还有那双眼睛,是多么睿智灵动,多么动人心魄啊!

1824年4月14日,星期三

下午一点左右,我和歌德一起外出散步,这次,我们谈到了不同作者的写作风格。

歌德说:"总体而言,哲学思辨对德国作家产生了许多不良影响,它诱导人们走上了一条盲风涩雨、艰难曲折的创作歧路。他们越贴近某种哲学流派,笔下的作品就越艰涩难懂。而像那些醉心于工作或是尽情享受生活的德国作家,他们都很务实,从而写出了令人称颂的作品。这一阵子我天天都在读席勒的书信,那些信写得极好。我发现只有当他摒弃了哲学空谈,其文风才显得雄浑壮丽,激荡人心。

"同样的情况也发生在德国女性作家身上,这些娴雅温婉的可人们文笔脱俗,风格清新,有些甚至远远胜过那些声名显赫的男性作家。

"英国作家一贯文采卓著,他们生来就是雄辩家,而且他们从不务虚,贴近现实生活便是他们的本色。

“法国作家的文风与其国民性如出一辙，他们天生喜欢交际，交流沟通时非常关注对方的感受，所以写文章时也会经常站在读者的角度考虑问题，在行文表达上务求明了通达以便读者理解、接受他们的观点，在遣词造句上力求优美流畅以便取悦读者，博得他们的欢心。

“总而言之，一个作者的创作风格是他思维方式和内心世界的真实写照，故而，如果作家想要写出条理分明的文章，那么首先他得具备清晰的思路；同样的，如果他要让文章充满雄壮宏伟的气势，那么首先他得成为一个高大伟岸的人。”

之后，歌德谈到了他的敌人，他们简直就像一个族群一样生生不息。他说：“这些人为数众多，不过倒是可以分成几个类别。第一类是愚昧的敌人，他们并不了解我，对我是什么样的人一无所知，饶是如此，也不妨碍他们乐此不疲地对我戳戳点点。在我七十多年的生涯中从来未曾缺少过这些人的陪伴，他们不累我都嫌累！不过话说回来，我不怪他们，不知者不罪嘛。

“第二类主要是那些嫉妒我的人。他们嫉恨我受上天眷顾，通过自己的努力赢得了无上的荣誉。他们盯着我的名声不放，恨不能见缝插针地往我身上泼脏水，大概只有亲眼看到我一贫如洗、一文不名了，他们才会停止对我的攻击。

“还有一类是由许多郁郁不得志的文人组成，他们中不乏才华横溢之人，因为恼恨我抢了他们的风头所以视我为眼中钉、肉中刺。

“第四类算是讲道理的敌人。我是一个凡人，凡人身上有的缺点我自然都有，而这些也难免会捎带进我的文章里。然而，我同时也是个热衷于不断提高、不断进步的人，纵观我的创作生涯，总体呈现的是越来越好、精益求精的态势，于是经常会发生这样叫人哭笑不得的事情：他们嘴里翻来覆去念叨的缺点毛病其实很久以前我就已经改正了。不过，他们倒是伤不了我，因为他们冲我开火的时候，我早已远远跑出了射程范围。一般说来，一部作品付梓之后我就对它失去了兴趣，我不再围着它思前想后，而是投身到新的写作计划中去了。

“另一类人之所以与我为敌主要是因为我们双方的观点、思维方式大异其趣。都说一棵树上找不见两片一模一样的叶子，那就可想而知在一千个人里几乎不可能找到两个在观点想法和思考方式上完全合拍的人。如果认同这一点，那么我就不奇怪为什么我的敌人和我的朋友、追随者一样多了。我的许多观念都异于这个时代，现世的思想主流是向主观思维一边倒的，而我竭尽全力想要登上客观思维的彼岸。孤军奋战难免陷我于不利的境地。

“在这一点上，席勒就比我强许多。有一位将军曾经好意提点我应该按照席勒的方式写文章。因为我比这位将军更加了解席勒的特点，所以通过一番分析向他说明了并非不能为，而是不可为。我依旧默默地走自己的路，不再关心得失荣辱，也尽量不再理会敌人的喧嚷聒噪。”

我们回到房里，愉快地用了晚餐。歌德的儿媳小歌德夫人刚从柏林回来，在席上她向我们讲述了许多在柏林的见闻。当谈到坎伯兰公爵夫人的时候，她显得尤为激动，因为在那里她受到了主人家热情的款待。歌德饶有兴致地说起他记得这位夫人，在她还是一位年轻公主的时候曾经和他母亲一同住过一段时日。

晚上，在歌德家里举办了一场阵容不俗的音乐会。几位唱功精湛的歌手在艾博温的指挥下演唱了亨德尔《弥赛亚》中的曲目。随后，卡洛琳·冯·艾格洛夫斯坦因伯爵夫人、弗罗里普小姐、博格维什夫人和小歌德夫人也加入了女声合唱。这是歌德盼望已久的盛况，今天他终于如愿以偿了。

歌德坐在稍远处，静静地聆听着曼妙的歌声。女士们将《弥赛亚》中的歌曲演绎得无比动人。就这样，我们如痴如醉地度过了一个美好的夜晚。

1824年5月2日，星期日

今天，当歌德知道我没有按他的意思去探访一户名门望族后对我颇有埋怨。他说："这个冬天你本来可以在他们家里度过许多个充实愉快的夜晚，认识很多有趣的新朋友，天知道你是怎么想的，居然把这一切都给错过了。"

我回答说："我这个人容易头脑发热，天生又爱管闲事，所以没有什么比和一群陌生人打交道更让我费思伤神了。自打出生后，从来没有人教过我应该如何待人接物，所以在这方面我就像一张白纸，没有任何经验。我觉得在结识您之后人生之旅才真正开启。现在，世上的一切对我而言都是簇新的，在剧院度过的每一个晚上，与您之间进行的每一次谈话都在我的心里开创了一片新天地。有些东西对于受过高等教育、过惯上等生活的人来说也许早就习以为常了，但于我却是前所未见，而一见之下便是刻骨铭心，终生难忘的。我求知若渴，恨不能牢牢抓住每一样新鲜事物，从中尽可能多地汲取养分。正是抱着这样的想法，这整整一冬从剧院和与您的谈话中我学到了太多东西，我的脑袋还有我的身心都已经装得满满的了，实在没有办法匀出多余的空间留给其他人、其他事了。”

“你倒是和别人不一样，”歌德听后哈哈大笑起来，“好吧，随你便吧，这些事你自己拿主意就是了。”

我又接着说道：“我总是把自己的好恶带进交际应酬中，我渴望付出最真挚的情感，同时也想收获别人珍贵的友情，我想寻找一个能与我完全投契的人，然后掏心掏肺地与他交往，至于其他泛泛之交我就无暇顾及了。”

“你这种性格确实不太合群，”歌德说，“但如果我们不想办法去改变自己的天性，那么接受教育、学习文化又有什么意义呢？老是希望别人和你想的一样是再愚蠢不过的事情了，我就从来不抱这样的幻想。我将每一个人视为一个独立的个体，我努力去研究、了解他身上所有与众不同的习惯、癖好，但我从不奢求我和他之间会有更多的交集。这种方式能让我有机会和每一个人交流沟通，从而了解人所具有的各式各样的性格以及帮助你在这个世界上立足的人情世故。当你和一个性格与你截然相反的人产生矛盾，这时你势必会攒聚所有潜能、动用一切智慧去攻克难关、化解矛盾，正是在这样的情况下，你会自觉或不自觉地挖掘出自己性格中从不为你所知的一面，并不断使之发展、壮大，这之后你就会发现无论再碰到什么性情古怪之人，你都能从容应对了。你应该尝试这么做，你比你想象中更有潜能，无论你愿不愿意，你都应该义无反顾地融入这个广阔的世界中去。”

我将歌德的谆谆教诲铭记于心，并决定尽一切可能付诸实践。

临近傍晚时分，歌德邀请我登上马车随他四处兜风。小径缠绕着山丘穿过上魏玛，往西眺望可以看到公园。成片的树木缀满雪白的花朵，桦树枝繁叶茂，郁郁葱葱。宽阔的草坪犹如一条碧色的地毯铺满大地，绚丽的落霞为它染上了一层金色的光辉。我们的目光追随着如诗如画的风景，每一处都美不胜收，让人怎么看也看不够。我们都觉得开满白花的树木不宜入画，因为容易和画纸的底色混淆；同样，长满枝叶的白桦也不适合出现在画面的显著位置，因为树叶的颜色太浅，极易和桦树白色的树干混为一谈，因此无法产生强烈的光影对比。歌德说："你从来不会在雷斯达尔①作品的前景里看到带有枝叶的白桦树，只有光秃秃的树干，一片叶子也没有。这样的树干非常适合作为画面的前景，因为它的亮色极富视觉冲击力，一下子就能抓住观赏者的眼球。"

我们可有可无地聊了一些其他话题，然后不知不觉地谈到了某些艺术家所犯的错误，他们原本应该将艺术当成自己信奉的宗教，谁料他们却反过来试图把宗教当成一种艺术。歌德说："宗教与艺术的关系其实和其他较高层次的精神追求与艺术的关系别无二致。宗教只能被看成一种素材，它和其他重要素材的作用、地位是一样的。有没有体现宗教信仰并不是一件艺术作品能否成为传世佳作的必要条件，彰显人的力量、包罗千差万别的人性才是不可或缺的要素，正是通过这些我们才理解了艺术的真谛，而它们也恰恰就是艺术创作的要旨所在，如果没有它们，艺术就会变得毫无价值。宗教本身是一个不错的艺术素材，但前提条件是它必须具备人文情怀。正因如此，怀抱圣婴的圣母玛利亚成为

① 雅各布·凡·雷斯达尔（Jacob van Ruisdael，1628—1682）：十七世纪荷兰最为出名的风景画家之一，也是荷兰古典主义风景画的先驱。

了艺术创作中喜闻乐见的题材，即便它成百上千次地出现在了不同形式的艺术作品中，但依旧让人百看不厌。”

说话间，我们的马车已经绕着树林缓行了一圈，在从蒂尔福特返回魏玛的路上，我们看到了日落。歌德一度陷入沉思中，稍后他向我吟诵了古人的诗句：

即便今日已缓缓西坠，

明朝升起的仍旧是那轮红日。

他悠然地说道：“一个七十五岁的迟暮之人必定不止一次想到过死亡，不过对此我倒是安之若素，因为我深信肉身虽会腐坏，但灵魂不灭，它会生生世世存续下去，永垂不朽。就像太阳，所谓的日落西山不过是肉眼看到的景象，其实太阳永远高悬于天际，永远闪耀着万丈光芒。”

此时，太阳已经完全隐没在艾特斯堡之后，夜晚的树林里弥漫着阵阵寒意，沁人肌骨，我们加快速度往回赶。下了马车，歌德要我随他进去再坐一会儿，我欣然从命。他谈兴不减，脸上看不出丝毫倦意。我们聊了很多他对于颜色理论的见解，还有那些老和他唱反调的反对派们的主张。歌德认为他对于这门学科做出了一定的贡献。

他说：“开创一个新时代须具备两个条件，缺一不可：第一，聪明的脑袋；第二，丰厚的遗产。拿破仑继承的遗产是法国革命，腓特烈大帝[①]承袭的遗产是西里西亚战争，成就马丁·路德的正是黑暗的教会统治。而我现在拿到的遗产便是牛顿的错误理论。

---

① 腓特烈大帝(Friedrich Ⅱ，1712—1786)：即腓特烈二世，普鲁士国王(1740年5月31日至1786年8月17日在位)。德国国父级人物。

这一代人怕是认识不到我在这方面的成就了，但是我们的子孙后代会承认我留给他们的这份遗产一点也不寒酸。”

今天早上歌德差人送来一卷关于戏剧评论的手稿，我在其中发现一些零散的评注，主要是歌德在指点沃尔夫、格鲁纳成为一名优秀演员时留下的研究笔记和表演理论。我认为这些文字对于年轻的演员们而言具有非同一般的指导意义，故而提议把它们整理出来，以问答的形式编纂成一本基础教学理论手册。歌德认为此法可行，于是我们就这一话题进行了更深入的探讨。我们先谈到了歌德一手培养的几位杰出表演艺术家，我借机提起海根道夫夫人，并向歌德询问了她的情况。歌德说：“或许她多少受了我的影响，但严格说来，她并不是我的学生。她天生就是一个为舞台而生的演员，每一个角色都像是为她量身定制的一样，演起来妥帖自然，饱满酣畅。她压根就用不着我教，上了台后举手投足、一颦一笑拿捏得如此精准到位、丝丝入扣，恐怕连她自己都未必清楚她究竟是如何做到的。”

然后，我们又聊起了他主持剧院工作的那段岁月，慨叹多少原本可以埋头文学创作的光阴就这样一去不返了。歌德说，“或许我因此与许多文学作品失之交臂，但细细想来，我觉得也没有什么可后悔的。在我看来，所有做过的事情无非就是一个符号，无论做出来的是罐子还是碗对我来说都没有什么不同。”

1824年8月16日，星期二

这些日子和歌德聊过许多话题，但是因为诸事缠身，所以未能及时从他涉猎甚广的谈话中记录下要点。

以下的只字片语摘自我的日记，至于这些金玉良言当时的出处以及彼此之间的关联我已不复记忆：

“人就像是漂浮在水面上的罐子，难免会磕磕碰碰。”

“早上我们最精明，但也最焦虑，话说回来，焦虑其实也是一种精明，虽说它只是消极的精明。愚笨的人一般不焦虑。”

“我们不能把年轻时犯的错误带到老年，因为老年有老年要犯的错。”

“宫廷生活犹如弹奏一支曲子，每个人都得跟上拍子。”

“如果朝臣不借着繁文缛节消磨时光，想必他们都得死于无聊。”

“即便是再微不足道的小事，都不可谏言君王妥协让步。”

“将演员领上舞台之人须有无限耐心。”

1824年11月24日，星期三

今晚去剧院看戏前先去了歌德那儿，他看上去精神矍铄，容光焕发。他问起了在这里逗留的几位英国年轻人的近况，我告诉他这几日我正想和杜兰先生一同研读一下普鲁塔克[①]的德译本，于是话题便自然转到了罗马和希腊历史，歌德是这样说的：

“对我们而言，罗马史如同冬扇夏炉，毕竟，我们已经在崇尚人道、尊重人性的大道上走得很远，实在难以消受凯撒大帝凯旋时披肝沥胆的战歌。希腊历史同样无法引发我们内心由衷的赞叹，诚然，当这个国家面临外敌时，它英勇无匹，用热血写下了壮丽光辉的篇章，但它本身又是一个内忧不断的国家，城邦与城邦

① 普鲁塔克(Plutarch，约46—约120)：罗马帝国时代的希腊作家、哲学家、历史学家，因著有《希腊罗马英豪列传》而闻名后世。其作品在文艺复兴时期广受欢迎，蒙田对他推崇备至，莎士比亚的不少剧作都取材于他的记载。

之间终年战火纷飞，不是你死就是我亡，这种同室操戈、手足相残之事实在让人觉得匪夷所思、不寒而栗。再者，我们国家的历史同样灿若星辰，莱比锡之战、滑铁卢战役都在历史画卷中留下了浓墨重彩的一笔，相形之下，像马拉松之类的战役就显得黯然失色了。此外，我们这个时代的英雄们也毫不逊色，像法国的将军元帅，德国的布吕歇尔①，英国的威灵顿②，他们每一个都是铁骨铮铮、叱咤风云的好汉，他们创下的丰功伟绩可以媲美任何一位古希腊、古罗马的英雄。”

然后，我们谈到了当代的法国文学，以及法国人对德国文学所表现出的日益浓厚的兴趣。

歌德说：“法国人研究、翻译我们的文学作品，此举非常明智。因为他们无论在文体形式上还是在主题选材上都有很大的局限性，所以除了借鉴国外文学作品外别无他法。德国作家也许会因为文体形式过于朴拙、未臻工巧而遭人诟病，但就内容立意而言，我们绝对走在了法国人之前。柯策布、伊夫兰德的戏剧作品其主题无所不包，对于法国的同侪们而言简直可以说取之不竭、受用不尽。不过，最受法国人欢迎的莫过于我们的哲学理想，因为任何一种理想都能让革命师出有名。

“法国人有悟性、有才智，但他们缺少扎实牢固的根基和虔敬恒常的信仰。凡是能帮到他们获得眼前之利、为他们的派系斗争

---

① 格布哈德·列博莱希特·冯·布吕歇尔(Gebhard Leberecht von Blücher, 1742—1819)：普鲁士元帅，因在数次重大战役中立下战功而声名远扬，曾打败过拿破仑。

② 亚瑟·韦尔斯利，即第一威灵顿公爵(Arthur Wellesley, first Duke of Wellington, 1769—1852)：别名铁公爵，反拿破仑战争中的联军统帅之一，以指挥滑铁卢战役闻名于世。英国第二十一任首相，也是世界上唯一获得七国元帅的军衔者。

添加砝码的，就是正确的。同理，他们赞美我们也绝不是因为真心认同我们的长处优点，只不过是我们的观点恰好能为他们所用，能巩固夯实他们的派系实力罢了。”

接着我们又聊起了德国文学，以及我国的年轻诗人在成长道路中所面临的障碍。

歌德说：“我们大多数的年轻诗人都没有什么大毛病，唯一的问题就是他们太过忽略自己的内心世界，同时缺乏在现实世界中寻找素材的能力。他们即便能找到一种素材，也必然是与他们周遭环境非常相似、能与其主观世界产生呼应的素材。但如果说有这样一种题材，它本身极富诗意，但与他们的主观世界相斥相离，那么就不可能被列入他们的选材范围。

“不过，正如我之前所说过的那样，如果能通过潜心研究、观察体验生活，从而塑造出哪怕只是几个让人眼前为之一亮的角色，那么我们的文学，至少我们年轻诗人的前途还是非常乐观的。”

1824年12月3日，星期五

近日我收到约稿函，让我每月为一家英国杂志撰写关于德国文坛最新作品的评论文章，稿酬相当优渥。当时我很想一口应承下来，但转念一想，此事还是先征询一下歌德的意见为妥。

晚上我来到歌德家。屋里的窗帘都已阖上，歌德坐在桌旁，看样子已经用过晚膳。桌上点着两支蜡烛，烛光照亮了他的脸庞和他面前一尊巨大的半身像，歌德正在仔细地端详着它。和我打过招呼后，他指了指雕像问道：“知道这是谁吗？”“看上去像是一位诗人，应该是意大利人吧。”我答道。歌德说：“这是但丁。大体来说还不错，头颅刻得很细致，不过总让人觉得哪儿不太对劲。他显得那么苍老，肩背佝偻，面含怒气。五官的线条松弛下垂，神色涣散，好像刚从地狱回来一样。我有一枚但丁的像章，制于他在世时，雕刻得要比这座塑像漂亮许多。”

他起身拿来像章。“看到没有？鼻子的线条多么坚毅挺拔，上嘴唇多么饱满丰润，下颚多么刚劲有力，与颧骨的弧度如此匹配协调。半身像的眼睛和额头部分倒是和像章基本一致，但其他部位就显得老迈羸弱许多。好了，我也不打算对着一件新作品吹毛求疵了，总体而言，它已经相当不错了，值得夸奖。”

话题一转，歌德问起我的近况，最近都做了些什么，有何感悟。于是，我便告诉他英国杂志邀我撰写关于德国文学新作短评一事，报酬丰厚，我也有意接受这份工作。

一听这话，歌德原本温和慈祥的脸上顿时笼上了一层阴霾，他的每一个表情都在告诉我他不赞同这个决定。

他说：“我真希望你那些朋友能收回邀约还你一片清净。这些事情与你的禀赋本性相悖，它们不是你要走的那条路，你为何要为它们分心伤神呢？市面上有金币、银币、纸币，每种货币都有相应的价值，要正确认知每一种货币价值几何，就要搞明白它们之间的兑换率。文学作品同样如此。就好比说如果你只认识金属货币，但对纸币一无所知，那么你就无法公正地判断这两种货币的价值，甚至还有可能造成损失。如果在文学评论中你想要做到公正、公平地把每一部作品都归置到它应有的位置上，那么首先你就必须要了解处于中流水平的文学作品以获取评判的基准，而如此浩繁的研究工作必定要有极大的决心、毅力方可成事。你必须先回头看看施莱格尔兄弟的文学主张和成就，而后通读后起之秀的作品，比如弗朗兹·霍恩[①]、霍夫曼[②]、克劳伦[③]等等。这还不够，你还得读遍时下所有的期刊杂志，从晨报到晚报一个都不能落下以免错失最新作品的讯息。可这样一来，你无疑就浪费了人生中最好的光阴年华。要想鞭辟入里地评论文学作品，你不能只是浮光掠影地翻翻书本，而是要深入透彻地进行研究分析。你喜欢这样的工作吗？到最后，即便你认为某部作品简直就是垃圾糟粕，你也不能实话实说，因为这样势必会在文坛掀起一场唇枪舌剑的骂仗。

"照我说的去做，回绝稿约，这不是你应该做的事情。你一定要时刻警惕不要为不值当的事分散精力，应该尽量集中精神做好有意义的事。如果早在三十年前我就能懂得这个道理，那么我的成就肯定远胜于今日。当初我和席勒在他担任主编的《四季女神》和《文艺年鉴》上浪费了多少时间啊！现在，当我重新翻阅我与他的书信，更是深切地体会到这一点。当年我们呕心沥血的付出换来的却是世人的冷嘲热讽，同时又没有为我们自身的文学修养带来任何裨益，一想到这些真是悔不当初。天才总觉得别人能做的事情自己肯定也行，但事实并非如此，而且有朝一日他们终会为那些被虚掷的光阴追悔不已。就像花了一个晚上卷起满头波浪有什么意义呢？你把卷发纸夹在了一绺一绺的头发里，辛辛苦苦地卷起来固定好，可到了第二天晚上，头发又变直了。"

---

① 弗朗兹·霍恩(Franz Horn，1781—1837)：德国诗人、文学史家。

② 霍夫曼(E. T. A. Hoffmann，1776—1822)：德国作家，擅长以荒诞离奇的情节反映现实，是浪漫主义运动中的重要人物。

③ 海因里希·克劳伦(Heinrich Clauren，1771—1854)：德国作家，文风优柔伤感。

歌德继续说道:“对你来说,目前最重要的事情就是为自己积累一大笔用不完的本钱。认真学习英语、仔细研读英国文学就能帮助你获取这样的资本,而现在其实你已经开始这样做了。坚持下去,切莫半途而废,或被其他琐事干扰。同时你要好好把握和英国年轻人交往的大好机会,多和他们切磋交流。你在年少时没怎么接触过英语这门古老的语言,如今光辉灿烂的英国文学正好可以为你提供学好英语的最佳途径。要知道,德国文学绝大部分都是英国文学这棵参天大树上散开的枝叶。我们的小说、悲剧若非源自戈德史密斯①、费尔丁②、莎士比亚,那又会来自何处?而现如今,即使寻遍德国,你又能否找到三位可以和拜伦、穆尔③、沃尔特·司各特④并驾齐驱的文学大师?我再强调一遍,潜心学习英语,研究英国文学,全神贯注地去做对你有益的事情,至于那些与你性情禀赋不合、同时又毫无意义的俗务就此丢开手吧。”

如此推心置腹的恳谈让我着实感动,现下我已心境澄明,决定遵照歌德的建议去做。

这时,仆人通报说穆勒首相到访。首相先生进屋后在我们身旁落座,之后话题便又重新转回到但丁的半身像以及他的生平和

---

① 奥利弗·戈德史密斯(Oliver Goldsmith,1728—1774):英国诗人、作家,浪漫主义流派的重要先驱。

② 亨利·费尔丁(Henry Fielding,1707—1754):18世纪最杰出的英国小说家、戏剧家,英国启蒙运动的代表人物之一,是英国第一个用完整的小说理论来从事创作的作家,被沃尔特·司各特称为“英国小说之父”。

③ 托马斯·穆尔(Thomas Moore,1779—1852):爱尔兰优秀诗人。

④ 沃尔特·司各特(Walter Scott,1771—1832):英国著名历史小说家、诗人。以苏格兰为背景创作诗歌而出名,但拜伦出现后,他意识到自己无法超越,于是转而开始创作历史小说,终于成为英国历史文学的一代鼻祖,代表作有《艾凡赫》、《惊婚记》、《红酋罗伯》、《肯纳沃尔斯堡》等。

著作上。我们特别提到了这位作家行文艰深晦涩，就连他的同胞们也未必能懂，可想而知一个外国人如果想要读懂、读透那就更是难上加难了。歌德转向我和蔼地说道："你的告解神父必定会严令禁止你去研究这位诗人的。"

歌德还谈到作家选用的韵脚过于冷僻，而这也是其诗歌令人费解的主要原因之一。不过除此之外，歌德在谈到但丁时都充满敬畏之情。我特别注意到他似乎觉得"天才"一词犹显不足，所以用了"自然之子"来称呼他，仿佛只有这样的词汇才配得上一个洞幽烛微、博大精深的灵魂。

1825 年

1825 年 1 月 10 日，星期一

歌德一直对英国人抱有好感，所以他希望能通过我结识目前正在魏玛逗留的几位英国青年。这天下午五点，歌德约我和英国工程师 H 先生去他家做客，此前我已多次在歌德面前称赞过这位 H 先生。我们如约而至，仆人把我们领进一间舒适的房间，壁炉里正燃着暖融融的炉火，歌德通常会在这里消磨午后和夜晚的时光。桌上点着三支蜡烛，主人不在，不过我们随后听到隔壁房间传来他的谈话声。

H 先生正好抽空打量屋子。他注意到除了墙上挂满了油画和一大幅山川地貌图外，屋内还摆放着一个装满画册的大书柜。我告诉他，里面全都是名家大师的手笔，还有各个流派最经典的雕版印画，所有这些是歌德的毕生所藏，闲暇时，他会时不时地拿出来反复玩味，细细品鉴，静静地享受艺术之美。

片刻后歌德走进屋内，热情地与我们寒暄起来。他对 H 先生

说:“我想我或许可以用德语与你交流,因为我听说你的德语已经学得相当好了。”H 先生自谦了几句,然后歌德请我们落座。

H 先生的言谈举止想必给歌德留下了极好的印象,这从他对待这位陌生人和蔼亲切的态度中就可见一斑。歌德说:“你能来德国学习德语,这非常好。因为在语言环境中你不仅能更快更好地掌握一门语言,而且还能了解这门语言赖以生存、进而得以蓬勃发展的载体——我们的风土气候、生活方式、风俗习惯、社交礼仪、政治体制,然后把这些见闻带回你的祖国,介绍给你的亲朋好友。”

H 先生说:“现在英国举国上下掀起了一股德语热,出身良好的年轻人几乎都在学习德语。”

歌德愉快地说道:“说到学外语这件事,我们德国人可是要比你们领先半个世纪了。因为早在五十年前,我就开始学习英语、研究英国文学作品了,所以我对贵国的作家、民众的生活方式以及国家的政治体制都十分了解。即便我现在只身一人去英国,也不会觉得自己是一个异乡人。

“不过,就像我刚才所说的那样,你们年轻人能来德国学习我们的语言其实是一个非常明智的选择。这不仅因为德国文学本身具有极高的价值,值得各方人士学习,而且熟练掌握德语这一门语言后就大可不必再花时间学习其他外语了,对于这一点想来你也不会提出异议。请注意这里我说的不是法语。法语是一门社交语言,当你周游列国时法语必不可少,因为无论你走到哪里,人人都会说上一两句,只要会法语,翻译基本上就派不上什么用场。不过,说到希腊语、拉丁语、意大利语、西班牙语的原著,那么你能找到最全最好的译本就不是法语而是德语了。所以,除非你有其他目的，否则只要你会德语，就不必再大费周章地去学习那些语言了。德国民族特性中很重要的一点就是在追求个性的同时充分尊重外来事物，适应、接纳、融合不同事物的特点，加上德语与生俱来的灵活性，其译本能在最大程度上忠实于原著，而且译文练达，能完美呈现原著风格。另外，应该不会有人否认一部好的译著通常能让人获益良多。比如，腓特烈大帝不懂拉丁文，但他读过西塞罗①著作的法语版，而他的收获不见得比我们读原著来的少。"

接着，话题转到了戏剧上。歌德问H先生是否经常去剧院。他回答说："每晚都去，而且我发现看戏对理解德语有很大的帮助。"

"这一点很有意思，"歌德说，"一般来说，都是耳朵领先于嘴巴，也就是先听懂，然后才会开口说，所以，学外语的人也许能很快听懂所有他听到的，但未必能表达他所想表达的。"

H先生深有同感："千真万确，我每天都在经历这样的折磨。凡是我耳朵听到的、眼睛看到的，我心里都很明白是什么意思，甚至有时我能察觉到某句德语的表达不够准确地道，可是真要说话时，就只有张口结舌的份儿了，而且即便能说，也往往词不达意。在宫廷里请安，和夫人小姐寒暄，或是在舞会上与舞伴攀谈，以及诸如此类的简单对话我倒是能驾轻就熟，不过只要想就某个比较严肃的话题表述一下自己的观点，或是和他人分享自己独到的见解，往往就有些力不从心了。"

---

① 马库斯·图留斯·西塞罗(Marcus Tullius Cicero，公元前106—前43)，古罗马著名政治家、演说家、法学家和哲学家。

“千万别因为这个感到灰心丧气，”歌德说，“这些不同寻常的话题就算是用母语讨论也不是张口就来那么容易的。”

歌德随即又问H先生读了哪些德国文学作品。后者回答说：“我读了您的《艾格蒙特》，在研读过程中发现了很多乐趣，所以我反反复复读了不下三遍。《托尔夸托·塔索》也很有意思，带给我许多美好的阅读体验。现在我正在拜读您的《浮士德》，不过这部作品读得有些吃力。”

听到最后一句话，歌德笑了起来。“说真的，”他说道，“要是事先知道，我是不会建议你去读《浮士德》的，这本书里疯话连篇，主人公的思想情感已经超出了常人能够理解的范畴。不过既然你已经开始读了，那就不妨试着继续下去，看看能不能读到最后。浮士德是个古怪的人，很少有人能勘透他的内心世界，梅菲斯托菲勒斯这个角色的性格也很难把握，他玩世不恭，同时又是在红尘俗世中摸爬滚打过来的，所以为人处世非常圆熟老辣。慢慢看吧，说不定其中某个片段、某个人物会打开你的心窗，与你产生共鸣。而《塔索》正好相反，它更贴近我们所熟悉的人情世故，而且因为前因后果交代得比较详细，所以更便于读者理解。”

H先生说：“可是在德国，很多人都认为《塔索》比较晦涩，他们听说我在读《塔索》都觉得不可思议。”

歌德说：“要读懂《塔索》，读者必须已经成年，不再是个懵懂的孩子了，而且他和上流社会要有一定的交集。一个家世不俗、头脑聪慧，同时受过良好教育，在与成功人士的交往中耳濡目染的年轻人一般都不会认为《塔索》有多艰涩难懂的。”

话题进而又转到了《艾格蒙特》上。歌德说：“《艾格蒙特》写于1775年，那是五十年前的事了。在创作过程中，我特别注意要忠于史实，务求做到真实准确。十年后我在罗马逗留期间，某天看到报纸上有一篇时事报道中几乎原封不动地照搬了《艾格蒙特》里关于荷兰革命的场景描写。如此看来，这个世界没多大改变，而我的创作多少是富有生命力的。”

聊着聊着，不知不觉已到了戏快上演的时间，我们起身告辞，歌德与我们殷殷道别。

回家的路上，我问H先生对歌德的印象。他说：“我从来未曾见过有人像他一样慈蔼和善，同时又从骨子里透着一股不容置疑的高贵。无论他待人接物如何谦逊，你都不会怀疑他有多么伟大。”

1825年1月18日，星期二

傍晚五点我来到歌德家。已经有好些日子没来看望他了，心中十分怀念与他共度的那些美好夜晚。此时，歌德坐在暮色笼罩的书房里，正和他的儿子还有御医雷拜因说着话。我径自走到桌旁坐下，在幽暗的光线中和大伙聊了几句。不一会儿，仆人端着点好的蜡烛走进屋，我看到烛光里的歌德神采奕奕，气色极佳，心里头有种说不出的高兴。

如同往常，他先是问我近况如何，我告诉他我认识了一位女诗人，并对她出众的才华倾心不已。歌德恰好也读过她的诗作，他肯定了我的评价，认为我所言不虚。

他说：“在其中一首诗中，她描写了住所附近的乡村景色，可以说是别具一格，独具匠心。她不仅善于描摹外部世界的实物，同时对于捕捉内心世界的思想情感也非常在行。也许她的作品中还有许多毛病，不过我们应该让她自由发展，不要对她管头管脚，唯有这样，她的才华才会引领她到达她应该去往的地方。”

于是，我们的谈话很自然地落到了女性作家的身上。雷拜因说，在他看来女性写诗的才华似乎是一种由性别本能决定的智慧。歌德一听这话便笑了起来，他看着我说：“听听！性别本能！让我们洗耳恭听御医大人是如何自圆其说的。”

雷拜因说：“我也不晓得有没有把话说清楚，但大体上就是这种感觉。通常而言，富有才情的女人在情路上总是不太顺利，于是她们就会将生活重心转向才能学养方面的追求，以期获得一种补偿。要是她们都在如花似玉的年纪早早步入婚姻殿堂，然后养育后代，相夫教子，那么她们就不太可能对着诗笺寄情抒怀了。”

歌德马上接口说道：“姑且不论你这番言论到底是对是错，不过我倒确实发现在其他方面极具才华的女性只要一结婚所有的灵感才气立马消失得无影无踪了。我认识几个画艺极为出色的女孩子，可是当她们结婚生子后一切都结束了，她们成天围着孩子转，压根就没工夫拾起画笔。”

他兴致勃勃地往下说道：“女士们爱怎么写就怎么写吧，只要男人们不像她们那样动不动就对月垂泪、悲春伤秋就行。然而天不遂人愿，现实偏偏就是如此。翻翻我们的期刊杂志、诗词年鉴，你会发现所有作品的风格越来越柔弱萎靡，充满阴柔之气。试想，如果《晨报》上刊载切利尼[①]《自传》中的某一章节，那股喷薄而出的阳刚之气铁定把其他所有作品都给比下去了。”

他谈兴甚浓，继续说道：“好了，先不谈这些。现在让我们来

---

① 本韦努托·切利尼(Benvenuto Cellini,1500—1571)：意大利雕塑家，除雕塑外也从事金币、奖牌等金属制品的制作，代表作有帕尔修斯雕像，并著有《自传》一书。

认识一下一位来自哈雷的姑娘[①]，她以雄健的笔锋带领我们走进了塞尔维昂的世界。这些诗歌让人叹为观止，其中有一部分甚至可以和《雅歌》媲美。我写了一篇关于这些诗歌的评论，文章已交付刊印。”他一边说着，一边把最新一期《艺术与古风》的头四份校样递给我，在上面我找到了他刚才提到的文评。“我根据每首诗的主题对其特点作了简短的评述。诗歌的素材都非常有意思，我想你肯定会喜欢。雷拜因对诗歌也颇有研究，至少对诗歌的含义和中心思想领会得非常准确，想来他也很愿意聆听你大声朗读这些诗句。”

我缓缓地诵读着，一首接着一首。意境的铺设是如此鲜明突出，意味深长，似乎每读一个词，整首诗的画面就会跃然纸上。以下是我认为写得非常优美动人的诗句：

1. 质朴端庄的塞尔维昂姑娘，从未扬起她那两泓盈盈的眼波。

2. 伴郎心乱如麻，他马上就要把心爱的姑娘领向新郎身旁。

3. 心里牵挂着情郎，姑娘不愿把歌儿唱，她不想强颜欢笑，来掩饰内心的伤。

4. 世风日下令人摇首瞠目：年轻小伙牵手未亡之人，白发老叟迎娶黄花姑娘。

5. 年轻小伙心怀愁闷，怪罪姑娘的母亲给了女儿太多自由。

6. 姑娘与心上人的马儿亲热地说着悄悄话，马儿把主人的喜好与心事统统告诉了她。

---

① 此处指特雷瑟·冯·雅各布（Therese von Jakob，1797—1870）：美籍德裔女作家、语言学家、翻译家。

7. 姑娘的眼里容不下她不爱的男人。

8. 酒肆里的女侍出淤泥而不染:她择偶的目光从未落在酒客身上。

9. 寻寻觅觅找到心爱的人,轻轻柔柔将他从懵懂中唤醒。

10. 我未来的丈夫何以为生?

11. 喋喋不休的唠叨让爱情失去了欢颜。

12. 来自异乡的情人,白天含情脉脉地看着她,夜里给她带来无限惊喜。

我对歌德和雷拜因说,仅仅看这些诗歌的主题句已经让人心潮澎湃,如此引人入胜的描述让我觉得仿佛已经置身于诗歌的意境之中,无需再读细节描写了。

"你说到点子上了,"歌德说,"确实如此,你看到了主题和中心思想的重要性,可惜鲜有人明白这一点。我们的女士对此也毫无概念。'这诗写得太美了,'她们如是说,但她们口中的美指的多半是诗句中流露的情感,诗歌的辞藻和韵文的格律。人们做梦也没有想到一首诗真正的美存在于情景和主题中。正是因为没有人意识到这一点,无数诗人创作的无数首诗歌其实都只是一纸空文,里面找不到主题思想,纯粹依赖情感和音律堆砌出一种存在感。那些半吊子的业余诗人,尤其是女性诗人对于究竟什么是诗歌所知甚少。他们通常以为只要掌握作诗的技巧就抓住了诗歌的精髓,并且必将大有作为。可惜,他们想错了。"

这时,仆人通报莱米尔教授到访,正好雷拜因有事先行离开了。莱米尔进屋后在我们身边坐下来,三人就塞尔维昂爱情诗的话题继续展开讨论。莱米尔在简单了解了一下我们刚才的谈话内容后说,根据上述列出的主题的确可以作成一首完整的诗,而且已经有德国诗人选用了类似的主题开始进行创作，只是他们并不知道已有珠玉在前。随后他列举了几首自己写的诗歌为例，而我也提到几首歌德的诗歌，刚才朗读的时候我脑海里就不断地浮现着这些作品。

歌德说："这个世界上的人和事大体都是一样的，相似的故事、相同的情境不断地重复着，不同的民族在日常生活中一样要面对柴米油盐、衣食住行的问题，在喜怒哀乐、爱恨情仇上也有着共通的情感体验，所以为什么不同的诗人所创作的诗歌就不能重叠、不能雷同呢？既然生活的情境就这么些版本，那么凭什么非得让诗人们写出完全不同的作品呢？"

莱米尔接口道："人们的日常生活、情绪以及感受其实是非常相似的，也正是由于这种共通性，所以我们能够欣赏其他国家的诗歌。若非如此，那么对于国外的诗歌作品我们肯定会不知所云。"

我也说道："这也是那些满腹经纶的学究们让我看不懂的地方，他们好像认为诗歌创作不是源自于生活本身，而是来自于书本。他们总说：'这一处是从这本书里抄来的，那一处是照搬那本书的。'举个例子，如果他们发现莎士比亚著作里的某个片段与那些古代作家的作品有相似之处，他们就会认定莎士比亚在拾人牙慧。莎士比亚的书里曾出现过这样一个场景，当人们看到一个美丽的姑娘，纷纷表示艳羡之情，说姑娘的父母和她未来的夫婿真是有福之人。因为类似的场景也曾在荷马史诗中出现过，于是乎学究们就一口咬定莎士比亚剽窃了荷马的构思。这是什么奇谈怪论！就好像有人真会为了描写这些生活中再寻常不过的片段巴巴地在故纸堆里东翻西找、摘句寻章似的，其实这些事情每天都在人们的眼前发生着，被人们体验感受着，奔走相告着。”

歌德说：“说得好，确实就有人这么荒谬可笑！”

我接着说道：“在这个问题上，拜伦爵士竟然也与他们同出一流。他把您的《浮士德》拆解成一小段一小段，说这段抄自哪里，那段又引自哪里。”

歌德说：“拜伦爵士所说的那些伟大出处我都没有拜读过，更不用说我在写《浮士德》时动过任何想要借鉴的念头了。作为诗人，拜伦无疑是杰出的，可是只要碰到需要他动脑子思考的时候，他就和孩童没什么两样了。当面对同样的质疑声，当遭到本国同胞蛮横无理的谩骂攻击时，他甚至想不出任何对策加以抵挡。他应该以更强硬的姿态严正声明自己的观点：‘这就是我写的，无论它出自于书本还是生活都不重要，重要的是我有没有用对地方。’沃尔特·司各特也曾借鉴过《艾格蒙特》中的一个场景，他有权这么做，这是他的自由，而且他运用得当，所以值得肯定和赞扬。他还在他的爱情诗中塑造了一个和米娘非常相似的角色，至于这个仿写的角色是否和米娘同样成功，那就另当别论了。而拜伦笔下那个改头换面的恶魔身上怎么看都摆脱不了梅菲斯托菲勒斯的影子，他这么做也无可厚非。要是他不参照原型，完全凭空杜撰，结果没准更糟糕。因此，就算我的梅菲斯托菲勒斯唱了一首莎士比亚的歌谣，那又有什么不可以的呢？只要那首歌正好适合那个场景，唱出了人物想要诉说的情怀，那为什么我非得绞尽脑汁重新创作一首新曲来呢？同样的，如果《浮士德》的开场白与《约伯记》的开端有些许相似，而且这一借鉴是恰如其分的，那么我获得的就应该是褒奖而不是谴责。”

歌德说到了兴头上，他唤人拿来一瓶酒，为我和莱米尔斟满了酒杯，他自己则喝玛丽亚温泉水。今晚，他好像约了莱米尔一同来校勘自传的续篇，看看有什么地方需要修改的，特别是在文字上有没有需要润色的地方。“让艾克曼留下来一起听听。”歌德说。这个提议正中我下怀，然后他把手稿放在莱米尔面前，后者从1795年那部分开始认真朗读起来。

去年夏天，我已经有幸反复读过这部分尚未出版的手稿，时间跨度约莫从1795年一直到最近，在阅读过程中我也在不停地思考、斟酌。不过，今天能在歌德本人面前聆听旁人朗读这部分稿件，我感受到了一种全新的乐趣。在诵读过程中，我发现莱米尔格外注意语句的表达方式，同时我也由衷地钦佩他对于文字所具有的过人的敏感度和惊人的词汇量。歌德在一旁侧耳倾听，那段被记录于书册里的岁月在莱米尔行云流水般的诵读中变得鲜活、立体起来。他深深地沉浸在对往事的追忆中，有时候当读到某个人、某件事时，他会以口述的形式补充一些细节，让叙述变得更加丰满详实。这是一个多么弥足珍贵的夜晚啊！我们谈到了数位与歌德同时代的伟人，但在1795年至1800年这部分书稿中，被谈及最多的还是席勒，在那段时期内，歌德和席勒联手创作了许多剧本，为戏剧事业做出了卓越的贡献，而歌德最杰出的几部作品也正是出自那个阶段。当时，《威廉·麦斯特》已经完稿，《赫尔曼与窦绿苔》已完成构思并开始动笔，切利尼的《自传》翻译完毕并刊载在《四季女神》上，两人携手合作的《讽刺诗集》发表在席勒主编的《缪斯年鉴》上，如此密切的合作关系注定了两人隔三岔五就会聚在一起惕厉切磋。那一晚，我们的谈话包罗了上述所有内容，而歌德的妙语高论更是贯穿了整个夜晚。

歌德说：“《赫尔曼与窦绿苔》是至今为止所有长篇诗歌中唯

一令我满意的一部作品，每每重读，总难免心潮起伏，而且在所有译本中我最钟爱拉丁语那个版本，在我眼里，它显得如此优雅迷人，我甚至觉得这首诗仿佛原本就是用拉丁文写的一样。”

《威廉·麦斯特》也时不时会成为我们的话题。“席勒曾经批评我说不该在这部小说里溶入悲剧元素，不过现在我们都知道他错了。在他的书信中记录了许多关于《威廉·麦斯特》的重要观点和见解。然而，这是一部最让人捉摸不透的作品，即便我本人也很难说就一定揣着一把解读它的钥匙。人们想要找到作品的核心思想，不仅要经过艰难的跋涉，而且甚至还有可能走入迷途。其实，我认为只要将世间百态呈现在众人眼前就已足够，没有必要非得做到话里有话，意有所指，这不过是老学究们热衷的事情。如果非得要找出什么深意来，那么在小说结尾处弗雷德里克对主人公所说的那段话也许能提供一些线索，他说：‘我觉得你很像基什的儿子扫罗，他跑出去找他父亲的毛驴，结果却找到了一个王国。’[①]抓住这句话就够了，整篇小说其实就在讲这么一个道理：一个人哪怕犯再多的错，干再多的蠢事，他终将会在冥冥之中接受神的指引，抵达幸福的彼岸。”

随后我们又谈到了近五十年来在德国中产阶级中极为流行的高雅文化。歌德认为这种文化之所以能普及，赫尔德[②]和维兰德[③]所

① 典出《圣经旧约·撒母耳记》第九至十章。

② 约翰·戈特弗里德·赫尔德(Johann Gottfried Herder,1744—1803)：德国哲学家、神学家、诗人、文学评论家。

③ 克里斯托弗·马丁·维兰德(Christoph Martin Wieland,1733—1813)：德国诗人、作家。

起的作用要远远大过莱辛[①]。歌德说:"莱辛是一个具有超凡领悟力的天才,只有与他站在同一高度的人才能真正从他身上学到东西,而对于那些平庸之人而言,盲目地学习效仿非但不会给自己带来任何好处,反而会深受其害。"歌德说在上世纪末曾有一位记者妄想把自己打造成另一个莱辛,最后他确实成了个人物,只可惜不是众目俱瞻的那种,因为他的本质禀赋距离那位伟大的原型实在太过遥远了。

"德国上流社会都得感谢维兰德,"歌德说,"是他赋予了他们文化底蕴,他们从他那里学到了许多,其中很重要的一点就是得体的语言表达能力。"

在说到《讽刺诗集》的时候,歌德盛赞席勒主笔的部分如同匕首投枪,招招见血,反倒是自己有点像在隔靴搔痒了。

歌德说:"我每次读席勒的《十二宫》都感佩不已。《讽刺诗集》给当时整个德国文学界带来的积极影响是无法估量的。"他们又提到了几位被《讽刺诗集》指名道姓的作家,不过姓甚名谁我已经记不得了。

我们就这样一边朗读一边讨论,期间不时会被歌德妙趣横生的补充说明打断,当我们念到1800年年末时,歌德把手稿放到一边,命人为我们摆上了简单的餐点。我和莱米尔吃了起来,可是歌德却一口未动。事实上,我从未见过歌德在夜里用过餐食。他在我们身边坐下,忙着替我们斟满酒,扶着蜡烛剪了会儿烛花,一边和我们愉快地谈天说地。他对席勒的记忆深刻而鲜活,以至于

---

① 戈特赫德·伊弗雷姆·莱辛(Gotthold Ephraim Lessing,1729—1781):德国作家、哲学家、戏剧家、美学家,十八世纪启蒙运动的先驱。

夜谈的后半程几乎都围绕着席勒进行着。

莱米尔说起了席勒的外貌："他颀长的手脚、走在街上的步态，还有他的一言一行都透着一股傲气，只有那双眼睛是温柔的。"

"没错，"歌德说，"除了那双柔情似水的眼睛，席勒看上去就是一副冷傲不逊，不怒自威的模样。他的才华和他的外貌何其相似，他总是勇猛地扑向一个宏大的题材，把它翻来覆去反复研究，想尽一切办法将其拿下。不过，他似乎只善于从外部观察他看中的对象，至于剥茧抽丝、从内部分析事物则是他的短板。他有些随性散漫，总是临时起意，想一出是一出，在临彩排前突然改动角色也是常有的事。

"因为他创作的时候过于一往直前，有时不免失于草率鲁莽，不太注重为情节的发展铺设必要的动机。我记得为了这个问题我还和他发生过争执，那是在他写《威廉·退尔》时，毫无由来地让盖斯勒从树上采下一只苹果，叫威廉·退尔的儿子用头顶着，命令退尔把苹果射下来。这种情节安排实在不对我的胃口，于是我执意要他至少交代一下动机，比方说，男孩之前曾在盖斯勒面前夸口说他爸爸是个百步穿杨的神射手，隔着老远就能射下树上的苹果。一开始，席勒听不进劝，不过最后他见我态度那么坚决，还是勉为其难地接受了我的意见。而我呢，和席勒正好相反，太过注重交代事情的前因后果，结果致使剧本和舞台表演脱节。《欧仁妮》就是太囿于为人物的每一个举动交代动机，所以这个剧本注定不能在剧院获得满堂彩。

"席勒天生就是一个戏剧大师。他每写完一个剧本，就离炉火纯青又近了一步。可说来奇怪，从写《强盗》开始，席勒好像迷恋上了阴森恐怖的舞台氛围，即便在他创作的顶峰时期也依旧如此。我清楚地记得在《艾格蒙特》一场以监狱为场景的戏中，当法官向艾格蒙特宣布死刑判决时，席勒非得让阿尔瓦蒙着面、披着大氅出现在舞台背景中，欣赏主人公在听到判决时痛苦绝望的神情。在席勒看来，这种安排更能凸显出阿尔瓦身上那种为了报复不择手段的冷酷残忍。不过，我没有接受这个提议，于是幽灵似的阿尔瓦也无缘出现在那场戏里。说实话，席勒真是一个不折不扣的奇人怪才。

“只要隔上六七天，他就会变得和前一阵有所不同，变得越发出色完美，每次见面，我就发觉他在学养上又更进一层，看待问题更加洞若观火。他的书信是他留给我的最好的纪念品，也是他留给世人最杰出作品中的一部分。其中，最后一封信无疑是我所有珍藏中最神圣珍贵的宝物。”他起身取来那封信，递给我说：“念一下吧。”

书信上的笔迹龙飞凤舞，措辞优美至极。信的主要内容是就歌德评价《拉摩的侄儿》[①]一文提出的一些意见和观点。歌德在评论中谈到了法国文学，他把文评交给席勒请他过目。我为莱米尔读了这封信。“你们瞧，”歌德说，“他的观点是多么一语中的，集中鲜明，从头到尾都没有丝毫旁逸斜出的痕迹。再看看这豪放洒脱的字迹，哪里看得出握笔之人当时正缠绵病榻，虚弱无力！他是人中龙凤，在各方面都到达了出凡入胜的境界，把我们这些人远远抛在了身后。这封信的落款是 1805 年 4 月 24 日，我哪里能

① 《拉摩的侄儿》是法国启蒙运动思想家及唯物主义哲学家丹尼斯·狄德罗(Denis Diderot，1713—1784)所著的一部小说。

想到几天后的5月9日他就撒手人寰了。”

我们轮流看着信，钦佩它洗练明晰的文风，也赞叹那笔潇洒奔放的书法。歌德又动情地回忆了几桩故友的往事，我们一直畅谈到深夜十一点才起身告辞。

1825年2月24日，星期四

这天晚上，歌德说：“如果我现在还在主持剧院工作，那我一定会把拜伦的《威尼斯执政官》搬上舞台。不过这个剧本实在太长，需要缩短，但在内容上又不能有任何删减，每一场戏都很重要，必须保留。不过，在表现手法上倒是可以想办法更加精炼简洁一些，这样一来剧本就会变得更为紧凑，不仅不会因为删改而影响全剧的完整性，还能在保留原汁原味的基础上增强舞台的戏剧效果。”

歌德的这番话让我茅塞顿开，明白了应该如何将上百部类似的剧本搬上舞台。我很幸运能听到这样高明的言论，它不仅显示了统领全局的智慧，而且还有一位诗人对于自己毕生事业的深刻理解和领悟。

关于拜伦的话题就此展开。我提到拜伦在同梅德温的交谈中曾说过这世上最吃力不讨好的事莫过于写剧本了。歌德说：“对诗人而言，问题的关键在于他本人是否能使出浑身解数让自己写的东西和普罗大众的口味喜好趋同一致。如果他能做到这一点，那么观众自然趋之如骛。胡瓦尔德[①]的《肖像》就是投其所好的典范，所以他收获了台下雷鸣般的掌声。拜伦就没那么幸运

① 克里斯托弗·胡瓦尔德(Christoph Houwald，1778—1845)：德国剧作家。

了，他的品味格调和公众不太对路，曲高难免和寡，观众才不会因为你是多大的腕儿、有多响的名头而买账。相反，那些更贴近芸芸众生口味的作品往往能获得交口称赞。”

话虽如此，可歌德对拜伦无与伦比的才华还是钦慕不已。“在作品的构思创意上他无疑是举世无双的。他对于如何化解戏剧中的冲突总能独辟蹊径，令人大呼意外。”

我接口说：“这正是我敬服莎士比亚的地方，特别是当我看到福斯塔夫深陷谎言交织的罗网中难以脱身时，我就问自己，要是我会如何往下写，如何帮助他摆脱困境，然后我发现莎士比亚化解矛盾冲突的手法远远胜于我所有的设想。现在，您说拜伦在这方面也十分了得，我想这已经是对他最高的褒奖了。”我接着说道：“不管怎么说，一个优秀的诗人总是高瞻远瞩的，他对于事件的缘起、经过和结局了然于心，动起笔来胸有成竹，这种能力对于那些掉进某个情节不能自拔，或是偏爱袒护其中某个角色的读者而言是难以想象的。”

歌德非常赞同我的观点，他笑着说，现实生活中的拜伦放荡不羁，从不会改变自己去迎合世俗，可就是这样一个目无法纪、为所欲为的浪子到了最后还是向最愚蠢荒谬的戏剧结构理论——三一律[①]俯首称臣了。

“他和世人一样糊涂，都不明白这一条原则的目的是什么，”歌德说，“其实说白了，它就是为了使作品更好理解，只有当三一律能实现这个目的时它才是有价值的。如果贯彻它反而妨碍了

① 三一律：西方戏剧结构理论之一，它规定剧本创作必须遵守时间、地点和行动的一致，即一个剧本只允许写单一的故事情节，戏剧行动必须发生在一天之内和一个地点。

观众看懂作品，那么将它奉为金科玉律并不惜一切代价去遵从岂不是愚蠢至极吗！即便是最先提出这一理论的希腊人也未见得时时遵循服从。欧里庇得斯[①]所著的《法厄同[②]》以及其他几部剧本中就出现了地点的转换，很显然，古希腊作家也非常清楚如何将主题淋漓尽致地描绘出来远比盲目地遵守一条刻板的法则来的重要。莎士比亚的剧本就尽一切可能打破时间和地点上的恒常统一，而这些作品对于普通观众而言都非常好理解，古往今来没有哪个作家能将作品的层次结构铺排的比莎翁剧本更加一目了然了，在这一点上，就算古希腊的戏剧鼻祖们恐怕也挑不出什么毛病。法国诗人却无论如何也要严格遵循三一律原理，为此他们牺牲了作品必须便于理解这一条基本准则，一旦剧情无法在同一时间、同一地点展开，他们就会弃用舞台表演，转而采用旁白口述的方式来解决这个矛盾从而捍卫三一律原则。

“这让我想起了胡瓦尔德的《敌人》，他在写这部戏的时候就有点作茧自缚了，为了保持地点的一致性，在第一幕里就违背了便于理解这一基本原则，最终因小失大，让原本光彩夺目的剧本变得黯然失色，自然，看戏看得一头雾水的观众不会因为剧作家固守地点不变原则而感谢赞赏他。反之，我在创作《葛兹·冯·伯里欣根》的过程中尽量不落俗套，跳出时间、地点统一不变的窠臼，让剧情的铺设发展跃然眼前，全剧高潮迭起，同时又脉络清

---

① 欧里庇得斯(Euripides，公元前485或480—前406)：古希腊悲剧作家，与埃斯库罗斯和索福克勒斯并称为希腊三大悲剧大师。擅长在剧中谈论哲学问题，故而被称为舞台上的哲学家。

② 太阳神赫利俄斯与海洋女神克吕墨涅之子。古希腊剧作家欧里庇得斯以其为原型著有悲剧作品，今存残稿；罗马作家奥维德和但丁也曾以其为题材分别著有《变形记》和《神曲·天堂篇》。

晰，简单易懂，可以说不输给任何一部世界名著。在我看来，只有当一件事可以在规定的时间和地点完成所有的起承转合，并在我们眼前展现出所有的细节，这时采用三一律原则才是合理可行的，我想这也是符合古希腊剧作家们提出三一律的初衷的。然而，如果换成是一个有时间和地域跨度的大事件，那么硬要把它限定在同一个地点就于理不合了，更何况以我们现今剧院的舞美条件，调换场次布景以显示地点的转换完全是一件轻而易举的事情。”

然后，话题又回到了拜伦身上。歌德说：“不过像拜伦那样放浪形骸、目空一切的人，他能听命于三一律的约束倒也不见得是件坏事。要是在道德操守上他也能有所忌惮、有所收敛，那就好了！可惜他没有，所以最后走向了毁灭。或许我们可以这样总结拜伦的结局：他毁在了自己的脾气性格上。

“拜伦太过自以为是，说什么、做什么都率性而为，无所顾忌，他只图眼前一时之快，完全不计后果，从不会沉下心来仔细想一想这么做究竟为了什么。他对于自己的所作所为毫不在意，可看待别人却是横挑鼻子竖挑眼，正所谓祸福自招，他这么做无疑就是搬起石头砸自己的脚，挑动全世界与他为敌。最开始的时候，他大笔一挥，写了一篇《英国诗人和苏格兰评论家》，得罪了一大批才子文豪。为了给自己留条活路，他不得已后退了一步。但在之后的作品中，他还是一如既往地延续了毒舌之风，在文坛里妄加责难，兴风作浪，就连他自己的国家和教会都未能逃过他的口诛笔伐。这种无法无天的行径导致他最后被赶出了英国，陷入了‘欧洲之大却无容身之处’的尴尬境地。不管去往哪里他都看不到海阔天空，眼前有的只是险山恶水、阿鼻地狱。原本他可以尽情享受自由的天性，可到头来却觉得人人与他作对，处处受到钳制，整个世界变成了一座巨大的监狱，而他就是关押其中、无处可逃的囚徒。最后，拜伦远赴希腊，而这也并非他心甘情愿，实属万般无奈之举。归根结底，是他的执迷不悟生生地把自己逼入了绝境。

“与世代相承的传统分道扬镳，与生于斯长于斯的故土恩断义绝，这两点从根本上毁了一个满腹才情的天才；此外，他狂热的革命理想和与之痴缠捆绑一生的情绪问题也极大地影响了才能的施展，阻碍了他在文学道路上取得更大的成就；同时，他不问缘由一味反对否定的毛病不仅会伤害他人，同时还会祸及自身，尤其是他本人的作品，因为一个作者消极颓废的态度不仅会通过他的作品影响到他的读者，而且否定、反对一切最终只能走向一个结论：万物皆空。如果我批评谴责落后、腐朽的事物，虽然我得不到什么好处，但也不见得会有什么害处；可是如果我中伤诽谤美好的事物，那我的罪过就大了。要想把事情做好，就不应苛责他人，也不要和那些看不顺眼的事情夹杂不清，无休无止地纠缠在一起，做好自己才是当务之急、重中之重。任何时候，‘立’都高于‘破’，只有在‘立’的过程中人们才能体会到纯粹的快乐。”

这番话听得我心清神明，通体舒畅，我要把它当做警世之言铭刻于心。

歌德继续说道：“我们可以这样盖棺定论：拜伦首先是一个人，其次是一个英国人，最后是一个伟大的天才。他身上所有的优秀品质大都源自于他作为一个人的本性，坏的一面则归罪于英国人的民族性以及贵族的头衔，至于他的才华，那是无人可以望其项背的。

“英国人似乎与深思熟虑这个词没有缘分，派系斗争还有其他杂七杂八的事情分散了他们的注意力，使他们无法集中精神、安定情绪来提高自己的修养，完善自己的品行。不过从另一方面讲，他们倒全都是脚踏实地的务实派。

“也无怪乎拜伦从来想不到要反躬自省，而他的那些座右铭也大都经不起推敲，比方说那句被他奉为信条的格言‘金钱，多多益善；权威，弃如敝履’就很莫名其妙，也许他忘了，让权威蒙垢染尘并最后导致其失去效力的罪魁祸首恰恰就是金钱。

“不过说到文学创作，他可以说是无往而不胜的。或许我们可以这样认为，此人喷涌而出的灵感才华已经替代了冥思苦想。一旦开始写作他就像停不下来似的，而所有那些从他心灵深处滋生勃发的诗作都是那么令人心醉神迷。他写诗就像女性生儿育女那般自然，不用多想也无需教导，就这样瓜熟蒂落，水到渠成了。

“他是一个非凡的天才，一个天生的诗人。在我看来，他创作诗歌的天分才情世间恐怕没有几个人能与之匹敌。在对外部事物的深刻理解和对过去情境的准确剖析上他甚至可以和莎士比亚一较高下。不过在为人处世这方面他就远远及不上后者了，莎翁性格爽朗，为人和善，拜伦自知无法超越，所以索性闭口不谈，虽然他心底敬服莎翁，随口就能大段大段地背诵他的作品。至于蒲伯[1]，他倒是从不回避，相反，他常常提起蒲伯，心情好的时候也会奉上一两句赞美，因为他心里很清楚蒲伯不是他的对手。”

---

① 亚历山大·蒲伯（Alexander Pope，1688—1744）：英国新古典主义派诗人，工于诗词格律，擅长写讽刺诗，曾翻译过荷马著作。

歌德不知疲倦地谈论着拜伦，而我也觉得怎么听也听不够似的。插了几句闲话后，他继续说道：

“英国贵族的头衔害了拜伦，凡是不同俗流的天才总不免遭到世人排挤，更遑论这个天才还家世显赫，既富且贵。不上不下的出身对于有才华的人而言往往是有利无害的，所以放眼望去，几乎所有著名艺术家和诗人都来自中产阶级。如果拜伦生于寒门，那么他身上那种肆无忌惮的性格也许还不会给他招惹那么大的麻烦，可事实却是他既有钱又有势，天生就是个想怎么做就怎么做的特权分子，如此一来，之后风波频起、纷争不断也就不难预料了。再者说，像他这样身居高位的人会把谁放在眼里，又会对谁心生敬畏呢？他口无遮拦，大放厥词，也难怪会陷入数不尽的纠葛冲突中，和外界的关系永远是那么剑拔弩张。”

歌德接着说道：“另外，英国的有钱人居然舍得把人生中大部分的时光都抛掷在决斗和私奔这类事上，也着实令人百思不解。拜伦曾亲口说过他的父亲拐跑过三个女人，相较而言，他这个做儿子的还算是有分寸的。

“确切地说，他活得很任性，从没想过要改变自己从而适应这个世界，固守这种生存方式的结果就是他觉得整个世界都在与他为敌，使他必须日日处于自卫反击的状态，于是他每时每刻都准备扣响扳机，应战决斗。

“他是个不甘寂寞的人。虽说他性格乖张，难以相处，但他倒是很迁就他的朋友。有一天晚上，他朗声念起一首凭吊约翰·摩尔先生的诗歌，诗句哀婉凄楚，催人泪下，可是他身边那些出身高贵的朋友们却不解其意，没一个叫好捧场的。拜伦也不生气，只是默默地收起诗稿。作为这首诗的作者，他脾气好得如同温驯的绵羊，要是换作他人，早就火冒三丈地叫那群朋友们见鬼去了。”

1825年3月22日，星期二

昨天夜里刚过十二点，我们就被火警惊醒，楼外传来阵阵叫喊声：“剧院着火了！剧院着火了！”我胡乱披上外衣，飞快地奔向出事地点。一路上都是惊慌失措的人们。仅仅一个小时之前，我们还在那里观看坎伯兰[①]的《犹太人》，欣赏女主演拉罗什的精彩演出，台下的观众不时被男主演赛德尔幽默诙谐的表演逗得哄堂大笑。然而，不过短短几十分钟，这个为我们奉上精神盛宴的地方却在烈焰的肆虐下变得面目全非了。

火灾是由供暖设备引起的，从正厅后座一路烧到舞台和侧翼干燥的木板条，剧院里多是易燃材料，火情迅速蔓延，不一会儿工夫，大火便烧穿了剧院屋顶，断裂的椽子纷纷砸向地面。

能想到的灭火措施全都用上了。整个剧院很快被消防龙头团团围住，无数条水龙射向不断上窜的火焰。然而，一切努力都是徒劳的。火势丝毫没有减弱，凶猛的火舌不断地向四处喷溅着火星，一边将点燃烧焦的碎片抛向漆黑的夜空，这时，一阵微风吹来，火星和碎片立刻转了方向，夹带着一股热浪朝小镇另一边扑去。大街上叫喊声、哭闹声此起彼伏，忙着架设云梯的消防队员的吆喝声，还有水管喷水的轰鸣声，各种声响连成一片，响彻云霄。所有人似乎都下定决心要和这场可怕的大火斗争到底。就在离事发地不远处，站着一个身披斗篷、头戴军帽的人，只见他嘴

---

① 理查德·坎伯兰(Richard Cumberland，1732—1811)：英国剧作家，其成名作是1771年被搬上舞台并迅速红遍英伦的剧作《西印度》。

里叼着雪茄，神情自若。看他那副事不关己的模样你或许会以为他只是个看热闹的路人，可实际上他却是这里的指挥官，他言简意赅地向手下发出指令，马上就有不同分工的人员着手执行。这个人就是查尔斯·奥古斯塔大公爵。他很快就看出这栋建筑已经失救，于是下令任由其烧毁后自行倒塌，所有的消防龙头被调派去保护附近的房屋，以防它们被火灾殃及。败局已定，威仪犹存，此时的公爵没准会想到下面的诗句：

烧吧！任其付之一炬，

这片废墟上终将再现壮丽美景！

公爵想的没错。剧院确实已经老旧，和壮丽美景已相距甚远，加上空间有限，剧院已经无法容纳越来越多前来看戏的观众了。可尽管如此，眼睁睁地看着剧院被大火吞噬仍叫人心痛不已，这栋建筑里有太多往昔的回忆，对于魏玛居民而言那都是一段段难以忘怀的光辉岁月。

当剧院最后轰然倒塌时，我看到身边每一双美丽的眼睛中都饱含泪水。一位剧院乐团的乐手看着被大火焚毁的小提琴忍不住泪水长流，这一幕让我无比动容。

当第一道曙光透出天际，我看到了一张张苍白悲伤的面孔。几位达官显贵的女眷也在人群中，她们在剧院边守了一夜，现在被清晨冷冽的寒气冻得瑟瑟发抖。我回到家里小憩片刻，然后在午前时分赶去看望歌德。

仆人告诉我今天歌德身体欠佳，正卧床休息，可他还是把我叫到床边，伸出手与我紧紧相握。他说："这是我们大家的损失，可是又有什么办法呢？一大早我的小沃尔夫就跑到我的床边，攥着我的手，睁着圆溜溜的大眼睛对我说：'人的一生本就是祸福相依的。'什么也不必说了，还有什么比我亲爱的小沃尔夫说的话更能给我以安慰呢。大剧院，一个我辛勤耕耘了近三十年的地方，就这样灰飞烟灭了。可是，就像小沃尔夫说的那样，人的一生本就是祸福相依的。整整一宿，我几乎没合过眼，我就这样透过前头的窗户看着漫天的火光直冲云霄。

"你一定可以想象整个夜晚我都在追忆往日时光，我起起伏伏的一生，与席勒多年的合作，一手栽培的学生，一幕一幕都历历浮现眼前，一时间百感交集，心潮难平。所以，我想今天还是在床上静卧为妥。"

我对他说，他能这样想，我们做晚辈的才能放心。不过，我并不觉得他虚弱困乏，看神情反倒是有几分悠然自得的样子。我想卧床休息说不定是他惯用的小伎俩，专门用来搪塞那些一到什么重大节日，或发生什么重大事件便蜂拥而至的访客。

歌德让我在床边的椅子上坐下，陪他待一会儿。他说："昨夜我也想到了你，也在为你感到难过，从今往后，你该在哪里打发晚上的时光呢？"

我回答说："您是知道的，现在我对戏剧是多么痴迷，两年前刚来这里时，除了在汉诺威看过三四出戏，对于戏剧几乎一无所知。

"所有一切都是崭新的，无论是演员还是剧本都是平生第一次接触。这之后，我听从您的教诲，放空自己，不去多想，而是用最直接的方式去感受、去体验。我由衷地感到在剧院里度过的这两个冬季是我一生中最舒心畅意、最美好无邪的一段岁月。我对戏剧的热爱已深入骨髓，不仅看戏一场不拉，而且还获得准许观看彩排。饶是这样，我还是觉得意犹未尽。如果白天我路过剧院，碰巧看到大门开着，我会走进去，在空空荡荡的后排坐上半个小时，想象某出戏中的某一幕正在台上上演。”

歌德听后哈哈大笑起来。“你可真是个戏疯子，”他说，“不过我就喜欢你这样的。要是上帝能让所有人都跟孩子似的，喜欢一样东西就拼了命地喜欢，那该有多好！剧院确实值得你驻足流连。它像是专门为一个有修养、有追求同时又能坐定下来的年轻人量身打造的休闲场所，除此以外，这世上还真不容易找到另一个适合他消磨时光的好地方。在那里，没有人问东问西，你要是不想说话就不必张口，大可像个君王一样舒舒泰泰地安坐在椅子上，看着眼前一幕幕百味人生如同浮云般掠过，你的精神得到了放松，你的心灵获得了滋养。舞台上的一切如诗如画，那里回荡着激昂澎湃的旋律，上演着曼妙动人的歌舞，还有一个个活灵活现的角色，是的，那里包罗万象，应有尽有。舞台上，所有演员的动情演绎，青春热血的蓬勃魅力，衣香鬓影的盛大场面，这一切在某个夜里自然而又完美地融合为一体，为台下的观众奉上了一场无与伦比的饕餮宴飨。虽然在演出过程中不免会有这样或那样的缺憾，某些地方还有待改良完善，但总胜过伏在窗前百无聊赖地看着寂寥的夜景，也总好过待在烟味呛鼻的屋子里和三两好友打一局扑克牌。想必你一定也有这样的感觉，魏玛剧院绝非无名小卒，他是一位从繁华盛世中缓缓走来的老者，威严庄敬，不容轻藐。如今，这垂垂老矣的躯体中被注入了青春的血液，我们还可以继续创作赏心悦目、感人肺腑的新戏，即便达不到理想中的高标准，至少也能为观众献上一台完整的演出。”

“要是我能早生个二三十年那该有多好！”我听得心驰神往。

“那确实是我们的黄金时代，”歌德说，“当时真可谓天时地利人和，戏剧事业方兴未艾。想想看吧，漫长的法国艺术风潮刚刚过去，观众还没有被过分渲染、哗众取宠的表演败了兴味，莎士比亚的作品一经上演便彻底征服了德国人的心，莫扎特的歌剧第一次在剧院奏响，把台下的观众听得热血沸腾，如痴如醉。还有席勒的剧本，在那些年里一部接着一部被搬上了舞台，这些作品都由他本人亲自挂帅督导，在魏玛剧院初露峥嵘，收获掌声无数，在剧院史上留下了光辉灿烂的篇章。想想所有这一切，你的脑海里一定能浮现男女老少尽情享受一台台珍馐美馔的盛况，你也一定能想象这些观众对于剧院怀着怎样一份感恩之心。”

我接口说道：“在亲历过辉煌时代的老一辈人的心里，魏玛剧院的地位至高无上，每每提起，他们总是不吝溢美之词，对剧院赞不绝口。”

“确实如此，”歌德回答说，“不过，更关键的是大公爵当时给了我充分的自由，我可以随心所欲地挑选剧本。我并不追求恢宏气派的舞美设计，也从不认为奢华炫目的服饰道具有多重要，我看重的是剧本本身。从缠绵悱恻的悲剧到插科打诨的滑稽戏，我都来者不拒，一视同仁，但有一条，这个剧本必须做到言之有物，否则就别想过我这一关。首先，它必须内容健康，有明确的戏核，其次它得有气魄，有创意，积极向上，优雅动人。所有羸弱病态的，无病呻吟的，动不动就悲春伤秋的，以及所有阴森恐怖、伤风败俗的，我都一律拒用。因为我担心这种格调的戏剧作品会毁了我的演员和观众。

“我通过优秀的剧本来培养优秀的演员。因为当你一直浸淫在好作品中，不断地研读，不断地练习表演，日积月累，只要你不是天生的榆木疙瘩，就一定能成材。另外，我本人经常和演员沟通交流，在一部戏的初排阶段，我会亲自到场，和每一位演员分析说明他所扮演的角色；我也会亲临彩排现场，和演员们探讨哪一处细节如此这般微调后会更妥当完美；我从不缺席任何一场正式演出，如果有什么瑕疵或不尽如人意之处，第二天我都会向演员们一一指明。”

“在我的提点指正下，他们的演技日趋成熟。不止这样，我还力求使演员这个行当得到社会的普遍认同和尊重。我将其中最出色、最有潜力的成员介绍给我的朋友们，以此告诉世人在我心目中他们都是值得结交的优秀人才。上流社会一见之下，争先恐后纷纷效仿，于是，我们的演员风风光光地走进了上流社交圈。就这样，通过和文人雅士的交往，演员们不仅在行为举止上越发高雅端庄，而且还学到了许多新知，开阔了眼界，陶冶了情操，真正做到了内外兼修。我在柏林的学生沃尔夫，还有我们的杜兰德仪态万方，谈吐不俗，都是社交圈里的座上宾。欧尔斯和格拉夫两位先生更是胸怀韬略，与之攀谈、结交的文人墨客都会觉得有友若此，与有荣焉。

“在这一点上席勒与我的做法不谋而合。他也热衷于同演员沟通交流，交换意见。和我一样，每次彩排他都会到场，如果他的剧本在公演时大获成功，他就会按例邀上所有的演员狂欢一整天，大家热热闹闹地聚在一起探讨哪些地方演得格外出彩，而哪些地方下一次可以做得更好。不过，早在席勒第一次加入我们这个团队时，他就已经发现无论是演员还是观众都具备了相当高的修养和素质，毫无疑问，这也是席勒剧本一经搬上舞台就立马引起轰动的重要原因之一。”

听歌德将剧院的掌故一桩接着一桩娓娓道来，我实在喜不自胜。戏剧原本就是我最关心、最感兴趣的话题，而昨晚那场火灾更是加重了剧院在我心中的分量。

我对歌德说:“您和席勒为剧院兢兢业业奉献了这么多年，倾一己之力把它打理得井井有条，而今它被付之一炬，从某种程度上说，一个伟大的时代也就此结束。要在魏玛重建剧院，再现当日辉煌恐怕不是一朝一夕的事情。作为剧院的管理者，您当年在见证剧院逐步迈向辉煌的时候一定感到无比荣耀，同时也获得了无上的乐趣。”

“我们也是经历了许多坎坷，遭遇了无数困境才获得成功的。”歌德长叹道。

我说:“要将一个人数众多的团队打理得井然有序肯定不是件容易的事。”

歌德说:“在许多事上不严厉、不严格是行不通的，更多的事则依赖于相互之间的友情关爱，不过绝大部分事情必须要准确判断是非曲直，秉公办理，绝不能徇私舞弊，厚此薄彼。

“我当时已经意识到有两个敌人会对管理产生负面影响。其一就是我这个人爱才如命，这很有可能让我在工作时偏袒某一方。另一个就算我不说，估计你也能猜个八九不离十。我们剧院从来不缺年轻貌美的女演员，其中有不少都是内心世界极为丰富的才女。我情不自禁地被她们吸引，有时候我甚至能感到与其中几位已互生情愫，就差着一层纸没有捅破。不过，我还是克制住了内心的情感，并严厉告诫自己:到此为止！我很清楚我来这里的使命，知道自己肩上担着多少重任。我不是一个无事一身轻的普通人，站在剧院里，我就是主宰它命运的上帝，剧院的荣耀与辉煌远比我贪图一时之乐来得重要。如果我深陷感情漩涡中，那我就会像一个放在磁石边上的指南针,永远别想指明方向。

"反之,如果我能时刻保持头脑清醒,好好把持住自己,我就可以公正严明地管理好剧院。正因为这样,我获得了众人的尊敬,如果没有这份尊重,所谓的权威很快就会失去效力。"

歌德的这番剖白深深打动了我。我曾经从别人口中听说过这些轶事,而现在,我很高兴能听到他亲口确认。我比从前更加敬重他、热爱他,临别时,我紧紧地握住了他的双手。

我重新回到了火灾现场。残垣断壁上依旧能看到摇曳的火苗和滚滚的浓烟。灭火工作还在有条不紊地进行着,很多人正忙着拆除被烧得摇摇欲坠的房屋。在出事地点我发现了一些烧焦的碎纸片,上面能隐约辨认出一些字迹。那是歌德《塔索》剧本中的片段。

1825年3月27日,星期日

今天,我和几位客人一同在歌德家里用餐。席间,他给我们看了新剧院的设计草图。从图纸上看,新剧院果然就像他前两天告诉我们的那样从里到外恢宏壮观,美不胜收。

大家都说,既然剧院修建得如此富丽堂皇,那里面的舞台布景、道具服饰也应该比从前更加大气美观方能与之相称。我们还提到剧院里人手不够,无论是戏剧团还是歌剧团都应该招募更多优秀的年轻人来壮大队伍。与此同时,我们也不得不正视一个现实问题,所有这些加在一起需要一大笔开销,仅靠现有的资金是远远不够的。

这时,歌德开口说道:"我心里跟明镜似的,有人准备打着节约开支的旗号胡乱聘用几个平庸之辈,可稍微动动脑子我们就知道这么做只会影响票房收入。

“在最重要、最关键的人或物上克扣银钱，还有什么比这种愚蠢的做法更影响票房呢！我们的目标是要让剧院每晚爆满，而唱功了得的年轻歌者，演技娴熟自如的男演员，还有才貌出众的女主角都是帮助我们实现这个目标的有力保证，他们将发挥举足轻重的作用。如果我现在还坐在剧院的头把交椅上，我一定会想办法进一步增加票房收入，你们会看到当剧院需要用钱的时候绝不会像现在这样出现捉襟见肘的窘况。”

有人问歌德他会怎么办。

“很简单，”他回答说，“我会在周日也安排演出。这样的话我们每年就能多演至少四十个晚上，如果我们不这样做，就会少挣一万到一万五千泰勒，如此一来，财政情况自然令人担忧了。”

大家都觉得这个办法能解燃眉之急，而且比较可行。有人说，大部分工薪阶层的劳动者每个工作日都要忙到很晚，只有在周日他们才能好好地放松休息，比起去乡村小酒馆里灌杯啤酒跳个舞，去剧院里看戏无疑是更上档次的休闲娱乐。除此之外，大家也都认为农场主、田庄的地主，还有政府官员和附近小城镇里的有钱人都会觉得要去魏玛剧院看场戏的话，周日是个不错的选择。而对魏玛许多居民而言，周日的晚上无聊至极，时间长得难以打发，他们既进不了宫廷和达官显贵觥筹交错，又没有亲朋好友可欢聚一堂，加上不善于在社交圈里左右逢源，这样的孤家寡人实在找不到去处消磨时光，但如果剧院周末能安排演出的话，他们就能舒服自在地度过周日的夜晚，把这个礼拜的烦恼忧愁统统抛到脑后了。

歌德的设想并非没有先例，其实德国其他城镇的剧院都在周日晚上上演剧目，故而他的提议博得了在场来宾的一片叫好声，大家都认为这是一个值得一试的好主意。现在，只剩下一个小问题，不知道魏玛宫廷对此持何态度。

歌德说："魏玛宫廷一向宽容贤明，他们不会反对阻挠任何对这个城市或某个重要机构有益的事情。宫廷一定能作出小小的让步，把周日的晚宴改到另外一天。不过，就算他们不同意也没关系，我们可以把那些王公贵戚不爱看的剧目集中放在周日晚上演出，只要老百姓爱看，票房也一定差不到哪儿去。"

随后，话题转到了演员身上，我们围绕如何挖掘开发演员的才能，以及时下演员的才华被浪费糟蹋的问题展开讨论。

歌德说："从长期实践中积累的经验来看，话剧也好，歌剧也罢，如果你没有把握让手中研读的剧本连着上演好几年，那你还不如就此丢开手。没有人想过排演一部五幕话剧或相同长度的歌剧需要耗费多么巨大的人力物力，需要投入多少时间精力，挥洒多少汗水，克服多少困难。千真万确，我亲爱的朋友们，一个歌剧演员要把剧中每一幕、每一场中的所有唱词、所有表演细节都牢记于心，直至达到挥洒自如的境界，为此他必须夜以继日勤学苦练，而合唱团要想在台上唱得整齐划一、声情并茂，则需要下更大的功夫。有人从几条模棱两可的小报消息中得知某地似乎正在上演某部歌剧，在对该剧上演前景毫无把握的情况下就贸贸然下令组织人员排演，每每听到这样的事情总会不由地替他们捏把冷汗。我们德国现在已经拥有了不错的交通运输工具，甚至已经开始使用快捷的公共马车，所以只要一听到哪个地方上演了某部新戏并大获成功，我就派剧团里的导演或剧院里其他眼光独到的成员奔赴现场观看表演，从而判断这出备受赞誉的新戏是否实至名归，以及就我们剧院现有的实力能否将其一举拿下。通过这种方式我们获得了第一手资料，并且能规避盲目上演新戏带来的可怕后果，与此相比，路上耗费的那点旅资简直不值一提。

“此外，一部优秀的新剧一经排练，就应该在剧院长期上演，而且两次上演间隔的时间不能过长，当然前提是这部戏能吸引观众一次次前来观看，剧院场场都能满座。该做法也同样适用于经典话剧或老牌歌剧，这些剧目一旦下线，就会被搁置很久，如果不好好重新排演，那就无法达到应有的水准。只要观众兴味不退，就应坚持反复上演。观众总是喜新厌旧的，如果一部耗尽人力物力的戏最后只上演一两次，或者停了六到八周才再次上演，如此长的间隔就意味着必须要重新排练，这种做法对于剧院而言无疑是致命的打击，同时也是对台前幕后所有演职人员辛勤付出的轻慢和践踏。”

看来歌德对这个问题非常重视，一直将它摆在心上，故而谈到此处时他显得有些激动，和平日里从容稳健的他不太一样。

歌德继续往下说：“在意大利的剧院，每场歌剧都会连着上演四到六周，了不起的意大利人民从来不会在这段时间内要求剧院更换剧目；优雅的巴黎居民对于伟大诗人创作的经典剧目百看不厌，其中的台词他们都已烂熟于心，久经磨练的耳朵能轻易辨明每个音节的强弱之分。而在这儿，就在魏玛，他们倒是开恩让我的《依菲琴尼亚》和《塔索》走进剧院，可是多久才能演一次呢？几乎要隔三到四年。观众们没什么兴趣，觉得这两部戏太过冗长。情有可原。这么长的演出间隔，演员们肯定不会在台下天天练功排戏，而观众们也没有时时耳濡目染的机会。如果这两部戏能更加频繁地上演，那么演员在反复排练中必定能渐入佳境，不断地融入角色中去，赋予角色以生命，最后呈现在舞台上的仿佛不是排演的结果，而是演员们发自内心的真情流露。这样的表演必定能打动观众，他们肯定会身临其境，与剧中人物同悲同喜，而不是无聊地坐在台下打哈欠。

“从前我曾经有过这样的奢望，就是要开创真正属于德国人自己的戏剧事业。是的，不仅如此，我还幻想能穷一生之力，为这座参天丰碑打下坚固的基石。于是，我写下了《依菲琴尼亚》和《塔索》，天真地以为伟大的航程就此扬帆起航。然而，什么都没有，没有热情激昂的回应，没有百花齐放的评论，和从前一样，依旧一潭死水。但凡能有一点反响，但凡能博得一声喝彩，我自当奋笔疾书，写下一摞像《依菲琴尼亚》和《塔索》这样的剧本。其实，我们缺的不是好的素材、好的剧本，而是能把剧中人物演出血肉、演出灵魂的演员和能聆听他们心声、产生共鸣的观众。”

1825年4月14日，星期四

今晚在歌德家用餐。因为有关剧院及日常管理事宜的研讨已被提上了日程，所以我便问歌德他会根据什么样的标准来挑选演员。

“这可不好说，”歌德回答道，“甄选的方式不一而足。如果应聘者是个已经有些名气的演员，我会先让他试演，看看他和其他演员之间的配合是否有默契，他的表演风格和方式会不会影响整个团队的演出效果，或反过来，看他的演出能否弥补剧团在表演上的某种不足；如果来者是个没有任何舞台经验的年轻人，我就要先看他的个人素养，看他身上是否具有某种让人过目不忘的性格特征或个人魅力，最重要的是，他是否具有突出的自制力。要知道，一个没有自制力的演员是不可能在陌生观众面前自如地展现出自己最佳的表演状态的，而没有自制力的演员一般而言也是没有前途的。演员这个行当就是要做到不断地抛舍自己，顶着别人的姓氏名讳，戴着一张面具忘我地活在别人的世界里。

“如果他的外貌举止都合我意，我会让他朗诵诗歌，从中判断他发声的先天条件是否突出，音域是否够宽，力度是否够强，同时也能兼而考察他对作品的感受力和领悟力。我会给他著名诗人的经典篇章，看他是否能理解其中深意，并通过朗诵展现作品的伟大之处；接着，我会换一些激情狂野的诗句以测试他在表演上的爆发力；然后，我会再让他尝试一些以理性睿智著称的段落，以及含讥带讽、幽默俏皮的章节，考察他如何把握、表现这些不同类型的作品，看他能否做到游刃有余，切换自如；最后，我会让他演绎一颗备受伤害的心灵，一个历经磨难、伟大崇高的灵魂，从中测试他展现悲情的能力。

“如果他在以上各个方面都能符合我的要求，那么我就有充分的理由相信这是一棵表演的好苗子，而且有希望能将他培养成一名优秀的演员。如果他在某些方面表现得比另一些方面更加突出，我就会记下他的特长，以及他可能最适合扮演的角色。而到了这个时候，我对他的弱点也已一清二楚，我会有的放矢地增加这方面的训练，使他能不断进步、不断完善。如果我注意到他有口音方面的问题和方言土话的腔调，我会敦促他快点改掉，让他多学习正式场合中的社交礼仪，鼓励他多和发音纯正的演员沟通交流，友好互动，以此加强练习。我还会问他是否会跳舞、击剑，如果他不会，我会把他交给舞蹈大师和击剑高手学习一段时间。

“如果万事俱备，到了可以登台亮相的时候，我会先给他安排与他个性相吻合的角色来演，我没有其他要求，只希望他能做到本色出演。之后，如果我觉得他比较容易激动亢奋，我就把心如止水的角色交给他；如果他过于安静沉闷，我就让他演火急火燎、一点即炸的人物，通过这种方式让他学会如何‘忘我’，完完全全地投入到另一个人的生命中去。”

谈话随后转到了一出戏的演员阵容上，对此歌德作出了以下值得关注的评述：

“有人认为一部水平一般的戏就该让一群水平一般的演员来演，这种想法其实大错特错了。要知道一流的阵容绝对能让二三流的剧本提升好几个档次，最后成就一部叫座的好戏。而要是给二三流的剧本配上二三流的演员，演得不出彩那是情理之中的事，没人会觉得奇怪。

“而二流的演员倒是能在经典伟大的剧目中发挥重要的作用。他们就像一张油画中晦暗的阴影部分，能把那些位于亮处的人与物衬托得更加鲜明突出、光彩照人。”

1825年4月20日，星期三

今晚，歌德给我看了一封青年学生的来信。他请求歌德把《浮士德》第二部的提纲给他，并表示他有意接替歌德完成这部伟大的作品。年轻人在信中直率而恳切地表明了自己的愿望和想法，最后侃侃而谈，说眼下所有人付出的辛劳汗水都未能让文坛长出一片叶子，开出一朵花，而他一个人就能还文坛以满园春色。

我要是碰到一位扬言要继承拿破仑未竟之志征服全世界的愣头青，或是一位宣称不把科隆大教堂修缮完工就誓不罢休的青年业余建筑师，我都不会觉得有多惊讶，或笑他们有多不自量力。比起刚才那位认定只要凭着一腔热情、一时兴趣就能写出《浮士德》第二部的文艺青年，他们真的可以算是小巫见大巫了。

说实在的，相较于按照歌德的提纲续写《浮士德》，那还是修好科隆大教堂来得更容易一些，因为后者毕竟是看得见摸得着的实物，它就站在我们面前，通过精密的测绘推导总有竣工的一日。而无形的精神创作不是靠现成的标尺比划测量出来的。它完全依赖于艺术家的主观思想活动，这其中的关键是要具备一双善于观察、善于发现的慧眼，此外，还要有丰富的生活经历，以及由无数阅历凝练而成的创作素材，最后，必须通过勤学苦练掌握高超的写作技巧。

谁要是认为艺术创造其实非常简单，简单到就是一件只要想到就能做到的事，那么他肯定不会有多大作为，因为当他面对那些垂芳百世、独有千古的著作甚至不曾怀有过敬畏之心，进而对自己是否有能力达到如此高度产生过任何怀疑。我们可以这样推断，不要说完成续篇，哪怕《浮士德》只是缺了几行诗句，估计那个狂妄自大的年轻人都没办法把它补全。

我也不知道今天的年轻人哪儿来的这份自信和笃定，他们到底凭什么认为那些通过前人苦心钻研、日积月累得来的知识经验他们就能坐享其成，而且还认为是理所当然的！我只知道一点，如果不去消除眼下德国青年身上这种普遍的自以为是，任由他们继续无知无畏地认定自己可以超越先前通过循序渐进积累而成的文化成果，那么未来的德国文坛将注定看不到任何希望。

歌德说："对一个国家而言，最要命的就是没有人想安分守己地过日子，谁都想跳出来发号施令；在艺术领域，没有人想要静下心来好好欣赏一下现有的作品，每个人都摩拳擦掌，非得搞一两部自己的著作；在文学界，没有人想好好研读一部诗作，从中获得进益，提升自己的修为，大家都在争先恐后地重复着同一个题材。另外，没有人想全心全意地去融入一个整体，成为其中的一分子，也没有人想要为一个整体真心诚意地做些什么，每个人都削尖了脑袋好让自己脱颖而出，恨不能把自己身上那点本事无限放大好让全世界都看到。这种错误的想法比比皆是，人们效仿某些现代音乐名家的做法，他们演奏时挑选曲目的宗旨不是看哪些曲子能让听众享受到音乐纯粹的美，而是看哪些曲子最能展现他们出神入化的弹奏技巧。放眼望去，目之所及都是拼命炫耀，四处招摇的人，却不见哪一个能为了整体的利益老老实实地奉献一己之力。

“于是乎，人们在不知不觉中养成了粗制滥造的坏毛病。有人在孩提时代就开始写诗，他们以为就这样一路写下去，等成年后一定会成名成家，可到了壮年，他们恍然发现这世上比自己高明百倍、千倍的作品多如恒河沙数，回首来时路，他们为自己错付的年华和努力追悔不已。是的，许多人对于什么是完美毫无概念，对于自身的毛病又视而不见，于是就这么浑浑噩噩、得过且过地混了一辈子。

“如果我们能让每个人都充分地认识到这个世界上已经有着数不尽的优秀作品，让他们意识到要想创作出一部能与现存伟大著作相提并论的作品需要付出多大的努力，那么想必在今天一百个年轻诗人中怕是没有一个人会认为自己具备足够的勇气、毅力和才华去问鼎大师级别的造诣。

“许多年轻画家要是一早知道拉斐尔究竟付出了什么才取得

了今天的成就，恐怕他们再也不会拿起手中的画笔。”

然后，我们的话题又转到了一般的错误倾向上，歌德继续说道：

“所以说当初我想往绘画方面发展的念头就是错的，因为我没有这方面的天赋，再怎么练也练不出个所以然来。对于周遭景物我倒是有一定的敏感度，最初几次尝试后暗自窃喜，以为自己还挺有发展前途的。可是，之后的意大利之旅彻底破坏了我对于绘画的兴趣。于是，翻阅画册的爱好取而代之，只可惜一开始那股子跃跃欲试的热情就此一去不返了。没有天赋就注定在技艺和审美上都无法得到进一步提高，那么我付出再多努力也是枉然。

“要全面发展人的各项潜能，明确人存活于世的主要目的，这种说法固然没有错，但是许多能力并不是人生来就有的，每个人必须先发挥所长，把自己塑造成某一类人，然后再去探寻、了解人类所具备的所有才能。”

这让我想起了《威廉·麦斯特》中有过类似的话：只有当所有人聚在一起才能成为人类，只有当我们学会彼此欣赏，我们才能被他人尊重。

我还想起了《漫游时代》里雅尔诺奉劝每个人只学一门手艺，他告诉大家这个世道不需要人们样样都会，只要明白这个道理，并能遵循这个道理为他人服务，为自己工作，那就天下太平，万事大吉了。

问题随之而来，一个人究竟该找一份怎样的工作才能既不超出他的能力范围，又不至于埋没自己的才华呢？

如果一个人要监管许多部门，定夺大小事宜，指导不同人群，那他就得具有准确的判断力和洞察力。所以对于一位君王或一个未来的政治家而言，傍身的才华、能力多多益善，因为他的工作性质本来就是多面性的。

而一个诗人同样需要获取各种各样的知识，因为他的创作对象即为世界万物，如何处理、表达这些主题便是他的使命。

然而，一个诗人不能三心二意，在写诗之余还老惦记着要去当一名画家，就像演员的任务是通过自己的表演将故事从头细述一样，诗人能用文字来描写世界就该心满意足了。

领悟理解是一回事，动手实践则是另外一回事。我们必须清楚一点，无论是哪种艺术形式，实际操作起来都是一件异常艰辛的事，而要达到超凡拔俗的境界更需耗尽毕生精力。

故而，歌德虽然在艺术领域涉猎甚广，但真正用心实践的只限于一个专业——用德语进行文学创作，并且取得了非凡的成就。至于他写作的题材涉及了千变万化的大自然、白云苍狗的人世间，那则又另当别论了。

学养修为和创作实践也不尽相同，前者属于能力培养的范畴，比如诗人应该具有一双洞悉外部事物的眼睛，虽然适才歌德说他想往绘画方面发展的尝试是错误的，但这种实践对于他作为一名诗人应该具备的素养而言却是有益无害的。

歌德说："我的诗歌之所以生动形象，主要归功于我平时对观察能力的培养，所以我也格外重视通过这种训练获取的新知和讯息。"

不过，我们也要注意不要将素养的范围铺设得漫无边际。

"自然学家很容易遇到这样的麻烦，"歌德说，"因为想要充分、透彻地观察自然就必须具有广博的知识面和均衡的能力素养。”

然而另一方面，每一个人也都应该尽一切可能避免片面、狭隘地看待自己的专业知识，换而言之，草率地限定、框死专业知识的范围也是不明智的。

一个为舞台撰写剧本的诗人应该了解舞台，以便掌握舞台上有什么是可以为其所用的，什么是可行的，而什么是不得不忍痛割爱的；同样，歌剧的作曲者也应了解一些诗歌方面的知识，这样他才能分辨好坏，不至于在毫无价值的作品上浪费自己的精力。

歌德说：“卡尔·马利亚·冯·韦伯[①]就不应该为《欧利安特》谱曲，他本该一眼看出那不是个好题材，类似的主题压根就写不出什么入流的作品。所以我们有理由要求每一个作曲家将诗歌鉴赏力纳入自己的专业素养中。”

画家也应该具有分辨题材好坏的能力，因为知道什么可入画，什么不可入画也属于他的专业知识范畴。

歌德又说：“说一千道一万，最伟大的艺术就是要知道自己的界限在哪里，并且牢牢地守在这片属于自己的园地里砥砺耕耘。”

自从我们初次见面后，歌德就是如他所言帮助我远离一切可能让我分心的东西，把所有精力集中在自己的专业领域中。如果我流露出一丝想要探索大自然奥秘的想法，他总是劝我眼下不要动这个念头，先一门心思把诗歌学好学透；如果我想读一些在他看来对我目前的研究没有太大帮助的书籍，他也会劝我别去碰它们，说这些书对我而言毫无助益。

---

① 卡尔·马利亚·冯·韦伯（Carl Maria von Weber，1786—1826）：德国作曲家、钢琴演奏家、指挥家、音乐评论家。

他曾经这样说过："我自己就曾将大把的光阴浪费在了与专业无关的事情上。每次我想到洛佩兹·德·维加[①]写了那么多剧本，就不免遗憾自己创作的诗歌数量实在少得可怜。我原应把更多的时间和精力放在我的本职工作上。"

还有一次他对我说："如果我不是一直在石头堆里瞎忙活，而是把时间用在更有价值的事情上，说不定现在我已经找到最美丽的钻石了。"

基于相同的原因，他一直对他的朋友迈耶另眼相待。迈耶倾尽毕生心力研究艺术，他在专业领域取得的非凡造诣获得了业界内外的一致嘉许。

歌德说："我早先也和他一样，花了半辈子时间专心致志地钻研艺术作品，但在某些方面，我确实没法和迈耶相比。所以每次我拿到一幅画都不敢马上给他看，而是先掂量一下自己对这幅画的评判和他的见识相距多远。直到我已经将画作的优美之处和瑕疵缺陷看了个滚瓜烂熟，我才会把它呈给迈耶，饶是如此，他的眼光还是比我敏锐独到，见解也比我犀利深刻许多。这样的经历让我一次又一次地认识到要想精通一件事需要付出多少努力和心血。迈耶的专注与刻苦让他能准确地鉴别评价几千年历史长河中存留下来的艺术珍品。"

也许有人不禁要问，既然歌德如此坚定不移地相信一个人穷尽一生只能精于一件事情，那么为什么他自己还涉猎这么多领域呢？

---

① 洛佩兹·德·维加(Lope de Vega，1562—1635)：西班牙剧作家、诗人、小说家，一生创作剧本多达一千五百多部。

我会这样回答这个问题：如果歌德现在才来到这个世界上，并且发现他的祖国无论在艺术还是科学方面的成就都已经达到了现有的高度——这在很大程度上都是他的功劳——那他肯定会心无二念地沉浸在他的诗歌世界中，而不会一心数用，为了不同的工作劳心劳力了。

故而，踏足各个领域，从不同的角度探索这个世界，对未知的事物寻根问底，这不仅是天性使然，而且也是他所身处的那个时代赋予他的使命：大声宣告他观察研究的心得和成果。

自他降生于世便不可避免地继承了人类的两大遗产：谬误与不足。为了摆脱这种宿命，他必须用一生的时间在不同的领域中上下求索。

如果不是因为歌德坚信牛顿的理论错漏百出，极有可能将人类的认知引入歧途，他怎么可能仅凭一时心血来潮就动笔写一部《颜色论》，并为这样一部专业领域之外的作品几年如一日地苦心钻研？这绝对不是脑袋一拍后的决定，而是当他对真理孜孜以求的赤诚之心与摆在眼前的谬误发生激烈冲突时，他义无反顾地举起了信仰的火把，用真理的光芒去照亮那片黑暗之境。

基于同样的原因，他撰写了《植物的形态变化》，正是因为歌德的执着，我们才有了一套如何进行科学研究的学习模板。不过，如果歌德当时知道他的同辈中已经有人沿着正确的道路在研究植物形态，想来他也不会费神耗力地去写这样一本书了。

是的，这或许也可以解释他在文坛上所做出的各种努力。我们不妨一问，如果德国当初已经有一部《威廉·麦斯特》，歌德还会埋头创作类似的鸿篇巨制吗？如果不会，那么他是否会全力以赴地投身到戏剧创作中去呢？

假若歌德一生专攻一个方向，他究竟能创作出怎样的作品，给后世带来怎样的影响，我们不得而知。但有一点可以肯定，但凡是有一点头脑的人断不会希望歌德拒绝接受造物主赋予他的种种才华，也断不会希望他从未给世人写下所有这些彪炳日月的篇章。

1825 年 5 月 1 日，星期一

今天与歌德一同用餐。席间一直惴惴不安，因为之前突然传来了剧院停工的噩耗，我深恐这个令人措手不及的坏消息刺伤了歌德的心。还好，他没有流露出一丝伤心难过的迹象，相反，他从头到尾都心平气和，态度安详，显露出一种恬然超脱的大家风范。

他说："有人就经费问题缠着大公爵不放，说只要改变剧院的修建规划就可以大大缩减开支，他们得逞了。无所谓，反正我就这么安慰自己，一座崭新的剧院迟早都会碰上一场大火付之一炬的，再者说，这无非就是地方大一点、小一点，或楼房高一点、低一点的事，类似的细枝末节不值一提。不管怎么说，我们都会有一座新剧院，即便达不到我的期望和设想，好歹也算过得去，你们会去那里看戏，我也会，最后肯定会皆大欢喜的。

"大公爵还对我谈了他的想法，"歌德说，"他认为剧院没必要盖得多么富丽堂皇，这一点倒也没什么不对。他还说，这栋建筑别无他用，就是用来挣钱的。此话乍一听不免有唯利是图之嫌，可往好的方面想，倒是能给剧院带来裨益。因为如果一家剧院不只是一味地往外贴钱，而且还能赚钱，积累盈余，那么势必就要在每件事上动足心思，力求做到无懈可击。它必须有最会动脑子的经营者，演技出众的演员，还要有能不断被搬上舞台的优秀剧本，

有了这一切，剧院才能吸引观众每晚必至，场场爆满。这是个非常复杂的问题，一句两句也说不清楚。”

我说：“这样看来，大公爵想通过剧院盈利的想法还是切合实际的，因为这就意味着剧院里的大小事宜都要做到尽善尽美，并且要一直保持最佳状态。”

歌德回答说：“即便像莎士比亚和莫里哀也不能免俗。他们首先考虑的也是要让剧院赚钱。为了实现这一目标，他们坚持自己的经营方针，尽一切可能把所有事情做到最好、做到极致，剧院除了上演经典剧目外，还不时创作一些让人耳目一新的剧目来吸引更多的观众。《伪君子》的禁演对莫里哀来说不啻晴空霹雳，他不仅是一个诗人，同时还是剧院老板，可以说这个打击对于后一重身份而言显得更为沉重，因为他要考虑的不仅是个人的荣辱得失，而且还有他手下整个团队的日常生计、出路和前途。”

歌德继续说道：“如果一家剧院的票房收入是多是少与剧院老板的个人得失毫无关系，那么就算戏不卖座，他一样照吃照喝，活得无忧无虑，而且他心里清楚，无论票房惨淡到了何种地步，反正到了年底他都可以通过其他途径填补因为票房而减少的个人收入。对于一家剧院而言，还有什么比这更会让日常经营陷入岌岌可危的境地呢？如果不和个人得失发生关联，人们就会自然而然地耽于安逸，不思进取，这是人类天性使然。虽然眼下在魏玛这座小城镇里要求一家剧院能做到自力更生，不要宫廷一分钱的资助，未免有些不切实际，但任何事情都得有个限度，每年能挣上一千泰勒绝不是可有可无的小数目，更何况，戏不卖座和经营不善原本就互为因果，一旦出现必定成双结对，所以对剧院而言，损失的不仅仅是钱，而且还有整个剧院的口碑。

“如果我是大公爵，我就会定下规矩，每年给剧院发放一笔定额捐赠。我会算一下近十年来宫廷捐款总额的平均数，在此基础上得出一个可以支撑剧院日常运作的数字，这笔钱必须能保证剧院正常维持下去。不止如此，我还会进一步规定，如果剧院管理方和剧团导演们能集思广益，不断地出谋划策，并且在他们英明正确的领导下剧院财政到年底时还有盈余，那么这部分盈利就应该作为奖励分发给剧院经营者、剧团导演还有主要演员。等着瞧吧，到时候剧院上下肯定是人人干劲十足、处处热火朝天的景象，萎靡不振、死气沉沉的气氛将被一扫而光。”

歌德接着往下说道：“我们剧院各式各样的惩戒制度倒是不少，却没有一条规定是用来激励奖赏那些表现出众、成绩突出的成员的。这是一个巨大的不足。既然我知道如果我犯了错或做得不够好，就会比别人拿的少，那么当我的表现超过了预期，我自然就会期望得到奖赏。如果每个人都能做得更多更好，剧院必定能气象一新，蒸蒸日上。”

这时，小歌德夫人和乌尔丽卡小姐结伴而入。屋外阳光明媚，两位女士也换上了美丽的衣裙。席间对话轻松和悦，我们先是聊了一会儿上周的聚会，之后又开始为下周的休闲娱乐做起了打算。

小歌德夫人提议说：“要是接下去的几个晚上依旧晴好，我们何不在公园里举办茶会，一边还能聆听夜莺的歌唱。爸爸，您觉得这个主意如何？”

“那再好不过了。”歌德欣然回答。“那您呢？”小歌德夫人问我，“可否邀请您一同参加呢？”“啊呀，我说奥蒂莉厄，”乌尔丽卡小姐立刻插进来说，“你怎么能邀请艾克曼先生呢？他肯定不会来的，就算他勉强来了，也一定是如坐针毡，心不在焉，巴不得能快些一走了之。”“坦率地说，”我回答道，“我宁可和杜兰一道在乡间散步。像茶会、茶叙之类的事情实在不合我的脾性，甚至我只要听到这些词都会觉得浑身不自在。”“可是，艾克曼，”小哥德夫人说，“这次我们可是在公园里办茶会，想想看，置身于野外，无比亲近大自然，这不正是你喜欢的吗？”“恰恰相反，”我说，“当我无比接近大自然，近到鲜花的芬芳、青草的香气扑面而来，此时却又不能抛开一切，随心所欲地投身于她的怀抱中，这实在太让人难以忍受了，就像是把鸭子赶到了河边却不许它跳进水里尽情畅游一样，简直是一种折磨。”歌德闻言笑了起来，他接口道：“也可以这么说，你觉得自己就像一匹从马厩的扶栏上探出脑袋的马，眼睁睁地看着一望无际的草原近在咫尺，你的同伴们正在那里扬蹄撒欢，纵横驰骋，你切实感受到了清新广袤的大自然带给你的自由和欢悦，却苦于身处藩篱之内不能加入其中。好了，你们就别再为难他了，他生性如此，不是你们一两句话就能改变的。不过，艾克曼，我倒是很好奇，你和那位杜兰先生是如何在野外打发午后漫长时光的？”“我们到幽静的小树林里去射箭。”我说。“哈！这可真是个不错的消遣！”“确实如此，”我说，“而且它还可以帮助我们祛除冬日残留在身上的那股恹恹之气。”歌德又问：“可是你们是怎么想到在魏玛这座小城里练习射箭的呢？”我回答说：“1814 年我从布拉班特[①]回来时带回一支箭。在那里，男女老少都会使用弓箭，无论规模多小的市镇都有自己的射箭俱乐部。他

① 位于现荷兰南部和比利时中北部。1813 年，德国各地纷纷组织民兵志愿军抗击法国入侵，艾克曼也报名参加，之后随军转至荷兰。

们把活动地点设在小酒馆里，就像我们的小酒馆里有撞柱游戏一样。通常他们会在下午活动，我经常跑过去津津有味地看他们聚在那里射箭，真的很有意思。那些男人们个个体型匀称，身强力壮，拉弓的架势极富美感。他们不动声色地展现着沉稳的力量，个个都是一发即中的神箭手！靶子就贴在六十步或八十步开外的黏土墙上。他们射击速度很快，一支接着一支，每支箭都稳稳地插在靶子上。十五支箭里能有五支直接命中靶心，而靶心的大小就像一个泰勒银币那么点儿大，其余十支紧紧地贴在靶心周围。一轮结束后，弓箭手们走上前去，从潮湿的土墙上拔下箭，然后开始新一轮游戏。自打那时起，我就迷上了弓箭，心想要是能把这项运动带到德国来肯定会大受欢迎。可是我把事情想得太过简单了。我到处和人讨价还价，却找不到一张售价低于二十法郎的弓。当时我不过是个身无分文的小兵，到哪里才能筹到那么多钱呀！于是我把目标转向了箭，相比弓，它显得更重要也更精巧。最后，我在布鲁塞尔的一家小作坊里花了一法郎买到了一支箭，连同它的制造图纸一起带了回来，也算是那次出征唯一的战利品了。”

“这像你的作风，”歌德说，“不过切莫以为凡是自然美好的事情就一定能在大众中普及推广。比如射箭，它就至少需要时间和精湛的技艺。可我倒是可以想象在布拉班特，射箭运动一定开展得有声有色，而且它确实极具美感。相形之下，我们德国的撞柱游戏就显得平平无奇，甚至充满乡野之气，让人不免觉得有些粗鄙庸俗。”

我接口说道：“射箭的美态在于它全方位地展现了身体的协调性，充分地锻炼了力量的平衡性。当你准备射箭时，牢牢握住弓的左臂必须保持平稳，不能绵软无力，更不能随意晃动，而拉紧弓弦、夹住弓箭的右手也要同样用力。与此同时，双脚要稳稳地踩住地面，为上半身提供一个坚实的基盘。你的双眼直直地盯住靶心，颈部的肌肉绷得紧紧的，集聚的力量蓄势待发。当手中的箭“嗖”的一声射出去，紧接着命中目标，那一刹那的感觉就别提有多棒了！说真的，我甚至觉得这世上没有其他任何运动能比得上射箭。”

“我们国家的体操学校倒是应该把射箭这项运动纳入到训练项目中，因为两者对于身体的协调性都有相当高的要求，”歌德说，“如果二十年后德国出现了数千名射箭能手我也不会觉得有什么大惊小怪的。一般说来，对于已经成年的一代人而言，无论在身体素质还是精神教化，比方说艺术鉴赏力或性格养成方面都已趋于定型，很难再有太大改变了，但我们可以把目光转向孩子，转向学校教育，假以时日一定会大有收获的。”

“可惜我们的体操教练都不知道弓和箭能派什么用场。”我说。

歌德说：“我们可以把几个体操协会合并起来，然后从法兰德或布拉班特引进一位技术精湛的弓箭手，集中指导体操运动员如何练习射箭。我们也可以挑选几位身材匀称、体态优美的体操运动员去布拉班特，在当地接受训练，同时也学习如何制作弓箭。这些年轻人学成归来后可以成为德国体操学校的客座教师，今天在这所学校指导，过些时日又去往另一所学校教学。”

歌德继续说道：“我从来没有反对过我们国家推广体操教育。正相反，当看到越来越多的政治活动慢慢渗入其中，迫使当局不得不想办法限制甚至取缔体操训练，我心里着实感到惋惜，这其实是种因噎废食的做法。我还是期望德国的体操教育事业能够重振旗鼓，因为我们的年轻人需要这项体育锻炼，尤其是那些学生们，他们不断地学习新知丰盈充实着精神世界，然而身体素质却没有得到相应的提高，故而在行动上缺乏必要的活力，总是少了一股子精气神。来来，再告诉我一些关于弓箭的事，你当真从布拉班特带回来一支箭？那我可得亲眼看一看。”

我回答说：“很可惜，它在很久之前就遗失了。好在我一直记着它的样子，所以成功复制出了几十支。不过，过程可没有我之前想得那么简单，我反复尝试，其中也经历过好几次失败，不过正是通过这些尝试，我学到了许多东西。我遇到的第一个问题就是箭杆，它必须要直，用了一段时间后也不会变弯，它要轻，但又要足够坚固，不会碰到硬物就断裂。我尝试了白杨木、松木和桦木，但它们不是这里不符合要求，就是那里不尽如人意，总之，这些木材都不适合拿来做箭杆。然后我找到一截又细又直的菩提树树干来做实验，事实证明它正是我想要的材料，因为它具有细密整齐的纤维，所以制作的箭杆能满足笔直、轻盈、坚固这三大要求。接下来就要在箭杆的下端按上一个角质的箭头，并不是所有的兽角都可以拿来做箭头的，找到合适的兽角后还要选取其中最坚硬的核心部分进行雕琢，否则箭射出去一旦打到硬物箭头就会裂开。不过，这还不是最难的部分，更让人头疼的是怎样才能给弓箭安上羽毛。我也不知钻了多少回死胡同，经历了多少次滑铁卢，最后好歹是把羽毛装上了箭杆。”

“羽毛并不是插进箭杆，而是用胶水粘上去的吧？”歌德问。

“确实如您所言，”我回答说，“不过一定要粘得既牢固又齐整干净，与箭杆浑然一体，看上去就像是从箭杆的尾端长出来一样。

用什么样的胶水也很关键。我发现把牛皮胶浸在水里几个小时，然后混合一些烈酒，用炭火烤成糊状，这种胶水最好用。羽毛的种类也有讲究。从大型禽类的翅膀上拔下的羽毛固然不错，但孔雀双翼上的红色羽毛，雄火鸡身上的大片羽毛，特别是鹰隼和大鸨身上华丽硬挺的羽毛才是最佳选择。”

“我听得都要入迷了，”歌德的兴致越发高涨，“不了解你的人还真是难以相信你居然对弓箭怀有这么浓厚的兴趣。不过你得快点告诉我，你到底是如何造出一把弓来的？”

我回答道：“自己琢磨出来的，不过一开始也是像只无头苍蝇一样乱忙一气。后来我向细木工和造车匠讨教，又把这儿所有的木材试了个遍，最后终于将设想变成了现实。在木料的选择上我得考虑到弓的特质，它要有韧性，容易弯曲，并且有很好的弹性，能在拉弦后迅速有力地弹回原位，而且多次使用后依旧要保持上佳的弹性。一开始，我拿白蜡木做试验，那是一段有着十年树龄的白蜡木树干，通体没有枝枝叶叶，大约和普通人的胳膊一般粗细。不过工程进行到一半时，我发现树心部分的纹理太过粗粝，与我的预想不符。后来有人建议我选用一种质地非常结实的树干，它可以被干净利落地宰成四个部分。”

“宰？”歌德问道，“这是什么意思？”

“这是造车匠们常用的行话，”我回答说，“和‘劈’的意思差不多。把楔子嵌入树干的一端，然后自上而下劈开，如果树干是笔直生长的，也就是说内部的纤维纹理是垂直的，那么劈开的部分也是笔直平滑的，这样的树干就适合拿来做弓。但如果树干内部的纹理是歪的，那么楔子肯定会顺着弯曲的纹理劈开树干，劈开的部分自然也是歪歪斜斜的。”

“可是用锯子锯的话不是一样可以把树干锯成四部分，而且每块木料的表面都是又平又直的。”

我说：“或许有人可以把纹理长得歪歪扭扭的树干锯断、锯平，但这样的树干对于弓的制作而言是毫无用处的。”

“我明白了，如果制作弓的木料在某处被劈断，弓也就很容易在那个地方断裂。这个话题太有意思了，快，继续往下说。”

“于是我用一块劈开的白蜡木做了第二把弓，”我说，“木料的背面没有一条断纹，所以这把弓十分坚固结实。但也有不足之处，因为木料太过坚硬，韧性不够，所以很难弯曲。一位造车匠知道后对我说：‘你选的这块木料是白蜡木的树苗，它还没长成，质地自然比较硬，要是换一棵成熟的白蜡木，效果一定要好许多。’听了这话我才明白原来白蜡木和白蜡木也不是都一样的，而且树木生长的土壤和地域环境也决定了它们不同的属性特质。比方说艾特斯堡的树木就很难长成有用的木料，而诺拉附近的树木则正好相反，它们的质地较为坚硬厚实，这也是为什么魏玛的车夫们对诺拉地区生产的马车配件格外中意的原因。在接下来的试验中，我又发现北部山坡上的树大都非常结实，树木的纹理也较南坡的顺直平滑。这一点很好理解，因为长在北部山坡背阴处的树苗必须卯足了劲往上伸展才能被高处的阳光照射到，正是因为对阳光的渴求，才使得它们不断地往上生长，这样一来纹理走向自然也就跟着笔直向上发展了。此外，背阴处有利于细密整齐纹理的形成，对于生长在南北交界处的树木而言，这一特征尤为明显，面向南边的一面经常沐浴在阳光里，树木的纹理粗糙松散，而面向北边的一面终年不见阳光，那部分的纹理就要细腻平滑许多。如果锯开这样的木头，我们就会看到树干横切面的圆心不在中央位置，而是严重偏向一边。像这种圆心偏移主要是因为朝南的那部分树干常年经受太阳的照射，年轮生长得更快，年轮之间的间距就比朝北一侧那部分的年轮间距要宽。所以，如果细木工和造车匠需要结实漂亮的木料，他们都会选择树干朝北背阴、纹理更加细密整齐的那一侧，用他们的行话来说就是‘冬侧’，对于这个部分的木材质地他们更加放心。”

歌德说：“我花了大半辈子研究植物的生长过程，可想而知你所做的那些试验在我听来有多有趣了，快点告诉我，后来你是不是真的用长成的白蜡木又做了一把弓？”

我回答说：“没错，我选了一块劈得特别齐整的冬侧白蜡木，木料的纹理纤维排得又直又密。弓做成后很容易弯曲，而且弹性也非常不错。但是用了几个月后，我发现弓变形了，弓体出现了弯度，很明显弹性也比不上刚做好那会儿了。于是，我尝试用橡树苗做试验，木料倒真是好木料，可惜和白蜡木做的弓一样不太经用。之后，我又拿来核桃木，结果比之前两种木料稍好一些，最后我发现枝挺叶秀的槭树才是最理想的选择，尤其是栓皮槭，用它来做弓简直无可挑剔。”

“我知道这种树，”歌德说，“它们一般都长在灌木丛中，我能想象这种树做成的木料肯定不错，可是还没有长成的树木总免不了会有树节，你在做弓的时候不需要把它们都去掉吗？”

我回答说：“树苗的树干确实会长有节瘤，不过在它长成一棵大树的过程中，园丁会把节瘤削除，如果它长在丛林中，节瘤也会在生长过程中自行消退。一棵树当其树干直径长到二到三英寸时被削去节瘤，在之后漫长的岁月里节瘤的外表处会慢慢愈合。五十年或八十年后，原本的节瘤处就会长出大约六英寸厚的新木把原先的‘伤口’完全覆盖掉。这样的树干从外部看非常平滑漂亮，但谁也不知道内部究竟会有怎样的问题，所以在把这样的树干锯成木料的时候要格外留意，不能只看其平滑的外表，而是要把树皮底下几英寸的木质锯掉，剩下的才是最有韧性、最坚固的木头，用这部分木料做弓那是再好也没有了。”

歌德问：“做弓用的木料是不是不能锯开，而是要劈裂，或者用他们的行话说就是要宰断呢？”

“确实，有些木材的确要用楔子劈开，”我回答说，“像白蜡木、橡树和胡桃木都可以这样处理，因为它们的纤维纹理比较粗。但换作栓皮槭就不行了，它的纹理非常细密，而且还紧密地相互交织在一起，所以无法顺着木头本身的肌理劈开，勉强劈开的话，很有可能损伤它原有的纹理。栓皮槭只能用锯子锯开，只有这样才不会伤及纹理进而破坏弓的坚固性。”

“瞧瞧！瞧瞧！”歌德兴奋地说，“你对弓箭的这番痴迷让你收获了多少新知！而且这些生动有趣的知识只有通过实地研究加上动手操作才能获得。当你对某件事物产生了狂热的激情，你就会不由自主地深入其中，这便是兴趣爱好的好处了。一路兜兜转转、有时偶尔迷失也没什么了不起的，因为正是在这一过程中我们才学会了许多原本无缘一见的知识。更重要的是，我们不仅学到了我们感兴趣的事物本身，同时也了解了与之相关的所有事物。如果我只是死记硬背前人流传下来的经验，那我怎么可能知道那么多关于植物和颜色方面的知识，并且最终形成了一套自己的理论呢？正是因为亲自去探寻、研究每一项新知，在错误和失败中一次次重头来过，所以我才有资格说我对植物和颜色这两门学科有了一定的了解，并且掌握了比书本上更多的知识。好了，让我们言归正传，回到弓箭的话题上来。我见过一些苏格兰的弓，它们的两端比较直，还有一些弓的两端却是有弧度的，你觉得哪种弓更好？”

我回答说：“我认为两端朝后弯的弓弹性更好些。一开始，我把弓做成直的，因为我不知道怎么做才能使其两端带有弧度。后来我找到了其中的窍门。当我把弓做成弯的时候，发现不仅弓的外形更美观了，而且射箭时也更有力度了。”

“那些弧度是靠加热形成的吧？”歌德问。

“是的，靠浸润和加热，”我回答说，“当弓刚成型的时候，弹性是均匀分布的，没有哪一处弹性更好或哪一处弹性较弱。这时，我将其中一端浸入煮沸的开水中，没入的部分约有六到八英寸，煮了个把小时后，我取出煮软的那一端，趁热用螺丝将其固定在内侧凿有弯曲凹槽的两块木块间，这个凹槽的弧度正是弓的两端应该具有的弯度。在木块的‘左右夹击’下，弓被放置一天一夜，以便使其完全干燥。然后，我如法炮制弓的另一端。通过这种方法形成的弧度不易变形，仿佛这把弓天生自带漂亮的弧线一样。”

这时，歌德忽然神神秘秘地笑了起来：“猜猜我想到了什么？我要带你去看一样东西，保证叫你开心得跳起来。现在就和我一起下楼，不一会儿就会有一把真正的巴什基尔弓出现在你的手上。”

“巴什基尔弓！”我情不自禁地叫起来，“当真是一把来自巴什基尔的弓？”

“那还有假，傻小子！”歌德说，“绝对是真的，如假包换，快，随我来。”我们随即走下楼来到花园里，那里有一栋小楼房，歌德打开楼下的房门，我探头一瞧，只见里面的桌子上和西面的墙上全都堆满、挂满了奇珍异宝。我匆匆扫了一眼满屋子的宝贝，随后就开始一心一意地寻找起那把弓来。“在这儿呢!”歌德叫道,一边从角落里一大堆奇巧的玩意儿中抽出了一把弓。我定睛一看,它居然和1814年一位巴什基尔首领送给我的弓一模一样。“怎么样?”歌德得意地问。

我紧紧地握着这把珍贵的弓,激动得不知道说什么才好。它看上去保存得非常完好,甚至连弓弦都保留着随时待命的最佳状态。我试了试,发现弹性也很不错。“真是一把好弓!”我说,“尤其是弓的外形,太漂亮了,以后我要再做弓的话就按它的样子来。”

“你看这是用什么木材做的?”

“您瞧,整张弓都包着一层桦木皮,”我回答说,“几乎看不见里面的木料,只有弓的两端才露出了内里,但因为年代久远的缘故色泽变暗,已经很难分辨究竟是什么木材了。乍一眼看上去,有点像橡树的树苗,看得再仔细一些,又有些像核桃木。我觉得应该是核桃木或类似的木材。反正不像是枫树或栓皮槭,它的木质纹理比较粗,而且看着像是用楔子劈开的。”

“想不想试试身手?”歌德提议道,“这里还有一支箭。不过你要当心别碰到那个铁质的箭头,说不定上面会有毒。”

我们走出房间来到花园里。我拉开了弓。歌德问:“你想往哪儿射?”我答:“第一箭想射向空中。”“来吧!”歌德说。于是,我朝着万里晴空射出了第一箭,只见箭在空中稳稳地划出一道优美的弧线,而后悠悠地拐了个弯,嗖嗖地往下坠,最后插入了地面。“让我来试试。”歌德说。我很高兴看到歌德这样兴致盎然,于是快步跑过去把箭捡了回来。

歌德将箭推上弦,调整了一会儿姿势,然后摆好了功架。他向上瞄准,拉响了弓弦。他犹如阿波罗一般矗立在原地,斗志昂扬，英姿勃发，虽然躯体已经老迈，却无法困住锐不可当的青春与活力。箭飞到半空后掉了下来，我跑去捡回了箭。“再来一次！”歌德说。然后他瞄准了花园的小径。这一次，箭足足往前飞了有三十步远，而后“嗖”的一声插入地面。看到歌德如此好的兴致，我也开心极了，一行诗句不由浮现脑海：

你以为垂垂暮年当真能困住我的手脚？

看看现在的我不是像孩子一样活蹦乱跳！

我再次拾回箭。他让我朝水平方向再射一次，并给我定好了目标，是他工作室卷帘窗上的一块污迹。我依言而行。箭的落点倒是离目标不远，只是深深地插进了质地比较松软的木质窗框里，拔也拔不出来。“就让它留在那里，”歌德说，“这样我就能时不时想起在一个晴朗的午后咱们痛痛快快地射了一回箭。”

我们在花园里来回走着，享受着风和日丽的好天气。后来，我们在一张长凳上坐下，背靠着身后一排密密匝匝的树篱。我们谈起了希腊神话中尤利西斯的弓，荷马史诗中的英雄人物，希腊的悲剧大师，还有近日来广为流传的一种观念，说欧里庇得斯的出现导致了希腊戏剧的衰亡。对此，歌德完全不能认同。

歌德说：“无论如何我都无法赞同这样的观点，单凭一个人的力量是不可能把一门艺术推向穷途末路的。个中原因庞杂繁复，难以一一罗列清楚，但这肯定是多方面的原因相辅相成的结果。希腊悲剧艺术的式微绝非欧里庇得斯一手造成，就像不能把希腊雕塑艺术的衰落全部归罪于那些和菲狄亚斯①生活在同一时代、

① 狄菲亚斯（Pheidias，公元前480—前430）：雅典人，被公认为最伟大的古典雕刻家，其代表作有被称为世界七大奇迹之一的宙斯巨像和巴特农神殿的雅典娜巨像。

成就却略微逊色的雕塑家们。因为一个伟大的时代自当在前进的道路上不断迈进、不断进取,任何不入流的作品都无法撼动这股势不可挡的洪流。欧里庇得斯身处的年代何其伟大！在那个时代里,戏剧艺术的品质非但没有逆行倒退,反而竿头直上,而当时,雕塑尚未达到其鼎盛时期,绘画艺术则刚刚处于萌芽阶段。

“如果与索福克勒斯[①]相比,欧里庇得斯的作品中即便真有很严重的谬误,也不见得紧随其后的年轻诗人们就非得模仿、学习这些毛病,并因此毁了一代作家甚至希腊悲剧。相反,如果他的作品中有许多伟大的闪光之处,甚至比索福克勒斯还要杰出,那么为什么年轻诗人不去学习模仿那些优点呢？即便不能超越,为什么不尽可能变得与他一样优秀呢？

“然而在雅典三大悲剧作家[②]之后,就再也没有出现能与他们并驾齐驱的第四位、第五位了,或第六位大师了,其中到底有什么原因,我们不得而知,但我们可以有自己的揣测,说不定这些猜测离真实的原因并不遥远。

“所谓人,其实是一种很单纯的生物。就算他们的个性再如何复杂多样、变幻莫测,他们生存的环境和一生中可能遭遇到的境遇其实是差不多的。

“如果希腊文坛当时的情况和我们今天的德国一样,没有几部拿得出手的作品——数来数去也就只有莱辛写的两三部戏剧,我写的三四部,加上席勒写的五六部——那么第四、第五、第六位

---

① 索福克勒斯(Sophocles,公元前496—前406):雅典人,古希腊三大悲剧作家之一。

② 也称为古希腊三大悲剧作家,即埃斯库罗斯、索福克勒斯和欧里庇得斯,他们分别创作了《被缚的普罗米修斯》、《俄狄浦斯王》和《美狄亚》,史称三大悲剧。

悲剧大师自然还有横空出世的机会。

“然而在当时的希腊，三大悲剧作家笔耕不辍，每一位都写下了百余部或接近百部著作，千古文章可谓层出不穷。《荷马史诗》中的悲剧人物和希腊英雄传说中的题材被反复使用了不下三四次。既然已有数不胜数的珠玉在前，我们就不难想象当时可写的题材几乎已被写尽，后起之秀们即便再出色，也是巧妇难为无米之炊了。

“再者说，还有必要再写吗？难道这些伟大的作品还不够一个时代慢慢享用吗？难道像埃斯库罗斯、索福克勒斯还有欧里庇得斯撰写的杰作还不够隽永宜人，意味深长，足以让人们百看不厌，视若珍宝吗？哪怕这些鸿篇巨制流传到我们手中的只剩下零星的只字片语，也足以让人窥见其原本的博大精深，我们这些才疏学浅的欧洲人已经潜心研究了几百年，而之后的几个世纪我们仍将埋首苦读，并将继续如饥似渴地从中汲取养分。”

1825年5月12日，星期四

今天，我们谈到了希腊剧作家米兰德[①]，歌德对他激赏不已。“继索福克勒斯之后，再也没有哪位作家能像米兰德那样让我为之倾倒了。他的作品怀真抱素，荡气回肠，而其优容风流的笔触更是无人能及。只可惜这位文豪留存于世的作品寥寥可数，但哪怕只是一鳞半爪的了解已经能让悟性极高的人们受益匪浅了。

“最关键的一点在于，我们所要学习效仿的典范楷模应与我

---

① 米兰德(Menander，公元前342或341—前290)：古希腊著名剧作家，一生写了一百零八部戏剧。

们意气相投，比如像卓尔不群的卡尔德隆，虽然我也十分崇敬他，但他对我的创作产生不了什么影响，无论好坏与否。但对席勒来说就不同了，卡尔德隆很有可能把他引入迷津，所幸的是他在席勒去世前一直籍籍无名。卡尔德隆工于技巧，擅长张皇铺饰；而席勒则恰恰相反，他更注重行文的端肃严谨和立意的高远深邃，如果他没能学到卡尔德隆在其他方面的优点，同时又丢掉了自己的优势，那岂不是两头不着岸吗！”

之后，我们又谈到了莫里哀。歌德说：“莫里哀堪称旷世奇才，他的作品经得起反复研读，而且每次重温都会让你忍不住拍案叫绝。他虽说是喜剧作家，但笔下的作品却是笑中带泪，已然触及到了悲剧的内核。他的创作风格圆融慧黠，灵气逼人，如果有人妄想去模仿他，那实在是不自量力。他的《悭吝人》是部了不起的作品，利欲熏心的丑恶人性摧毁了父慈子孝的天理伦常，这是更高层次的悲剧。只可惜在德语版中，父子关系被改成了一般的亲戚关系，这一改动大大削弱了戏剧的矛盾冲突，同时也大幅降低了原著的精神内涵。人们不像莫里哀那样有勇气直面人性中的丑恶，然而如果将一切让人侧目、无法容忍的因素全部剔除，试问哪里还有什么悲剧呢？

“我每年都要读几部莫里哀的戏剧作品，就像我时不时会去细细品味意大利大师们的画作一样。我们这些才薄智浅的小人物没有能耐将所有青史留名的杰作一一铭记于心，所以只有一次次地反复研读、反复鉴赏以期能不断地加深印象，温故知新。

“人们总是把独创性挂在嘴边，可究竟什么才是独创性呢？自从我们出生那一天起，我们就不可避免地处在周遭环境的影响中，直至生命结束那一刻。除了精力、体力、毅力之外，还有什么是真正属于我们自己的呢？如果我可以将今生所得列一张明细单，那么其中绝大部分都受惠于先人前辈和同时代的优秀人才，完全依靠自己的智慧和能力所获得的成就可以说是少之又少。

“在我们一生中的不同阶段都会出现重要的人，他们对我们产生的影响绝不是可有可无的。莱辛、温克尔曼①、康德都比我年长，前两位对我的青年时代而言意义重大，而后者则成为我步入暮年时的航灯。席勒比我年轻许多，当我开始对这个世界萌生倦意时，他斗志昂扬、意气风发的创作激情深深打动并感染了我，还有冯·洪堡德兄弟②和施莱格尔兄弟，我亲眼看着他们犹如一颗颗璀璨耀目的新星在文坛冉冉升起。无论是前辈还是后辈，我从他们身上获得的裨益多得无法言说。”

而后话题一转，歌德谈起了他对别人产生的影响。我提到了布格尔③的名字，他一直让我觉得费解，因为他的才华、诗情似乎与生俱来，身上没有一点儿受过歌德影响的痕迹。

歌德说：“同为天才，我们两人确有共通之处，但他的道德修养却植根于完全不同的土壤中，故而我们的发展方向也截然不同。文化的土壤是一个人成长的起点，而这个开端在很大程度上决定了他之后的走向。一个在三十岁上下就写出像《西尼普斯夫

---

① 约翰·乔基姆·温克尔曼(Johann Joachim Winckelmann，1717—1768)：德国著名考古学家、艺术学家、美学家，在温克尔曼之前，美学在很大程度上是诗学，即以文学为主要研究对象。

② 威廉·冯·洪堡德(William von Humboldt，1767—1835)：德国政治家、语言学家、文学史家，柏林大学创始人；亚历山大·冯·洪堡德(Alexander von Humboldt，1769—1859)：德国著名自然科学家、自然地理学家，近代气候学、植物地理学、地球物理学的创始人之一。

③ 布格尔(G. A. Burger，1747—1794)：德国抒情诗人，浪漫主义运动的先驱之一。

人》这样诗歌的人显然不会与我走上同一条道路的。我们相同的地方在于他也是凭借自身卓越的才华赢得了读者，宴飨了读者，既然如此，他也就没有必要去关心一个与他几乎没有交集、无关轻重的同行的看法了。

“通常，我们心中的榜样典范都是我们衷心热爱之人。有意思的是我似乎比较容易引起青年才俊的好感，而同辈之中却鲜有人对我报以青眼。没错，我甚至找不出哪怕一个有分量的权威人物能掷地有声地说我是一个不错的作家。就连《少年维特之烦恼》也被人批得体无完肤，要是我将他们看不顺眼的段落统统删去，那估计整本书没有一个句子能够幸存下来。不过，这些指责于我完全无害，因为这些毕竟只是个人主观武断的评价，哪怕他们的地位再崇高、观点再权威，也终将受到广大读者的检验和纠正。如果一个作家不是为百万大众而奋笔疾书，那么他连一行诗句都不该写。

“近二十年来，关于我和席勒到底谁更伟大这个问题人们一直争论不休，他们应该觉得庆幸才是，毕竟有两个家伙为他们提供了茶余饭后的谈资。”

1825年6月11日，星期六

今天，歌德在用餐时一直在谈论派瑞少校撰写的《拜伦传》，他对这本书称赏不已，并声称在所有关于拜伦生平的文学作品中，这是迄今为止将其性格特征描写得最全面完整、将其跌宕人生描写得最客观生动，同时也是将其创作理念阐述得最为明晰深刻的一本书。

歌德说：“派瑞少校必然是位才学出众之人，而且他也一定具备极高的思想境界，若非如此，他是做不到不偏不倚且无一疏漏地刻画好友的。书中有一段描写深合我意，简直就像古希腊作家的行文风范，恍若出自普鲁塔克的手笔。派瑞是这样写的：'高贵的拜伦爵士缺少中产阶级用来装点门面的所谓的优秀品质，他的出身、教养和生活方式让他与这一切绝缘。现在所有泼在他身上的脏水均拜中产阶级所赐，他们吹毛求疵，洗垢求瘢，大摇其头表示遗憾之情，这无外乎是因为他们在爵士身上找不到那些能让他们自抬身价的品质。也难怪井底之蛙见识浅陋，想爵士是何等尊贵之人，他身怀的蕙心纨质只怕是他们想破了脑袋也想不出个所以然来。'怎么样？"歌德问，"这样的高论可不是每天都能听到的吧！"

"太过瘾了！"我说，"派瑞少校这番公开言论对那些只会贬低、诋毁天才的小人无疑是当头棒喝，有力地打压了他们的嚣张气焰。"

后来我们又谈到了经常在诗歌中出现的各国历史题材，也说到了某个民族的历史发展进程较之另外一个民族可能更有利于诗人的成长，也更有助于他的文学创作。

歌德说："诗人应该善于把握特性，只要这一特性是真实生活的体现，其中蕴含着真、善、美，那么它就能反映某种共性。英国历史对于文学创作而言就像一个宝库，它是积极向上的，蓬勃发展的，同时也是一以贯之的，所以它便具有某种普遍性，更重要的是，它一直在不断地重复着这种历程。法国的历史则正好相反，它不适合文学表现，因为它所经历的每个时代都像昙花一现，一去不再。所以，只要是以法国某个历史时期为依托创作的作品都不过是应景之作，势必会随着那个时代的逝去而凋零。"

歌德接着说道:“现阶段的法国文学还不太好评价,德国文学的影响正渗透其中,也许要过上二十年,局势才能逐渐明朗。”

我们还谈到了美学作家,他们想尽一切办法试图借用一些深奥玄妙的定义来厘清诗歌与诗人的本质特征,只是迄今为止还没有人能推导出一个比较明确的结论。

“罗列这么多定义、理论有必要吗?”歌德说,“一言以蔽之,只要具有敏锐的感受力和生动的表现力就能成为一名诗人。”

1825年10月15日,星期三

今晚,歌德谈兴甚浓,我再次有幸聆听了他的许多高见妙论。我们谈起了德国文坛的最新动向,他这样说道:

“当今文坛的所有症结都可归于同一个病因,即评论家和作家人格不健全。这个问题给评论界带来的危害尤为严重,它不仅混淆黑白,颠倒是非,而且还放着眼前的西瓜不要,专门盯着芝麻捡个不停。就在不久前,全世界对于卢克丽霞①和斯科弗拉②的英雄事迹还深信不疑,为前者的坚贞不渝和后者的宁死不屈揪心落泪,并在他们的故事中受到启迪,勃然奋励。可是现在,突然冒出了一帮所谓的历史批判学家,说什么这些英雄压根就不曾在历史上存在过,他们只不过是罗马先贤们凭空杜撰出来的人物,和寓言以及类似的虚构文学作品差不多。如果这就是他们嘴里叫

---

① 古罗马一位才貌出众的贵妇人,罗马国王窥见其美貌后心生歹意,将其奸污,卢克丽霞不堪受辱,在族人面前愤而自戕以表贞洁,此举引发众怒,随即引爆罗马内战。

② 古罗马英雄,只身潜入敌营刺杀敌军主帅,不幸被俘,之后虽受尽酷刑始终英勇不屈。

器的真相，那么这种真相的意义究竟何在？如果罗马人当真有这份雄浑的魄力和惊世的才华创造出如此激励人心的英雄人物，那我们至少应该报以同样宽广仁厚的胸襟去相信他们。

“无独有偶，十三世纪，雄心勃勃的德意志国王腓特烈二世与罗马教皇针锋相对①，在德国北部迎头痛击任何企图侵犯国土的外敌，期间打响的每一场战役，发表的每一篇檄文都让我热血沸腾，心潮澎湃；亚细亚的游牧部落曾长驱直入，一度攻打到中欧的西里西亚②，利格尼兹大公毫不手软，率兵予以迎头痛击，战败的部落转而进犯摩拉维亚③，未料又大败于斯特恩伯格公爵的英勇抗击。这些奋勇杀敌、浴血疆场的伟大统帅是德意志民族的救星，他们至今仍然活在我的心中。然而，历史批判学家再次跳了出来，说什么这些英雄的牺牲毫无意义，因为当时游牧部落已经接到班师诏令，即便不出兵抵抗，他们也将自行撤退。按照这帮人的逻辑，抗敌壮举沦为了多此一举，英雄们抛洒的热血，献出的生命就这样被人轻描淡写地一笔勾销了。恕我无法容忍这番立场不正的邪说歪论！”

---

① 腓特烈二世(Emperor Frederic II，1194 年—1250 年)，1212 年即位德意志国王并兼西西里国王。1220 年加冕为神圣罗马帝国皇帝。在位期间，对德国诸侯作出诸多让步，实行较为宽松的治理政策，另一方面则加强了对意大利的统治。为了遏制腓特烈二世称霸意大利的野心，教皇格利哥里九世曾两度开除腓特烈二世的教籍，而其后继者教皇英诺森四世第三次将腓特烈开除教籍，并号召各国君主攻打腓特烈，腓特烈毫不示弱，发表致欧洲君主公开信抨击教皇的统治，引发了神学上的大论战，双方的支持者同时在德意志和意大利展开战争，结果互有胜负。当战事呈胶着状态之时，1250 年，腓特烈突然病逝。腓特烈戎马一生，在政治上的主要影响是导致教皇国的衰落和德意志诸侯力量的进一步扩大。

② 现属波兰地区。

③ 今捷克东部地区。

在谈了对历史批判学家的看法后，歌德又谈到了另一类科学研究工作者和文学创作者。

他说："要不是我曾从事过科学研究工作，可能我就不会有机会认清这些人的真面目。崇高的理想、伟大的目标在他们眼里一钱不值，他们不求上进，唯利是图，研究工作不过是他们用来谋生的饭碗，只要能给他们提供物质报酬，即便是指鹿为马他们都在所不惜。

"在文学方面，情况也好不到哪儿去。很少有人立志高远，全身心地投入到用文字来表达、传播真善美的伟大事业中。一个人之所以推崇、吹捧另一个人，无外乎是因为他想从那人处得到相同的回报。真正不朽的作品是他们的眼中钉、肉中刺，他们恨之入骨，简直到了除之而后快的地步，因为只有去优存劣，他们才有可能在沦为平庸的世界中崭露头角。大部分文学创作者如是想，文坛的个别领军人物也不能免俗。

"某人博闻强识，学贯古今，按理说原本能为自己的国家和人民做出巨大的贡献。然而正是因为人格上的缺陷让他走上了一条南辕北辙的道路，他不仅没能取得应有的成就，同时还失去了祖国人民对他的尊敬。

"我们需要的是像莱辛一样的作家，正是他高贵的品格和坚定的意志成就了他的伟大。这个世界从来不缺睿智博学之人，然而具有同样高尚品格之人却属凤毛麟角。

"许多作家学富五车，然而他们太过虚荣，为了能在一群凡夫俗子面前出尽风头，博得这些庸碌之辈的赞赏吹捧，他们简直不顾廉耻，斯文扫地。在他们心目中，文学的神圣性早已荡然无存。

“德·让利斯夫人[1]抨击伏尔泰言辞无状、放纵不羁，我认为所言极是。他的语言再生动、再俏皮又能如何？能给这个世界带来什么好处呢？这些作品犹如无根的浮萍，注定长不成参天大树。不仅如此，由于它们混淆视听，很容易动摇人们的价值观，所以非但没有任何裨益反而会贻害无穷。

“天晓得凭着现有的智慧我们究竟能走多远？人生而为人并不是为了解决世上的所有难题，而是为了发现这些问题的根源所在，然后谨守在自己可以理解的范围之内。人的智慧与能力何其有限，远远不能理解宇宙万物，若是妄想凭借个人狭隘片面的观点来合理地解释外部世界的一切事物，那结局必定是徒劳无功。人的理性与神的理性完全是两个概念。

“如果给人以无限自由，那么上帝的全知全能就将走向尽头。因为上帝知道我会怎么做，于是，我也只能这么做。我这样说的目的只是为了阐明为我们所知的其实不过是沧海一粟，同时也想借此表明对于那些神秘未解的事物还是敬而远之为妙。另外，我们应该大声地宣扬有助于世界蓬勃发展的崇高原则，把剩下的那些藏在心底，就像一颗隐没在地平线之下的太阳，不变的是这颗太阳一样会以其柔和温暖的光芒照亮我们前行的方向。”

---

① 德·让利斯夫人(Frau von Genils，1764—1830)：法国女作家，虔诚的天主教教徒，著有长达十卷的《回忆录》，其中对伏尔泰有诸多指摘。

1826 年

1826 年 1 月 29 日，星期日

德国最知名的即兴演唱家沃尔夫博士几天前从汉堡来到魏玛，在公演中展示了他的惊世歌艺。周五晚上，他在魏玛宫廷的王公贵胄和无数观众眼前举办了一场精彩绝伦的演唱会。就在那天夜里，他收到了歌德的请柬，邀他次日中午去家中做客。

昨晚，沃尔夫在歌德家里为其献唱，之后我有幸与他畅谈一番。他看上去满脸喜色，告诉我说之前的一个小时是他人生中至关重要的一小时，具有非比寻常的特殊意义，因为歌德的几句点拨为他的表演事业指明了一条全新的道路，同时，歌德也一针见血地指出了沃尔夫在表演上存在的问题。

今晚我又来到歌德家，我们的话题很快就转到了沃尔夫博士身上。我说："博士很是高兴，说您给他的忠告让他茅塞顿开。"

"我开门见山，直言不讳，"歌德说，"如果我的话对他有一些触动，起到一点作用，也算是件好事吧。沃尔夫确实是一位天才，

这一点毋庸置疑，但是他犯了时下人人身上都有的通病——太过主观，我想试试看能不能帮他治一治这个毛病。于是我给他出了一个题目，我说：‘请描述一下你回到汉堡时的情形。’他马上就进入了状况，以优美的旋律吟唱起一首即兴诗歌。我不能不钦佩他的才华，但是却无法表示赞赏。他吟唱的内容中只有一个游子回到家乡时与父母、亲朋好友重逢时的喜悦之情，但他的家乡在哪里，那儿究竟是一个什么样的地方，诗中全无提及，换而言之，这首归乡词无论是回到梅泽堡、耶拿，还是回到汉堡都一样适用。可汉堡是一个多么美丽、多么与众不同的城市啊！如果他能准确地抓住主题，打开思路尽情表达，那么值得描述的地方简直数不胜数。”

我见机插嘴说，这种主观倾向主要应归结于听众，他们对于任何煽情的表现形式都会毫不吝啬地予以雷鸣般的掌声。

“也许你是对的，”歌德说，“但是如果你能为听众献上更写实、更优秀的作品，他们一定会更加陶醉。我敢肯定，如果沃尔夫将即兴吟唱的才华运用在写实描述上，以演唱的形式生动再现罗马、那不勒斯、维也纳、汉堡或伦敦的城市生活，观众一定会身临其境，沉醉其中。如果沃尔夫能从表情达意上突破自己，转而抓住客观事物的特质并且如实地表达出来，那么他的病也就不医而愈了。得病与治病其实都在他自己，他并不缺乏想象力，关键是他要当机立断，紧紧握住那张医病的方子。”

我说：“恐怕过程会比我们想象的要艰难，因为这就要求他的思维方式发生翻天覆地的改变。即便他能转变过来，也很可能在今后的艺术创作中遇到瓶颈，暂时举步不前，毕竟，这需要长时间的锻炼才能学会描述、吟唱客观事物，并将这种表达变成一种习惯成自然的模式。”

“这可不是一小步，而是一大步，要跨出去绝非易事，”歌德说，“但沃尔夫必须拿出勇气，下定决心，放手一搏。这和学游泳是一个道理，看着眼前那么大一个池子，但凡是旱鸭子都会腿肚子发抖，但只要心一横，眼一闭，跳了下去，不多会儿你就会发现自己可以在水的环抱下尽情畅游了。”

“唱歌也是如此，”歌德接着往下说，“在他音域之内的音符他自然能驾驭自如，但一旦超出他可以掌控的音域，一开始肯定高不上去，低不下来。可如果他想成为一名歌者，那么他就必须克服自身局限，不断练习，直至可以随心所欲地驾驭这些音符。对诗人而言，道理也是一样的，如果他只会触景生情地表达一些主观感受，那么他还谈不上是一个诗人。只有当他全面通透地了解整个世界，并能将其中的事物准确客观地描述清楚，他才配得上诗人的称号。这时，世界万物都是他信手拈来的题材，每首诗都承载着他新的认知，新的体验，新的感悟。而那些只会感怀抒情的诗人很快就掏空了肚子里的那点存货，最终陷入为赋新词强说愁的泥淖。人们常说要向古时先贤看齐，而向古人看齐就是要关注现实世界，想方设法地将其具体形象生动地描摹出来，除此之外没有其他，因为古人在他们生活的那个年代正是这么身体力行的。”

说着歌德站起身来，在屋内来回走着，而我则按他的意思继续坐在桌旁。只见他在壁炉边上若有所思地站了一会儿，然后手指点着嘴唇向我走来。

“我想告诉你一条真理，而这条真理今后会在你的人生经历中反复得到验证。所有西风残照、日渐衰落的时代都是主观因素造成的，反之，所有蓬勃发展、繁荣昌盛的时代都是顺应客观规律的结果。我们现在身处的这个时代之所以行将就木，就是因为它是一个主观意志大行其道的时代。这一点不仅体现在诗歌创作上，在绘画艺术和其他领域也都斑斑可见。相反，任何积极向上的努力都是始于内心，进而作用于外界的努力。就像你能在所有锐意进取的时代中看到的那样，它们都具有客观规律性。”

这番言论随即引发了一场兴味十足的讨论，其中特别提到了光辉灿烂的十五、十六世纪。

随后，话题又转到了戏剧以及现代作品中显露出来的阴郁晦涩、多愁善感的消极倾向。

我说：“现在，我从莫里哀的作品中获得了无穷的力量和莫大的安慰。我已经翻译了他的《悭吝人》，现在正在翻译《身不由己的医生》。莫里哀是一位真真正正的伟人。”

“确实如此！”歌德说，“‘真真正正的伟人’这个称谓用在莫里哀身上再贴切不过了。无论他的人格还是作品都找不到任何扭曲的地方，他的风格成为一种潮流，统领着整个时代，而我们的伊芙兰德和柯策布则正好相反，他们被动地受制于身处的时代，无法施展拳脚，打开局面。莫里哀在创作中从不遮遮掩掩，他将人性中丑恶的一面原原本本地展现在观众眼前，以此作为鞭挞抨击人性丑恶面的利器。”

1826年7月26日，星期三

今晚，我有幸聆听了歌德关于戏剧方面的诸多高论。

我告诉歌德，我有一个朋友想把拜伦的《夫斯卡利父子》搬上舞台。歌德对此不置可否。

他说："我们确实很难抗拒好剧本的诱惑力。在阅读过程中，一部优秀的作品会给我们留下难以忘怀的深刻印象，于是我们很自然地就会以为把它搬到舞台上一定会给观众带来同样的震撼，而且好像我们不必费什么力气就能轻而易举地取得这种效果。可是事实并非如此。如果一个剧本原本就不是为了搬上舞台而写的，同时，诗人没有刻意在创作过程中加入与舞台表演相适应的写作技巧，那么这个剧本就不可能展现在剧院的舞台上。就算勉强演出来，也会有种非驴非马的感觉，更不要说再现原作的精髓了。在《葛兹·冯·伯里欣根》这部作品上我也算是动足了脑筋、耗尽了心力，可是演出并不成功。篇幅实在太长了。后来，我只好把它分成上下两部分，那后半部倒是充满了戏剧性，可前半部分只能看作是冗长的前情介绍。如果正式公演时，作为人物、情节介绍的第一部分只演一次，向观众们做个交代，之后演出日程只安排上演第二部，那么结果也许会好些。《华伦斯坦》的情况和《葛兹·冯·伯里欣根》非常相似，其中关于皮克罗米尼的部分只演一次就已足够，而华伦斯坦之死却是深受观众欢迎，既叫好又叫座。"

于是我问歌德，什么样的剧本才适合搬上舞台呢？

歌德回答说："必须要具有象征性，也就是说，每一个事件不仅自身具有意义，而且还要指向更加重要的事件，莫里哀的《伪君子》堪称是这方面的典范。想想第一场第一幕的开篇介绍吧，一开场就高潮迭起，扣人心弦，怎么能不让观众不伸长了脖子期待之后纷沓而至的精彩情节呢！莱辛的《明娜·冯·巴恩赫尔姆》开场也极为精彩，不过与《伪君子》相比还是略显逊色。无可否认，就喜剧而言，《伪君子》的开场实在是独一无二，举世无双的。"

然后，我们又谈起了卡尔德隆的剧作。

歌德说："卡尔德隆的剧本同样充满了戏剧性，非常适合在台上演绎。如果你仔细研读，就会发现字里行间无不透露着他费尽神思要将文字转化成预期舞台效果的良苦用心。他是一位天才，同时也具备了出色的领悟力。"

"有一点非常奇怪，"我说道，"莎士比亚的作品几乎都是为了上演而写的，可是从严格意义上来说却不能算是剧本。"

歌德回答说："莎士比亚的剧本完全是兴之所至的产物。另外，他所处的那个年代也决定了观众不会对剧本的规范性以及剧院设施有太高的要求，你给观众看什么他们就看什么，他们从不挑三拣四，非常容易满足。不过，如果莎士比亚是为马德里宫廷或路易斯十四的皇家剧院写剧本，那么他在创作过程中可能就会更加严格地去遵循戏剧的写作规范。不过说到底也没有什么好遗憾的，虽然莎士比亚与剧作大师的称号失之交臂，但失之东隅收之桑榆，他已然成为有史以来最伟大的诗人之一。他还是一位杰出的心理学家，从他的作品中我们能窥见人性的多样性与复杂性。"

接下来，我们又聊到了剧院日常经营管理的重重困难。

歌德说："最让人为难的是如何在不违背最高原则的前提下圆满地应对观众们的偶发需求。所谓的最高原则即保留一系列经典剧目——包括悲剧、歌剧和喜剧——作为我们剧院固定上演的剧目，并将一直、永远、经久不衰地演下去。所谓偶发需求就是有时候观众们会突然想换换口味观赏新戏，或者期待某位名角来客串某个角色，诸如此类。当然，我们不能被这些要求牵着鼻子走，从而偏离既定航向，而是应该恪守最高原则，不断地上演经典剧目。我们这个时代有那么多优秀的剧本，所以整理制定经典剧目名单并非难事，难就难在要按照这份剧目名单持之以恒地演下去。

“我和席勒经营剧院的时候曾连着好几年整个夏季都在劳赫施特德演出，其中最大的好处就是那儿的观众素养极高，如果不是经典优秀剧目他们都不屑一看，所以每次回到魏玛，我们都是已经排好了一批出色的剧本，并且练得滚瓜烂熟，接下来的整个冬天我们就可以重复上演这批在夏季经过舞台实地检验的剧目了。此外，魏玛的观众对我们信赖有加，即便上演的剧目不对胃口，他们也相信我们之所以决定安排这部戏肯定是出于更深层次的考量。”

歌德继续说道：“等到了九十年代，我对戏剧的兴趣逐渐消退，打算不再为剧院写剧本，而是一心一意地投入到叙事诗歌的创作中去。是席勒的创作激情重新点燃了我对戏剧的热爱，为了能让他的作品尽快搬上舞台，我再次回到剧院重操旧业。在撰写《柯拉维果》那段时期里，一气不歇地写上十几二十个剧本简直就是家常便饭。我手头从来不缺题材，创作对我而言就是拿起笔那么简单。没准当时一周就能写出一个剧本，只可惜我没有那么做。”

1827 年

1827 年 1 月 18 日,星期四

歌德最近写了一部中篇小说,前两天他给我看了前半部分,并答应今晚让我看后半部分。我六点半如约而至,看到他正独自一人悠闲地坐在工作室里。我在桌旁坐下,和他聊了聊这段日子里耳闻目见的新鲜事,然后他站起身,把那部让我翘首以盼的小说手稿递到我手上。“这就是小说的结局,你读读看吧。”他说着便在室内慢慢踱起了步子,时不时地在壁炉边上停驻片刻。像往常一样,我开始轻声朗读起来。

前半部分文稿是在这样一个场景处收梢的:在古宅废墟外墙边的一颗山毛榉树下躺着一头正在晒太阳的雄狮,它丝毫没有察觉到身边危机四伏,人们已布下陷阱准备将它一举制服。王子想要派一名精干的猎手出马,可是那位异乡人却恳求王子放过他的狮子,并说他有把握不动刀枪、不费兵卒就能让狮子重新回到笼子里去。他指着身旁的孩子说,就是这个小家伙,他能用甜美的

歌声和悠扬的笛音让狮子乖乖听话。王子同意了，命人布下一些必要的防范措施，然后就和随从一起回城去了。霍诺里奥则带领一众猎手把守住通往山下的关隘，万一狮子逃窜下来，他们可以点燃火把将它吓回去。城堡的守卫领着母亲和孩子攀上废墟的顶端，而那头雄狮就躺在另一侧的外墙下。

他们的计划是要将这头猛兽引到古堡内庭的空地上。这时，母亲和守卫已经在半塌的古堡骑楼上方躲了起来，与此同时，那个孩子一边吹着笛子，一边穿过幽暗的边门，跟在狮子身后走出了古堡的院落。突然，四周陷入一片寂静，不知怎么回事，孩子的笛声停了下来，气氛陡然变得万分紧张。守卫后悔不已，怪自己当时没跟着孩子一块去，而那位母亲倒还能勉强保持镇定。

终于，笛音又再度吹响了，听动静，他们越来越近了。孩子穿过边门又回到了古堡内院，狮子迈着沉稳的步子异常温驯地跟在他身后。然后，孩子在一片阳光充足的空地上坐了下来，狮子也趴下身子，安静地躺在他身边。只见它伸出一只爪子搭在孩子的大腿上，原来那里扎着一根刺，孩子帮它把刺拔了出来，解下脖子上的丝巾，替狮子包扎好伤口。

看到此情此景，躲在骑楼上的守卫和母亲都松了一口气，满腹忧虑转而变成了满心欢喜。狮子显得温顺而自在，为了继续安抚这头猛兽，孩子吹了会儿笛子又唱了会儿歌，小说就在他虔敬的歌声中结束了：

圣洁的天使守护纯良无邪的孩子，
帮助他们尽心尽意完成每桩善事，
虔诚的信仰和悦耳的歌声，
遏制人们心中一闪而过的歹念，

引导着他们走向善的归途，

即便是丛林中的暴君，

也会恭顺地匍匐在神主之子的膝头。

在朗读小说结尾处时，我并不是不感动，可确实又不知道该说什么好。结局出人意表，但似乎还有未尽之言，在我看来，这样的结尾有点单薄，而且显得太过理想主义，也太过诗情画意，至少之前出场的人物应该再露一下面，交代一下各自的情况，让结尾显得更完整扎实一些。歌德看出了我的不解，于是开始解惑。他说："如果小说结尾再让其他人出场，不仅结构会因此变得松散拖沓，而且这种处理实属多此一举。一切都已尘埃落定，他们还要跑出来做什么、说什么呢？王子已经和随从一起回到城里，自然是因为那里需要他；霍诺里奥得知狮子已经被驯服，必定会带着他的猎人们赶上山；还有那个异乡人，也会立即从城里抬来关狮子的大铁笼。既然这些情节都已经在预料之中，那就没有必要再一一道来。如果非得交代一遍，小说就毫无趣味可言了。我倒是认为一个理想化的、充满诗意的结尾很有必要，之前异乡人那一席哀婉动人的话原本就像一篇优美的散文，故而结尾处将文体升华为韵文诗甚至歌曲不仅水到渠成，而且也是我作为小说作者的职责所在。

"打个比方，"歌德继续道，"就像一棵绿色植株沿着根系破土而出，慢慢长成粗壮的树干，伸出挺秀的树枝，爆出肥厚的绿叶，最后开出了鲜艳的花朵。没人想到这棵植株能开出花来，可它就是开了，开花是它的使命。是的，这棵植物经历扎根、抽芽、生长直到枝繁叶茂的整个过程就是为了等待这一刻——怒放，如果没有花朵，它便失去了存在的意义。"

听了歌德的讲解，我长长地舒了一口气，心中顿时一片清朗，同时我也感到自己已经渐渐悟到了这部小说的精妙之处。

歌德继续说道："小说的主旨就是要告诉世人，较之暴力，爱与信仰更能遏制无法无天的行径，驯服狂放不羁的人。孩子与雄狮之间和风细雨般的关系完美地体现了这个美好的主题，它深深地打动了我，并成为我完成这部小说的原动力。这份理想主义便是那朵绽放的花。具体的情节介绍、铺陈就像茂盛的枝叶，只为了将要开放的花朵而存在。写实的描画到底有什么意义呢？每当我们看到真实生动的描写总会心生欢喜，因为从中我们对某个人、某件事的了解更进了一步。然而，对于更高的精神追求而言，真正的收获往往存在于一个诗人由心而发的美好理想中。"

歌德的此番见解不由得我不心悦诚服，因为小说的结尾一直萦绕心头，让人难以忘怀，长久以来不曾有过的虔敬之情此时此刻正在我的内心深处滋长、蔓延。我不禁感慨万千，一个诗人要具备何等纯真而热烈的情怀才能在如此高龄写出这般美好动人的作品来。我毫无保留地向歌德倾吐我满心的激赏和仰慕，同时也为一部无与伦比的杰作即将问世感到万分欣喜。

歌德听后说道："你能喜欢这部小说我深感欣慰，同时我也为自己感到高兴，这个题材已经如影随形地跟了我三十年，现在终于白纸黑字地写了出来，我也算是如释重负。我早先曾和席勒、洪堡德谈过这个构想，但他们觉得故事平淡无奇都劝我丢开手，也是啊，只有作者一人清楚他可以让自己选择的题材散发出多么耀眼的光芒。所以说如果一个人要想写点什么，千万别去征询旁人的意见，要是席勒在写《华伦斯坦》之前征求我的看法，我也一定会劝他放弃，因为彼时彼刻我怎么也不会想到这一作品日后会成就如此伟大的一部戏剧。而你刚才读的那部小说，我在写完《赫尔曼与窦绿苔》后就想动笔了，一开始我想按六步格的叙事体诗来写，可是席勒觉得应该写成八行诗节的韵文诗。你是知道的，散文才是我比较擅长的文体，而小说需要对大量的人文风土进行细致入微的描写，要是按席勒推荐的韵文进行创作的话那就势必受到限制，不仅在表达上会觉得碍手碍脚，而且描述起来也会显得极不自然。另外，小说的开篇非常写实，而到了结尾处却尽显理想主义，只有散文才能将这样的转变描写得合情合理。文中穿插的歌曲、短诗虽然也能成为纪实描写中理想主义的点缀，但如果通篇采用六步诗或八行诗就起不到这样的效果了。”

我们还聊起了《漫游时代》里的故事，在我看来，里面的每一篇小说都别具一格，充满奇思妙想，让人耳目一新。歌德说：“知道我怎么做到的吗？且听我慢慢道来。我写作就像画师画画一样。画家在创作某个题材时，有时会刻意避开某些颜色，而着重用另外几种颜色，比如，他想要画一幅清晨的风景画，他的调色板上便会出现深浅不一的蓝，几乎看不见黄颜色；但反过来，如果他要画的是一幅黄昏即景，那么各种层次的黄色就会成为主角，此时就没有蓝色的立足之地了。我在创作不同题材的文学作品时也同样采用了这种方法，这也就是为什么你看每篇小说都会觉得各有不同的原因了。”

我暗暗叫绝，这一触类旁通的方法实在高明，歌德毫无保留地将其传授给我，让我又欢喜又感动。

我尤其欣赏收录在《漫游时代》里的最后一篇小说，其中关于风景的描写历历在目。

歌德说：“我从来不会为了创作文学作品而去刻意地观察大

自然，许是早些年画过一阵子风景画，之后又投身于自然科学研究的关系，所以在不知不觉中养成了随时随地观察自然景物的习惯，渐渐地，大自然的一草一木、一沙一尘都已镌刻在我的心里，每次我要书写某道风景时，它就会自然而然地流淌于笔尖，从来都不会出错。相比之下，席勒就没有这方面的优势，《威廉·退尔》中有关瑞士风土人情的描写全都来自于我的口述，不过席勒绝对有过人的才华，哪怕是道听途说来的东西只要经过他手中的笔就能变得活灵活现，仿佛是他亲眼所见、亲身经历一般。”

自此，话题全部落在了席勒身上。

“无论在德国文坛还是其他国家，很少能找到像席勒这样充满理想主义思想的作家。他和拜伦爵士倒是有些相似，不过后者洞悉世界的能力似乎要胜他一筹。要是席勒生前读过拜伦的作品该有多好，我真想知道他会如何评价这样一位与他趣味相投的天才。对了，席勒在世时拜伦有没有发表过作品？”

对于这个问题我不是十分肯定。于是歌德取出了《布罗克豪斯社交词典》[①]，翻到拜伦的词条，一边念一边见缝插针地加上自己的评论。从词条上看在1807年之前拜伦没有出版过任何作品，由此可以推断席勒没有读过拜伦的书了。

歌德说：“纵观席勒文集，你会发现他的作品中始终贯穿着一种自由理念，随着文采学识的日益精进，这种精神理念也随之呈现出了不同的形态风貌。在他青年时期，他看重肉身的自由，这种倾向也影响着他的作品风格，而在他人生的后半阶段，他更向往的是精神上的自由。

---

① 德国出版的综合性百科全书。

“自由可真是一样奇怪的东西，对一个知足常乐的人来说，获得足够的自由是件非常容易的事情，至于多余的自由又有何用呢？看看这间屋子还有对门那间，里头各摆着一张床，哪张都不大，除此之外还有日常所需的家具、书籍、创作手稿和各种各样的艺术品，一眼看上去多少显得有些凌乱、拥挤，不过我觉得很舒服自在。整个冬季我都待在这两间屋子里，从来没有踏进过前面的房间。住这么大一栋房子真的有必要吗？难道就为了能随心所欲地从这个房间走到另一个房间吗？拥有这样的自由有什么意义呢？

“健健康康地生活，依靠自己的一技之长安身立命，如果一个人可以拥有这样的自由就该心满意足了，而这样的自由是唾手可得的。另一方面，自由不是免费的午餐，它需要满足一定的条件才能获得。普通市民和王公贵戚享有同等的自由，前提是他能在由其出身所决定的阶级范围内安守本分。王公贵戚也是如此，只要他能谨守宫廷里的礼仪规范，即便上有帝王君主，他也不会觉得自己低人一等、困坐愁城。自由的获取不是依靠否定、轻视所有凌驾于我们之上的人，而是通过认可、尊敬他们从而享有真正属于我们的自由。只有当我们尊重他们，我们才能向他们看齐，不断提升、不断进步以期向他们靠近；只有当我们认可他们，我们才能向世人证明我们襟怀磊落，完全有资格与他们平起平坐。

“在旅途中，我经常遇到来自德国北部的商人，他们往往不经我允许便一屁股在我桌边坐下来，以此表明他们与我身份相当，然而这种粗鲁的举止恰恰出卖了他们的出身。如果他们懂得尊重我，对我表现出应有的礼貌，或许我才不会因为与他们共坐一桌而觉得有失身份。

“一味看重人身自由曾给年轻的席勒带来了许多麻烦，部分原因和他本人的天性密不可分，另一部分则是因为他在军事学校的管制束缚中压抑太久的缘故。而等到了人生的后半阶段，人身自由已经不再是问题时，他便转而追求精神自由。说实话，我觉得正是这种对于精神自由的执迷让席勒不断透支体力和精力，身体健康每况愈下，最后丢了性命。

“记得席勒刚到魏玛安定下来，大公爵便承诺向席勒支付一千泰勒的年薪，要是他身体抱恙无法工作，薪水加倍。席勒婉言谢绝了后一项恩典，之后也从未领受过这一待遇。‘我有才能，’他说，‘依靠才华我一定可以自食其力。’可是后来他家里的人口越来越多，为了能养家糊口，他不得不一年写两个剧本，要完成这一指标，即便是在身体欠佳的时候也不得不强打精神继续工作。他不允许才华休息，无时无刻都在命令它必须服从于他的意志。席勒不嗜酒，生活很有节制，但在力不从心的时候，他会喝上两口烈酒刺激一下困乏疲累的神经，激发一下已然所剩无几的体力。这不仅毁了他的健康，而且还不可避免地影响了他的写作质量。某些自以为是的评论家在其作品中挑出的毛病我认为都可归结于他的健康问题，他们指出的种种不当之处我一并称之为‘抱病之作’，因为这些都是在他染恙期间无力寻找正确题材仓促而就的作品。认准一件事情，不做好誓不罢休，对于这份执着我钦佩不已，我也很清楚许多伟大的成就都起步于此，但是任何事都要有个限度，若不然追求精神自由可能就会演变成自酿苦酒。”

继席勒之后，我们谈到了拜伦爵士和几位著名的德国作家，席勒曾经说过在德国作家中他还是最喜欢柯策布，因为无论如何他毕竟写出了属于自己的风格。就这样，在轻松愉悦的闲聊中几个小时一晃而过。最后，歌德将那部中篇小说的手稿交给我，这样我就可以在夜深人静时再细细品读一番了。

1827年1月31日，星期三

今天在与歌德一同用餐时他对我说："自从上次见面后我读了许多有意思的文章，尤其是一部中国小说简直让我欲罢不能，毫无疑问，这部作品值得细细品味。"

"中国小说！"我轻声喊道，"那肯定非常怪诞离奇。"

"没你说得那么夸张，"歌德说，"无论从思想情感还是从言行举止上看，中国人都和我们没什么两样，不仅如此，较之西方人，他们的思想更深邃通达，情感更单纯含蓄，行止更端庄得体。

"他们安然自在地生活在自己的土地上，在他们的生命里无需地动山摧的激情，也无需撕心裂肺的诗句。这种感觉和《赫尔曼与窦绿苔》以及理查逊[①]小说中的韵致非常相似。当然，中国人和我们也有不同之处，在他们的日常生活中，大自然曼妙的倩影无处不在。你会听见金鱼在池塘里欢快地跳跃，鸟儿在枝头低吟浅唱，白天朝霞若锦，夜晚风清月朗。书中有许多关于月亮的描写，周遭的景色不尽相同，只有月光不变，必定皎洁明净，将夜空照得亮如白昼。屋子里的陈设整洁而高雅，如同他们的丹青一般空灵雅致。你来听听这样的描写：'我听到莺啼燕啭般的笑声，一打量，只见那边厢藤椅上端坐着好些娉婷的女孩子。'这样的句子

---

① 塞缪尔·理查逊(Samuel Richardson，1689—1761)：十八世纪英国著名小说家，保守派作家，作品有《克拉丽莎·哈娄》、《帕米拉》等。他关注婚姻道德问题，多以女仆或中产阶级女性为主人公，善于描写人物情感和心理，开创了此后英国家庭小说的一种模式。其中，他的作品《帕米拉》开创了英国感伤主义文学的先河。

一下子把你带进了一个极其优美的意境中，你想，藤椅给人的感觉是何等纤巧精致，与我见犹怜的少女正好相得益彰。在小说的叙述中还不时穿插着许多传说、典故，表达的方式又格外精简洗练，宛如一句句微言大义的格言一般让人回味无穷。比如其中有一段描写一个女子玉足纤纤，款步婀娜，身量轻盈得能掠花而行，然花不折败；又比如书中说到一位公子，因其德才兼备、智勇双全，所以刚及而立之年便有幸获得进京面圣的机会；还讲到一对相识多年的年轻男女，虽然彼此情投意合，却一直谨守礼数，有一天晚上因为机缘巧合他们不得不共同处一室，两人彻夜长谈，始终没有越雷池半步。

“书里还有其他很多类似的掌故，它们无一不着眼于伦理纲常，无一不在弘扬进德修业。也正是因为在每件事情上都制定了严格的行为准则和道德规范，所以泱泱华夏才得以经历数千年风雨而岿然不动，不仅如此，它还将在世界之林继续屹立不败。

“我发现贝朗瑞[①]的诗歌和这部中国小说正好形成了鲜明的反差，他的所有诗作几乎都立足于末世伦常、伤风败俗的题材，如果这些作品不是出自贝朗瑞之手，我想成品肯定不堪入目，好在贝朗瑞的一支笔具有化腐朽为神奇的魔力，低俗的题材在他笔下不仅变得可以让人接受，甚至赏心悦目起来。你说说看，中国作家的作品能如此恪守道德，而当今法国文坛的领军人物却如此离经叛道，你不觉得这应该引起我们的关注吗？”

我回答道：“像贝朗瑞这样的天才在常规的道德题材范围内

① 皮埃尔·让·贝朗瑞(Pierre Jean de Béranger，1780—1857)：法国歌谣诗人，他将法国的歌谣创作提升到了前所未有的高度，对十九世纪上半叶法国进步诗人和其诗歌都有较大的影响。

是无法施展他们的惊世才华的。”

“你说的没错，”歌德说，“只有着眼于时代中扭曲、黑暗的一面才能激发其与众不同的才情。”

我问歌德这部爱情小说是不是中国小说中最具代表性的佳作。

歌德说：“肯定算不上是最好的，要知道当我们的祖先还在森林里饮毛茹血的时候，中国就已经有成千上万的锦绣文章了。

“现在，我越来越相信诗歌是全世界、全人类共享的精神财富，它涌现于不同的国度、不同的时代，由千千万万不同的诗人流诸笔下。或许这位诗人比另一位诗人写得更好一些，作品留存于世的时间更长久一些，如此而已。所以马提森先生①切莫以为世上只有他一个诗人，我也须谨记千万不能有这样不知天高地厚的妄念。每个人都应该清醒地认识到拥有写诗的才华并非什么了不起的事情，所以大可不必因为写了一首好诗就把尾巴翘到天上去。

“不过说实话，我们德国人总是安于待在自己的圈子里坐井观天，所以也更容易犯自命不凡、狂妄自大的毛病。为了避免这种情况发生在自己身上，我喜欢多看、多了解其他国家的风土人情以及那里发生的大事小情。这也是我给所有人的忠告。国内文学已经不再是一个多么伟大崇高的概念，世界文学的时代马上就要到来，我们每个人都应为其早日来临而做出自己的贡献。然而在重视外国文学的同时，我们的眼光不应只局限在某一国、某

① 弗里德里克·马提森(Friedrich Mathisson，1761—1851)：与歌德同时代的德国抒情诗人。

一民族或某一人的文学作品中，将其奉为独一无二的典范。换而言之，我们不应该认为只有中国文学才是优秀的，或者只有塞尔维亚、卡尔德隆或《尼贝龙根之歌》[①]才是我们应该学习、效仿的楷模和佳作。如果我们当真需要典范，那我们还是要回到古希腊诗人当中去寻找，在他们撰写的诗作中人性之美始终熠熠生辉。至于古希腊文学之外的所有文学，我们就必须以历史辩证主义的眼光去勘察评判，取其精华，弃其糟粕。”

听歌德就如此富有教益的话题侃侃而谈，我感到无比满足。

这时，我们听到附近传来马拉雪橇的铃声，于是一起走到窗口驻足观望。这是今晨从贝尔维德驶出的车队，这个点他们也确实应该踏上归途了。

歌德继续刚才的谈话。我们聊起了亚历山大·曼卓尼，他告诉我莱因哈德爵士前不久在巴黎见到了曼卓尼。作为一名新锐作家，曼卓尼受到了巴黎社交界的热烈欢迎，现在他把家安在了米兰附近，和妻子、母亲一起过着幸福美满的日子。

歌德说：“曼卓尼是位非常优秀的诗人，只是他本人似乎并不知道这一点，也不知道作为一名优秀诗人他可以享受哪些权利。他非常尊重历史，故而在他的诗作中加上了许多注释以表明他对于每一个历史细节都经过仔细考证。不过，虽然他的诗作中记述的都是有据可考的历史事件，但其中的人物却并非都真实存在过，就像我诗中的托阿斯和依菲琴尼亚也同样如此。即便是历史人物，诗人也不可能与他们相识相知，就算真的认识，也不可能将

① 《尼贝龙根之歌》是德国古代的长篇英雄史诗，大约写于1198年至1204年之间，作者已无可考。全诗分上下两部，是中世纪德国文学中流传最广、影响最大的一部作品，在古代德国文学中占有突出地位。

了解到的一切原封不动地照搬到作品中去。诗人必须清楚诗作想要呈现出怎样的艺术效果，为了达到这一效果，他必须相应地调整笔下的人物性格。比方说，据史料记载，艾格蒙特有十几个孩子，如果我把这一史实一五一十地放到剧中，那么作为十几个孩子的父亲，他轻浮放浪的举止就显得突兀而荒诞了。我需要创造出另一个艾格蒙特，让他在剧中的所作所为与我想要表达的观点相一致。正如他的情人所言：我要的是我的艾格蒙特。

如果诗人只会一味地重复历史学家的研究成果，那么诗人的价值到底在哪儿呢？诗人必须比历史学家站得更高，看得更远，并且尽一切可能为世人奉献更美好、更崇高的作品。索福克勒斯笔下的人物或多或少都带有诗人本人高尚的人格魅力，莎士比亚所刻画得人物同样印刻着作家的品行操守。文学创作本该如此。相比较而言，莎士比亚做得更彻底，他将作品中的罗马人都变成了英国人，这样本国民众就能更好地理解作品的深意。

“这里我们不得不又重新提到古希腊的诗人们，相较于忠实地再现历史，他们更加注重按作品需要对史实进行相应的艺术加工，这一点恰恰体现了他们的智慧与胸襟。很幸运，他们给我们留下了一个范本——《菲罗克忒忒斯[①]》，古希腊三大悲剧家都曾以这位英雄人物为题材创作过诗歌，其中写得最晚同时也是写得

---

① 特萨利亚的墨利波亚国王波阿斯之子，特洛伊战争中希腊联军将领，精通箭术，是希腊第一神箭手。他还是大力神赫拉克勒斯的朋友，赫拉克勒斯在死后将自己的神弓和箭遗赠予他。在前往特洛伊的途中，由于在利姆诺斯岛被水蛇咬伤，双脚感染恶毒，菲洛克忒忒斯被奥德修斯遗弃在那里。之后，奥德修斯与赫拉克勒斯之子等人来到岛上请他继续前往特洛伊，遭其断然拒绝。后因已成为神祇的赫拉克勒斯降下神谕，菲洛克忒忒斯方才与奥德修斯一道前往特洛伊，并射杀了掳走海伦、掀起战争的特洛伊王子帕里斯。

最好的当属索福克勒斯,他的作品得以完好无损地保存下来,而欧里庇得斯和埃斯库罗斯的诗作仅留下小部分残稿,不过即便只是一些片段,我们仍能看出这两位诗人对于这一题材所采用的表现方式。如果时间允许,我想尽可能还原这两个剧本,之前我就在断编残简的基础上重新整理修复过欧里庇得斯的《法厄同》,这是一件充满趣味的事情,而且能从中学到不少东西。

"要根据这个题材进行创作,故事的主要内容其实已经摆在诗人面前:把要把惨遭遗弃的菲罗克忒忒斯连同赫拉克勒斯神箭从利姆诺斯岛一起带回克洛伊战场。不过究竟如何带回,那就要看诗人们的本事了,而这也是他们各施所长,发挥创造力,并且一招定胜负的地方。那个把菲罗克忒忒斯接回来的人会是谁呢?按理说应该是尤利西斯,可是他会不会被菲罗克忒忒斯认出来?或者他应该乔装打扮一番?还有,尤利西斯究竟是一人前去利姆诺斯岛,还是有人陪着一同前去?如果有随从,那么那人又会是谁?在埃斯库罗斯的同名悲剧中尤利西斯没有同伴,就只有他一人前往;在欧里庇得斯的同名作品中由狄俄墨得斯陪他同去;而在索福克勒斯的笔下,随从变成了阿克琉斯的儿子。另外,菲罗克忒忒斯到底是在什么样的情况下被找到的呢?利姆诺斯岛究竟是有人居住的小岛还是了无人烟的荒岛?如果它不是座荒岛,那么岛上会不会有好心人收留了菲罗克忒忒斯?像这样悬而未决的问题还有成百上千个,每一个都需要诗人自圆其说,而正是在不断的斟酌、权衡、取舍中,我们可以看出哪个诗人的处理方法更加高明,更具智慧。这就是关键所在了。古希腊的诗人们从不会纠结于某个题材是不是已经被人用过,而当代诗人们则对别人写过的题材不屑一顾,他们总是东张西望,挑三拣四,不找到一桩骇人听闻的奇谈异事就决不动笔，而所谓的奇谈异事不过是些哗众取宠、芜杂鄙俗的传闻罢了。就算他们真找到了称心如意的题材，却时常因为眼高手低功力不够，愣是把一条主线写成了旁枝末节，将自己眼中惊天动地的大事写得索然无味。通过巧妙的构思和老练的文笔将一个简单平淡的题材变身为一部杰作是需要大智慧和大才华的，而在当今年轻诗人身上我还没有发现谁有这样过人的素质。”

雪橇的铃声再度响起，我们又来到窗前，不过这次不是贝尔维德的车队。我们相视一笑，随即又聊起了一些琐事。之后，我问歌德那部中篇小说进展如何。

他说：“最近没有怎么动笔，不过我觉得有必要在小说楔子处加上一个细节，当王妃经过那间小棚屋时我要让狮子发出瘆人的吼叫声，这样一来就能让读者加深印象，让他们感到这头猛兽有多么可怕了。”

我说：“这是个绝妙的想法，加入狮吼的情节不仅使得楔子本身的描写更加充实饱满，而且也提升了楔子的重要性，更可贵的是这一细节将对后文产生巨大影响。因为从写好的文稿来看，狮子给人的感觉一直很温顺，丝毫看不出其狂野的天性，它这么一吼至少能让读者心里发怵：这头野兽究竟有多恐怖，而且这种狂啸怒吼和后文中跟着孩子笛声漫步的那份温驯乖顺正好形成了鲜明反差，如此一来就更加强化了小说的艺术效果。”

歌德说：“对于作品中不尽如人意、不够合理之处进行不断的修改、调整和完善，这是正确的创作之道。不过我不赞成对已然十分完满成熟的作品随意改动。比如，沃尔特·司各特就把我的米娘改得面目全非，姑且不论他改动了米娘的性情，他甚至还让她变得又聋又哑，对于这种毫无必要的修改恕我不敢苟同。”

1827年3月28日，星期三

今天，歌德给我了看一本欣里希斯[①]撰写的关于古希腊悲剧特质的书。“我已经看完了，觉得很有意思，”歌德说，“欣里希斯通过分析索福克勒斯的《俄狄浦斯王[②]》和《安提戈涅[③]》来阐明自己的观点。我认为这本书值得一读，你先拿去看，之后我们可以就此好好讨论一番。虽然我并不赞同他的观点，但看一看一位埋头研究哲学多年的人是如何从他那个学派[④]的视角来评论文学艺术的，这本身就能给人以启迪。关于这个话题今天就不再多展开，免得影响你自己的判断。先读吧，它一定会让你产生许多联想。”

到家后我仔细研读了这本小册子，读完后带着它回到了歌德家。为了能全盘了解欣里希斯的观点，我把能找到的索福克勒斯的剧作又重新读了一遍。

见面后，歌德便问我：“你觉得如何？他的观点是不是很犀利？”

我回答说：“这本书当真是与众不同，从来没有哪本书能让我

---

① 欣里希斯(W. Hinrichs，1794—1861)：德国黑格尔派美学家。

② 希腊神话中忒拜的国王拉伊奥斯和王后约卡斯塔的儿子，他在不知情的情况下，杀死了自己的父亲并娶了自己的母亲。古希腊悲剧作家索福克勒斯以其为题材创作了不朽悲剧《俄狄浦斯王》。

③ 希腊神话中底比斯王俄狄浦斯之女。其父在证实自己杀父娶母之后，刺瞎双目，外出流亡。她随侍盲父前往达科罗努斯。后回国，因违反新王克瑞翁的禁令，埋葬阵亡的兄长，被幽禁于墓穴。与她相爱的克瑞翁之子海蒙赶至墓穴营救，见她已自缢身死，亦随之殉情。古希腊悲剧作家索福克勒斯据此写有悲剧《安提戈涅》。

④ 此处指黑格尔学派。

这样浮想联翩，也没有哪本书会像它一样让我不停地想去反驳作者。”

歌德说：“一语中的。有时候一味地赞同会让我们的思想陷入怠惰，而反对批驳反倒是能产生思想上的激烈碰撞，使思维始终保持活跃状态，从而取得更大的收获。”

我说：“我认为他写这本书的目的是非常值得我们钦佩的，他看待问题没有停留在表面上，而是触及到了内里实质。但他过分纠结于作品的缜密精妙，又在分析中心立意上纠缠不清，以至于迷失了方向，违背了写书的初衷。他评论作品的方式过于主观，所以忽略了题材细节处理的真实意图，同时也丧失了对于作品全盘布局的把握。如果你想要跟着欣里希斯的思路走，那就不得不强行打破自己对于索福克勒斯作品的理解。此外，我也怀疑自己的感觉是不是不够敏锐，以至于无法体会到他在书中提及的那些细微精妙的差别。”

歌德说：“如果你和欣里希斯一样在哲学上有着深厚的造诣，或许读他的书就不会觉得那么费劲。这位来自德国北部沿海地区的年轻人无疑是一位了不起的天才，不过恕我直言，如果他再继续沉迷于黑格尔哲学，那他早晚有一天得走火入魔，到那个时候，他不仅会丧失客观公正地观察自然万物的能力，而且无论在思维还是表达上都会慢慢陷入故弄玄虚的套路，这一点在他的书中已初见端倪，里面有一些段落简直看得我一头雾水，完全不知所云。”

“我也好不到哪儿去，”我说道，“不过，书里还是有些脉络清晰、写得特别富有人情味的地方，比如他对于《俄狄浦斯王》剧情的叙述就深得我心。”

歌德有些不以为然，他说：“既然是叙述剧情，他自然应该按部就班如实描述，这是本分。可是在其他很多地方他的思路似乎被什么东西牵绊住了，不是停在某个点上使劲堆砌深奥艰涩的词汇，就是围着一个观点拼命兜圈子，有点像《浮士德》里头的女巫在厨房里周而复始地背九九乘法表。瞧这一段，马上就要接近尾声了，你说说看他到底在讲什么——”

“我想这已经足够说明问题了，如果连我们德国人自己都不知道本国哲学家们想要表达什么，可想而知英国人和法国人会作何想了。”我说：“撇开这些不谈，我们还是应当承认这本书的创作初衷是可敬可佩的，而且其中确实包含了许多富有哲理甚至让人豁然顿悟的思想理念。”

歌德闻言后说道：“欣里希斯对于国和家之间关系的阐释，以及认为家国关系是产生矛盾冲突并由此引发悲剧的观点不仅言之有理而且发人深省，不过尽管如此，我还是不能肯定地说这就是唯一正确的，甚至谈不上是对悲剧艺术最透彻、最完满的诠释。我们都来自于某个家庭，同时也是国家的一分子，故而当一场悲剧降临到我们头上时，我们几乎不可能只作为家庭成员，或只作为国家公民而受到伤害，必然是在两种身份兼而有之的情况下经受命运的狂风暴雨。但是，如果只作为家庭中的一员，或仅作为国家的一分子，我们同样可以完全胜任悲剧角色，因为归根结底，产生悲剧的唯一关键是由于产生矛盾却无法解决，而只要处于矛盾对立面的任何一方具备某种天生的悲剧性，那么在任何关系中都有可能产生无法弥合、无法缓解的冲突。所以骁勇善战的埃阿斯[①]最

---

① 希腊神话中的英雄人物，是特洛伊围攻战中的希腊英雄，在夺回阿喀琉斯尸体之战中立了头功，但当阿喀琉斯的盔甲被授予奥德修斯时，怒而自刺身亡。古希腊悲剧家索福克勒斯以其为原型于公元前440年创作悲剧《埃阿斯》。

终因为自尊心受损，恼羞成怒而举剑自戕；英明一世的赫拉克勒斯[①]则因为出于嫉妒的折磨，最后自焚身亡。在这两个故事里，我们都看不到父慈子孝、兄友弟恭与忠君爱国之间产生矛盾的蛛丝马迹，然而，欣里希斯却声称家国之间的矛盾便是希腊悲剧的立根之本。”

我说：“很明显，他必定是在研读《安提戈涅》的过程中形成这种观点的。此外，他似乎只关注女主人公的喜怒哀乐、一言一行，因为在他看来，家庭成员间的和睦恩爱完全体现在女性身上，特别是姐妹，他认为只有姐妹对其兄弟的感情才是纯洁无私、不带任何情欲色彩的。”

歌德说：“我觉得姐妹之间的情感也许更加纯粹。我们怎可视而不见，在古代神话传说中，无论当事人双方明知故犯也好，不明就里也罢，有多少兄弟与姐妹之间滋生了不伦的情愫纠葛！

“你肯定也注意到了，”歌德继续说道，“欣里希斯对于希腊悲剧的评论分析多从构想出发，所以他认定索福克勒斯和他一样，在创作过程中同样立足于某个意图理念从而设定角色的性别和性格特征。可事实上，索福克勒斯在撰写剧作时不可能这样做，恰恰相反，他抓住的是民间由来已久的传说故事，其中已有现成的构思布局，他要做的就是以一种尽善尽美的方式把这一切呈现在舞台上。阿特柔斯的家人不许旁人为埃阿斯收尸，不过就像安

---

① 希腊神话中最著名的英雄之一。主神宙斯与阿尔克墨涅之子，他神勇无比，力大无穷，被称为大力神。他用毒箭射杀了奸污爱妻伊阿尼拉的人马怪，人马怪临死前把染上毒血的衣衫交给伊阿尼拉，诡称这件衣服能让不忠的丈夫回心转意。后来，赫拉克勒斯移情别恋，伊阿尼拉便给丈夫穿上了染有毒血的衣服，赫拉克勒斯中毒后痛苦难当，最后在俄塔山顶点火自焚。

提戈涅坚持要安葬她的兄弟一样，埃阿斯的弟弟透克洛斯也同样苦苦争取，好让自己的哥哥入土为安。这边是妹妹为了埋葬曝尸荒野的哥哥波吕涅克斯不惜触犯禁令[①]，那边是弟弟为了收殓自刎而亡的哥哥与敌人极力抗争。这些剧情以及其前因后果都不是诗人随意编造杜撰的，而是古典传说中原本就有的，诗人遵照这一框架，同时也必须遵照这一框架进行创作。”

我接口说道：“他对于克瑞翁所作所为的评论似乎也站不住脚。他极力想要证明，克瑞翁严令禁止埋葬波吕涅克斯的举动完全是出于维护国家利益的考量，是为了实践有功当赏，有罪则罚的治国理念，因为克瑞翁不仅是一个人，同时他还是一国之君，于是欣里希斯提出了以下论点：当一个人代表了一个国家的悲剧力量，那么他就不再只是他自己了，而是整个国家的人格化象征，也就是说在所有人中国王就是国家利益的最高体现。”

“简直是一派胡言！”歌德笑着回答说，“克瑞翁绝不是出于国家利益的考虑，他纯粹是因为痛恨死者，想以此来泄私愤罢了。当时，波吕涅克斯无非是想放手一搏，夺回被强行剥夺的王位继承权，这算不上是什么十恶不赦的滔天罪行吧，最后他还搭上了性命，按理说也算以死谢罪了，可是克瑞翁却非得让他的尸体暴于荒野，任野兽啃食。

“任何一种违背一般伦常道德的行径都不能被当做实现国家

---

① 在底比斯王俄狄浦斯垮台后，克瑞翁取得了王位，俄狄浦斯的一个儿子厄忒俄克勒斯为保护城邦而献身，而另一个儿子波吕涅克斯却勾结外邦进攻底比斯，最终死于混战。战后，克瑞翁给厄忒俄克勒斯举行了盛大的葬礼，却将波吕涅克斯暴尸田野。克瑞翁下令，谁埋葬波吕涅克斯就处以死刑，妹妹安提戈涅毅然以遵循“天条”为由埋葬了她哥哥，之后她被克瑞翁下令处死。

利益的手段。克瑞翁下令禁止任何人埋葬波吕涅克斯，其结果就是腐败的尸体不仅让空气中弥漫着尸臭，而且飞禽走兽也会叼着撕扯下来的腐肉四处横行，进而将神圣的祭坛弄得污秽不堪。像这种人神共愤的行为非但不是实现国家利益的高尚美德，反而是一种伤天害理的政治罪行。此外，在剧中，克瑞翁的所作所为激起了所有人的反对，无论是庙堂之上的元老，市井乡野的百姓，还是能掐会算的忒瑞西阿斯[1]，甚至连他的亲朋好友都与他分道扬镳。然而，他却一意孤行，最后落得众叛亲离、家破人亡的可悲下场[2]，自己也沦为一抹孤独寂寥的游魂。”

“可是，”我说，“只要克瑞翁一开口说话，我们就会不由自主地认为他说的有道理。”

歌德回答说：“这恰恰就能看出索福克勒斯作为一名戏剧大师的功力了，同时这也是一部戏剧真正的魅力所在。索福克勒斯笔下的任何一个人物都是滔滔不绝的辩才，每个人都能为自己的行为自圆其说，而且每个人都有理有据，讲得头头是道，由不得你不信，以至于台上只要谁开口，台下的观众就立马改旗易帜，认为刚开口的那个人才是正义的化身，真相的揭露者。

“众所周知，索福克勒斯在青年时代受过严格的修辞学训练，所以他能找到各种各样的理由使一件事情变得合情合理。然而，过犹不及，有时候，正是这份天赋也会让他走上迷途，并且越走

① 希腊神话中底比斯的一位盲人预言者。

② 在克瑞翁下令处死埋葬了哥哥波吕涅克斯的安提戈涅后，他遇到了忒瑞西阿斯，后者说他冒犯了诸神。克瑞翁闻言后心生悔意，赶去救安提戈涅，可为时已晚。克瑞翁的儿子，也是安提戈涅的情人，站出来攻击克瑞翁而后自杀，克瑞翁的妻子听说儿子已死，也在痛斥克瑞翁后自尽。克瑞翁这才认识到是自己一手酿成了悲剧。

越远。

“在《安提戈涅》中有一处描写我一直认为是一大败笔，如果哪位火眼金睛的语言学家能一锤定音地告诉我此处是经人篡改，并非作者原文，我愿意用任何东西来交换这个天大的好消息。

“在剧情逐渐推向高潮时，女主人公安提戈涅在自杀前为埋葬哥哥的行为陈述自己的理由，以此展现她高贵纯洁的灵魂。可是她给出的却是一个与之前可敬可叹的行为南辕北辙、荒唐到近乎可笑的缘由。

“她说，如果她是一位痛失爱子的母亲或一位失去丈夫的遗孀，她就不会像坚持埋葬她兄弟一样为孩子或丈夫收尸。原话是这样的：‘因为如果我丈夫死了，我还能再嫁，如果我孩子死了，我还能和我的新任丈夫再生一个。但兄弟就不同了。因为父母都已去世，我没有机会再有一个兄弟了。’

“这段话由一位即将慷慨赴死的女英雄嘴里说出来实在让我觉得匪夷所思，它不仅严重削弱了整部作品的悲剧性，而且还显得牵强附会，让人觉得安提戈涅心思缜密，工于心计。正如我刚才所言，我巴不得哪位语言学家快点告诉我，这一段描写纯属后人乱写一气硬塞进去的。”

之后，我们又进一步谈到索福克勒斯在其作品中似乎从不刻意宣扬某种道德上的主张，而是更加关注如何灵活巧妙地处理题材，尤其注重如何更好地展现戏剧效果。

歌德说：“我并不反对剧作家在作品中宣扬他的道德观，但如果戏剧成功与否的关键在于能不能在观众面前清晰地表达、展现题材，让他们留下深刻的印象，那么作家的道德主张其实派不上多大用场。他更多的是需要具备出色的表达描述能力，以及对舞台方方面面的认知，只有这样他才能在创作中做出正确的取舍。如果题材中蕴藉着道德层面的寓意，那么随着情节的铺陈和故事的展开，它会自然而然地显现出来，而作家需要考虑的则是如何对题材进行艺术处理，使之在观众面前展现出绝佳的舞台效果，除此之外，无需考虑其他。如果作者和索福克勒斯一样清风高节，那么无论他创作什么样的作品，其中都必然能看出他本人品格操守的烙印。另外，索福克勒斯对于舞台上的一切了如指掌，对于自己所从事的工作也有着充分的了解。”

我接口说道：“《菲罗克忒忒斯》和《俄狄浦斯王》在剧情安排和展开上何其相似，我们能从这两部作品中一目了然地看到索福克勒斯是多么熟悉舞台，多么看重戏剧效果。

“在这两部戏里，我们都看了英雄末路，两位男主人公均已迈入暮年，而且疾病缠身，俄狄浦斯靠女儿照顾，菲罗克忒忒斯则靠他的弓勉强度日。不仅如此，在落难时两人都遭人遗弃。可是当预言家声称如果没有他俩，战争就无法取得胜利时，曾经抛弃他们的小人又想方设法地要把他们给找回来，尤利西斯去找菲罗克忒忒斯，而克瑞翁则去找俄狄浦斯。一开始，这两个人都企图把两位英雄连哄带骗地劝回去，发现不能得逞后便使用暴力，所以我们看到了菲罗克忒忒斯被尤利西斯抢走了弓箭，而俄狄浦斯则被夺走了爱女安提戈涅。”

“而一旦出现暴力，”歌德说，“那就必然会激化矛盾，此时处于劣势、孤立无援的英雄其悲惨的境遇必定会深深触动观众的心，对于诗人来说这是展现戏剧效果的最佳时机，他们自然会不惜笔墨，浓墨重彩地加以描绘。在《菲罗克忒忒斯》中，为了加强这种效果，索福克勒斯将主人公设定为一位老人，而传说故事中的所有迹象都表明他当时应该正当盛年，但是如果他以年富力强的形象出现在这部戏里就无法达到作者所希望的戏剧效果了，所以作者笔锋一转，将他变成了一位风烛残年的老翁。”

我接着话题继续往下说：“两部作品的相似之处还不止于此。两位主人公都不善于主动出击，而是忍辱负重的类型，可他们各自都有咄咄逼人、野心十足的对手。与俄狄浦斯作对的是克瑞翁和波吕涅克斯，而菲罗克忒忒斯则不断地遭到涅俄普托勒摩斯[①]和尤利西斯的迫害。有了这些反面人物，作者才能从不同的角度阐述题材，他们的存在使得整部作品更富有层次、更扣人心弦。”

歌德插进来说：“或许你还可以再补充一点，这两部作品中都出现了峰回路转，主人公都经历了从大悲到大喜的命运转变，即俄狄浦斯在绝望中找到了心爱的女儿，而菲罗克忒忒斯视若珍宝的弓箭也失而复得。

“此外，两部戏剧都有一个圆满的结局，主人公都从悲惨的境遇中获得了解脱与救赎，俄狄浦斯在众神的祈福祝祷中安然长逝，而我们也通过那道神谕获悉，菲罗克忒忒斯会在特洛伊城下经阿斯克勒庇俄斯[②]妙手回春，治好毒伤。”

歌德继续说道：“如果要论如何完美把握现代戏剧的舞台效果，那我们就要像莫里哀讨教了。你知道他的《无病呻吟》吧，每每读到其中某一幕，我就会不由自主地感叹，这出戏简直就是一本如何展现戏剧效果精髓的教科书。那场戏讲的是无病呻吟者

① 希腊神话人物，阿喀琉斯的小儿子，在阿喀琉斯阵亡之后参加特洛伊战争，攻城后俘虏并爱上赫克托耳的遗孀安德洛玛刻，后为阿伽门农之子俄瑞斯忒斯所杀。

② 希腊神话人物，太阳神阿波罗和塞萨利公主科洛尼斯之子，精通医术，升天后化为蛇夫座，被人们奉为医神。

问他的小女儿路易松，那个年轻小伙儿有没有去过他姐姐的房间。

“要是换作一个毫无经验的新手，势必会让小女儿报流水账式地告知她所看到的情况，然后这一幕就此结束。可是为了产生一波三折的舞台效果，莫里哀煞费苦心地为这场盘问设计了各种各样迂回曲折的‘缓兵之计’。一开始，莫里哀笔下的小女儿佯装搞不明白父亲想问什么，之后她又矢口否认，说她对整件事情毫不知情，父亲气得举起藤条要揍她，路易松索性四仰八叉地躺在地上装死，而等她那可怜的老爹绝望地快要背过气时，她又嬉皮笑脸地从地上一骨碌跳起来，各种折腾之后才一点一点地把整件事情说了个明白。

“三言两语很难说清楚那一场戏究竟有多么生动有趣，你最好找来剧本亲自读一下，只有这样才能切身体会到它所蕴含的绝佳的舞台效果和无与伦比的戏剧价值。读完后你一定会觉得在这一出戏里你所学到的要远远超过世界上所有戏剧理论的总和。”

歌德继续说道：“我年轻时就知道莫里哀，从心底里崇敬这位戏剧大师，他是我文学航程中的灯塔，是我一生都在追随、学习的榜样。我每年都会细细品读他的剧本，这样我就能经常性地从垂芳百世的作品中吸收养分。莫里哀之所以深得我心，不仅仅是因为他在作品中天衣无缝的艺术处理，更是因为他温厚纯良的天性以及深邃幽远的思想。他在举手投足中有一种非常儒雅的味道，在待人接物上既沉稳妥当，又不失友善随和，而这些特质也只有像他这样天生优雅的人在与同时代的精英们日复一日的沟通交往中才能逐渐形成的。米南德留存于世的作品不多，但哪怕只剩一纸半页的诗行也足以让我窥见他的杰出与伟大，我认为能与莫里哀相提并论的古希腊文学家恐怕也只有米南德一人了。”

我接口道：“听到您对莫里哀这么高的评价真是让我太高兴了。施莱格尔先生[①]和您的观点大相径庭。今天，我看了他关于戏剧体诗歌的讲义，其中在评论莫里哀作品时的口吻显得居高临下，不屑一顾，让我觉得如鲠在喉，难以下咽。他认为莫里哀不过是一个只知道哗众取宠的小丑，他只能远远地观望上流社会，胡乱编造一些插科打诨的玩意儿来讨他主子的欢心；还说写这些低俗粗鄙的笑话他倒是如同囊中探物一般在行，可是其中绝大部分也是剽窃而来的；最后施莱格尔先生还调侃说莫里哀一门心思想跻身高级喜剧作家的行列，只可惜天不遂人愿。”

歌德听后回答说：“施莱格尔之流肯定是容不下像莫里哀这样的天才的，他认为莫里哀和他自己没有丝毫相同之处，不是同道中人。莫里哀的《恨世者》是我最喜欢的剧目，简直百看不厌，可施莱格尔却觉得完全读不下去。他倒是勉为其难地为《伪君子》说了几句好话，但后来还是狠狠地踩上几脚方才解恨。施莱格尔不能忍受莫里尔嘲讽那些肚子里有点墨水就装模作样的太太小姐们。也许正像我一个朋友所说的那样，他自己大概也庆幸没有和莫里哀生活在同一个时代，要不没准也会成为莫里哀冷嘲热讽的对象。”

歌德继续说道：“不可否认施莱格尔博览群书，学养深厚，他

---

① 奥古斯特·威廉·施莱格尔（August Wilhelm Schlegel，1767—1845）：即前文施莱格尔兄弟中的哥哥，德国浪漫主义初期的领军人物，在美学、建筑学、语言学、文艺批评等方面造诣颇深。下文中所指的讲义即为他于1808年发表的《戏剧艺术和文学讲义》，此书在十九世纪影响很大，然而歌德对于他的文学观点却不以为然。

的知识面之广着实令人惊讶。然而仅有这些是不够的。知识渊博并不代表他有着准确的判断力。他的文艺评论几乎无一不片面、不狭隘。对于每一个剧本他只关心剧情框架和情节布局，不厌其烦地一一指出剧中的某一个微小细节恐有模仿前人作品中某一处描写的嫌疑，至于作者想要告诉我们什么是美好的生活，什么是高水准的文化修养和道德情操则完全不在他研究探索的范围之内。试想一下，如果一部戏剧从头到尾看不出作者丁点高尚人格的痕迹，那么所有高明巧妙、眼花缭乱的艺术处理又有何意义呢？唯有凸显伟大人格的作品才能真正打动人心，给民众带来教益。

“在我看来，施莱格尔对于法国戏剧的评论堪称是文艺批评界中妄自尊大、有眼无珠的典范，他对于值得人们尊崇的优秀作品没有丝毫的感知、欣赏能力，而作者深中笃行的人格魅力和冰壶秋月的品性情操在他眼里都变成了一钱不值的糠秕砂砾。”

“不过对于莎士比亚和卡尔德隆，他倒是作出了公正的评价，”我说，“甚至可以看出他对这两位抱有仰慕之情。”

歌德回答说：“因为想必施莱格尔自己也清楚，这两位的文学成就和造诣是登峰造极且有目共睹的，世人唯恐溢美之词不够多，怎么可能允许他在那里胡说八道呢？不过如果有人告诉我施莱格尔也曾向莎士比亚和卡尔德隆大放厥词，我也不会大惊小怪。此外，他评论埃斯库罗斯和索福克勒斯的话也还算公道，可这多半也是出于人云亦云地附和语言学家对他们的高度评价，而不是真正认识到他们所创造的无人能及的文学价值。之所以这么说，是因为像施莱格尔这样见识浅薄、心胸狭窄的小人是无法理解欣赏那些伟岸灵魂的。如果事实与之相反，他本人是一个有见地、有胸怀的高尚之人，那么他就不会那样毫无原则地贬低欧里庇得斯。然而他很清楚当时的语言学家们对欧里庇得斯的评价并不高，于是便乐得在这些人的默许之下落井下石，无所顾忌地对这样一位文学泰斗极尽贬损之事。我承认欧里庇得斯有他的缺点瑕疵，但他始终是一位值得世人崇敬，并且能与索福克勒斯、埃斯库罗斯相比肩的伟大作家。他不仅继承了两位前辈兢兢业业的创作态度和严谨圆融的艺术风格，同时他笔下流淌的文字中更具悲悯之心和人文情怀，他深深理解雅典人民的疾苦，所以他自己可能也意识到了他的作品能够引起那个时代的人们的共鸣。他被苏格拉底引为知己，让亚里士多钦慕不已，他是米南德心目中无法取代的偶像，当他的死讯传来，索福克勒斯和雅典全城的市民纷纷为其服丧举哀，像这样的人绝对不可能是庸碌无为之辈。如果生活在现代的施莱格尔之流一定要在这位古希腊先贤身上挑刺找茬的话，那他们也得先跪下双膝，稽颡膜拜。”

1827年5月3日，星期四

歌德戏剧最成功的译本出自斯塔普弗[①]之手，而让·雅克·安培[②]执笔撰写的关于译本的评论其精彩程度几乎可与译文本身媲美。歌德非常欣赏这篇去年发表在巴黎《地球》杂志上的文评，每每提及总是赞叹不止。

---

① 弗雷德里克·艾伯特·亚历山大·斯塔普弗(Frederic Albert Alexandre, 1802—1892)：瑞士法裔文学家，歌德戏剧的法语版译者。

② 让·雅克·安培(Jean Jacques Ampere, 1800—1864)：法国文学家和语言学家，其父是发现安培定律的著名物理学家安德烈·马利·安培(Andre Marie Ampere, 1775—1836)。

“安培的观点不落俗套，”歌德说，“要是换作德国评论家，他们肯定又是从哲学角度出发，以一种玄而又玄的方法去理解、分析一部文学作品，其解读也只有他们同门同派的师兄弟才能领会其意，而在其他人看来，这样的评论文章简直比原作本身更让人费思伤神。安培先生则反其道而行之，他的评论脚踏实地，就事论事，而且文风平实，通俗易懂。他很清楚文评的意义以及应该采用什么样的方法才行之有效，作为个中的行家里手，他向读者缓缓道出作品与作者之间的关系，并且能对一位作者在不同时期写下的作品作出准确客观的评价。

“他对我的生平经历做过详实深入的调查研究，对我的内心情感和思想状态有着全面深入的把握，不仅如此，他还能看透我隐藏于文字底下的东西，在字里行间读出我想要表达却止于表达的思绪。他一针见血地指出我在魏玛宫廷供职的最初十年几乎无所作为，于是绝望之下来到了意大利。在那里，塔索的生平遭际重新点燃了我的创作激情，为了尽快摆脱魏玛存留在我心里的阴郁印象和痛苦回忆，从而甩掉包袱从头开始，我像抓住救命稻草一样牢牢地抓住了塔索这个题材。安培恰如其分地断言，塔索就是经过岁月锤炼并得以升华的维特。

“他评说《浮士德》的言论也相当鞭辟入里。他指出不仅主人公浮士德身上阴沉忧郁、贪得无厌的一面有我本人的影子，甚至连梅菲斯托费勒斯的含讥带讽、尖酸刻薄也同样是我性格中不可分割的一部分。”

就像这样，歌德经常带着激赏之情谈到安培，我们对这位评论大师非常好奇，想尽办法想要摸清他的底细，虽然到手的资料和信息极为有限，但至少我们可以肯定一点，他应该是一位中年绅士，否则断不会有足够的人生阅历来体察感悟生活与诗歌之间相辅相成的关系。正因如此，所以当几天前我们见到了来魏玛的安培时才感到分外惊讶，站在面前的分明是一个二十来岁、朝气蓬勃的小伙子！在随后的交谈中我们更加惊喜地了解到，《地球》杂志的所有撰稿人都是像安培一样充满智慧、知书达理的年轻人。

我说："我能理解有的人虽然年纪轻轻却能写出极有分量的作品，比如像梅里美[①]，他在二十多岁的时候就已创作了多部杰作，但是像《地球》的撰稿人一样在弱冠之年就能如此富有远见，见地深刻，同时具备客观准确的判断力和成熟稳健的笔锋，实在让我大开眼界。"

歌德闻言说道："这对于出生在莽荒之地的你而言确实是难以想象的，即便像住在德国中部的我们也是经历了一番周折好不容易才算是获得了一点儿浅薄的见识。而大多数人只顾守着自己的方寸之地，过着一种精神生活极度匮乏的寡淡人生。我们所属的这个民族其文化土壤非常贫瘠，几乎给不了我们多少养分。我国真正有头脑的优秀人才零零落落地分散在各地。一个在维也纳，一个在柏林，另一个在哥尼斯堡，还有一个在波恩抑或在杜塞尔多夫——他们之间隔着十万八千里远，可想而知若要让他们面对面地沟通交流，从而在互相碰撞中产生思想上的火花是一件多么难得的事情。某一天，他们中的洪堡德先生[②]来到魏玛，在短短一天的相处中我从他身上获得的知识远远超过多年来我独自

---

① 普罗斯佩·梅里美(Prosper Merimee，1803—1870 年)：法国现实主义作家，中短篇小说大师，剧作家，历史学家，著名歌剧《卡门》的作者。

② 此处指亚历山大·洪堡德，即洪堡德兄弟中的弟弟。

一人苦苦摸索所得的总和,而在那一天他带领我朝着理想迈出的那一大步的跨度也远远超出了多年来我在奋斗路上踽踽独行所走过的路程总长。

“反过来让我们再来看看巴黎这座城市,法兰西所有的精英、智者、文豪统统汇集在此处,他们天天当头对面,高谈阔论,时而唇枪舌剑一辩到底,时而笔墨官司一争高低,通过这样不断的交流与辩论,他们取长补短,互相促进。不仅如此,你还能在巴黎读到世界各地的科学文献和文学著作,这些作品每天都在接受着众人的评审与检验。想想看吧,巴黎就是这样一个大都市,当你跨过每一座桥梁,穿过每一个广场,你都会不由自主地想到它的前尘往事,当你经过大街小巷的每一处转角,你都会恍惚看到青砖石瓦上凝固着某个历史片段。让我们撇开那些萎靡颓废、死水微澜的年代不提,只把目光集中在十九世纪的巴黎,在莫里哀、伏尔泰和狄德罗①三代人前赴后继的努力下,一浪高过一浪的文化狂潮席卷巴黎,当时的盛况在世界其他任何一个地方都不可能再现。如此一来,也许你就能明白为什么生于斯、长于斯的天才安培能在二十四岁时就大器早成了。

“你刚才说你能理解一个人如何在二十多岁就像梅里美那样写出优秀作品,对此我毫无异议,不过总体来说,我可能更赞同你所说的另一句话:对于一个年轻人而言,写出优秀的作品比拥有客观准确的判断力要来得容易。不过在德国,一个作家最好不要像梅里美那样在青年时期就创作出像《克拉拉·加苏尔》这样成

---

① 狄德罗(Denis Diderot ,1713 年—1784 年):法国启蒙思想家、唯物主义哲学家,作家,百科全书派的代表人物。

熟的作品。诚然，席勒在写《强盗》、《阴谋与爱情》和《费耶斯科》的时候也很年轻，但坦率地说，这三部作品向世人展现的更多的是作者与生俱来的天赋与才气，而不是沉淀累积而成的学识与修养。然而，这并非席勒本人的问题，归根结底还是得归咎于生他养他的土地原本就缺乏浓厚的文化气息，加之我们独自一人在漫漫探索途中所遇到的重重艰难险阻。

"另一方面，我们也能以贝朗瑞为例。他出身贫寒，是穷裁缝的后代，一开始，在印刷作坊里当过一段时间学徒，后来成了一个拿着微薄薪水的小职员，他没有上过大学，也没有接受过其他正规教育，然而他的诗歌却向世人展现出丰厚扎实的学养，他的文笔灵秀隽永，字里行间充满着精妙绝伦的讽刺意蕴，他在艺术处理上完美无瑕，对于语言的驾驭能力达到了炉火纯青的地步。不仅是法国，可以说整个欧洲都为之惊叹。

"我们不妨来试想一下，贝朗瑞同样是穷苦裁缝的后人，同样是在贫困潦倒的生活境遇中开始了写作生涯，但他不是在巴黎这样一个国际大都市，而是在像耶拿或魏玛这样的小地方出生、长大，那么在这片贫瘠的土壤上，在人文环境恶劣、文学资源匮乏的环境中同样一棵树是否还能结出一样丰硕的果实呢？

"故而，我亲爱的朋友，容我在这里再度重申一遍，要让一个天资出众的人迅速且充分地成长起来，必要条件就是在他生活的那个国家已经形成了健康、浓厚的文化氛围。

"古希腊悲剧让我们叹为观止，但是从一个更正确的视角来看，较之悲剧的创作者们我们更应该欣赏的是那个时代，那个民族。虽然作品之间会有这样或那样的差异，虽然这位作者可能比另一位更加优秀，笔力更加圆熟老到，但是万变不离其宗，纵览全局，所有这些作者身上和他们的作品中都始终如一地秉承着一种重要的特质，那就是立意高远，表达描述恰如其分，情节安排合情合理，赞颂完美的人性，体现过人的智慧、崇高的思想、洞若观火的觉察力，以及诸如此类的特性。然而，所有这些品质不只是存在于流传至今的悲剧作品中，它们也同样存在于抒情诗与史诗中，而在哲学家、雄辩家、历史学家留给我们的著作中，在现存的造型艺术中我们同样可以看到它们的身影。由此我们不得不相信，这些品质并不仅仅属于某一个人，而是整个时代、整个民族的烙印。

“让我们再来看看彭斯[①]，他的祖先们世代吟诵的歌谣至今依然充满着鲜活蓬勃的生命力。从婴儿时期他便听着族人们在他摇篮边低吟浅唱着这些古老的民谣，他在淳朴的歌词和优美的旋律中一天天长大，耳濡目染之下，这些歌谣的菁华已融入他的身体，融入了流淌周身的血液。正是因为植根于这片充满养分和生命力的沃土，彭斯才得以成长为一位伟大的诗人。不仅如此，他创作的诗歌很快就在同胞中找到了一大批知音，收割庄稼的农民和捆扎稻草的农妇在陇上田边唱着他的歌谣向他挥手致意，他的朋友们在小酒馆里哼着他的歌谣迎接他的到来。作品因为不断被人传唱而生生不息，作者因此功成名也就自然在情理之中了。

“相比之下，我们德国的情况真是让人扼腕痛惜！我们的民

---

① 罗伯特·彭斯(Robert Burns，1759—1796年)：苏格兰农民诗人，在英国文学史上占有特殊的地位。他复活并丰富了苏格兰民歌，其诗歌富有音乐性，可以歌唱。彭斯生于苏格兰民族面临被异族征服的时代，因此作品中充满了激进的民族主义和自由主义的思想。诗人生活在破产的农村，和贫苦的农民血肉相连，他的诗歌歌颂了故国家乡的秀美，抒写了劳动者纯朴的友谊和爱情。

谣和苏格兰歌谣一样古老而动听，然而在我的青年时代几乎已经成了绝响。为了不让国人遗失祖先留下的精神财富，赫尔德[①]和他的后继者们开始将它们逐一收集起来，这样后人至少还能在图书馆里找到这些民谣的副本。还有后来的布尔格[②]和沃斯[③]，谁又能说他们创作的诗歌不及彭斯意味深长、朗朗上口呢？然而，它们之中又有多少至今仍在民间传唱呢？它们倒是被抄录下来，印成了书籍，然后送进图书馆里从此束之高阁——这便是绝大多数诗人共同的宿命。还有我写的那些诗歌，究竟还剩几首流传于世呢？或许其中有那么一两首曾被一位美丽的姑娘跟着钢琴伴奏轻轻唱响，然而对于德国的普罗大众而言，它们已经销声匿迹了。可想而知有一次当我在意大利听到一位船夫哼唱《塔索》中的片段时，心中有多么百感交集了。

“我们德国人依旧生活在过去。虽然在近一个世纪里，我们的文明程度已经得到了一定提高，但是要使德国人民能够普遍具有更高层次的文化修养，让他们能像古希腊人民一样崇尚美、欣赏美，能够因为一首歌而落泪、而激荡，我们还有一段很长的路要走。也许只有到那时别人才会说：德国人终于走出了蛮荒时代。”

---

① 约翰·哥特弗雷德·赫尔德(Johann Gottfried Herder，1744— 1803)：德国哲学家、路德派神学家、诗人。赫尔德所编撰的《民歌集》中除了有德国民歌外，还包括其他民族的民歌，为民歌的搜集整理树立了榜样。1803 年，他打算出版一套根据民族类别分类的民歌集，并希望这本书能推动促进理想人性的发展，但是，还没来得及完成这项工作，他便与世长辞了。

② 戈特弗里德·奥古斯特·布尔格(Gottfried August Burger，1747—1794)：德国诗人，以创作爱情诗歌和叙事歌谣见长。

③ 约翰·海因里希·沃斯(Johann Heinrich Voss，1751—1826)：研究希腊古典文艺的德国学者、诗人。翻译过《荷马史诗》。

1827年10月7日,星期日

今天早上天气很好,八点前我和歌德坐上马车一同前往耶拿,他预备在那里呆到第二天晚上。

到了耶拿时候尚早,我们先去逛了植物园。歌德细细观赏,只见满园草木繁盛,到处是一派欣欣向荣的景象。我们还去矿物陈列馆看了看各种矿石和其他一些来自大自然的馈赠,之后应邀乘车去克内贝尔先生家赴宴。

克内贝尔先生年已龙钟,他一看到歌德便蹒跚着走上前拥抱老友。用餐时气氛温馨愉悦,席间的话题也十分轻松、家常。显而易见,两位老朋友深深地沉浸在久别重逢的喜悦中。饭后,我们驾车沿着萨勒河一路往西,虽说沿途的风光我已十分熟悉,但依旧如同初次看到时那样感到新鲜、兴奋。

当我们回到耶拿大街时,歌德命车夫沿着一条小溪前行,不多会儿,我们便停在了一栋其貌不扬的宅邸前。

“这便是沃斯的故居了,”歌德说,“我想带你去看看这个充满古典意蕴的地方。”我们穿过屋子走进花园,那儿看不到盛放的鲜花,也鲜有名贵草木。我们在草地上悠然漫步,头上顶着果树枝丫交错而成的华盖。

“这些果树都是为欧内斯廷栽种的,”歌德说,“她一直念念不忘家乡的苹果,记得她曾和我说过那儿的苹果香甜可口,滋味简直举世无双。也许正是因为那是她童年时的味道才让她这般牵肠挂肚、难以忘怀吧。我在这里和沃斯还有欧内斯廷度过了许多个美好的夜晚,回忆如此动人,怎能不叫人恋恋过往!像沃斯这样的人是不可多得的,很少有人能像他那样对德国的文化产生如此深远的影响。与他相关的所有一切无不明智合理、稳健淳厚。他对于古希腊先哲的热爱绝不是嘴上说说而已，而是发自内心、浑然天成的，正是他的一片赤子之心才为我们创造了弥足珍贵的精神财富。也只有像我这样深刻体会到他价值所在的人才会明白再多的怀念也不嫌多，再多的赞美都不为过。”

到了六点，歌德想起来是时候去他预订好的大熊旅馆入住了。预留给我们的房间非常宽敞，房间的一角摆着两张床。太阳刚刚下山，暮光逗留在窗前久久不散，这样的时分即便不点蜡烛静静地坐一会儿也是很怡人的。

话题又落到了沃斯身上。歌德说："沃斯是难得一见的人才，无论对于我个人还是耶拿大学都无比重要。我原本想挽留他，可是当时海德堡大学提供的薪水非常优渥，以我们当时有限的物质条件是难以匹敌的，所以只好忍痛割爱。好在去了一个沃斯，又来了一个席勒。虽说我和席勒的性情不太一样，但兴趣志向倒是如出一辙。为此，我们成了亲密无间的好伙伴，亲厚的程度几乎到了缺少其中一人另一个就难以过活的地步。”

歌德和我聊起了席勒的一些轶事，而席勒的性格特点也在这些小故事里显露无遗。

歌德说："席勒是一个纯粹真实，品行高洁的人，所以你可以想象，对于世人应景似的盲目吹捧和空洞赞美他有多么深恶痛绝。有一次，柯策布提议在席勒家里举办一个所谓的庆祝活动，席勒知道后厌恶到几乎卧床不起。他也非常反感不相识的人上门拜访。如果他拖着不见，把时间延后到下午四时，等到了不得不见的时候，他照样会觉得浑身难受以至于最后真的憋出一场病来。在这样的场合，他经常会显得非常不耐烦，有时甚至态度粗暴。我就曾经亲眼看到一位素不相识的外科大夫未经通传贸然地跑去见席勒，后者烦躁恼怒得几近失态，可怜的大夫受惊不小，一溜烟跑了个无影无踪。”

歌德继续说道：“不过诚如我刚才所言，当然也可以说是众所周知的，虽然我和席勒志趣相投，但是我俩的性格却不太对路。这一点不仅体现在精神层面上，甚至已经影响到了生理反应。比方说，席勒享若甘蜜的气味对我来说简直等同于毒气。有一天，我到席勒家去拜访，不巧他外出不在，他太太告诉我说席勒去去就回，于是我便在他书桌旁坐下来随手记点东西。没过一会儿，我就开始觉得浑身上下不对劲，而且越来越厉害，头昏脑涨得几乎要晕过去。一开始我不知道是什么导致了我这种奇怪而悲惨的状况，直到后来我才意识到身边的抽屉里散发出一股令人作呕的怪味道。我打开一瞧简直吓了一大跳，里面装着满满一抽屉的烂苹果。我立马跑到窗边使劲地吸入新鲜空气这才缓过神来。这时，席勒太太进屋告诉我抽屉里装满了腐烂的苹果，席勒就爱闻这股怪味，没了它席勒就没法生活，也没法工作。”

歌德接着说：“明天早上，我带你去看看席勒在耶拿的故居。”

旅店的使役将点好的蜡烛拿进屋里。我们吃了点晚饭，安坐片刻，聊了些往事。

我告诉歌德少年时代曾做过一个梦，没想到的是第二天这个梦居然成真了。

“我曾经养过三只小朱顶雀，把它们当宝贝似的，爱它们甚至胜过了爱世上的一切。它们在我的屋子里自由自在地飞来飞去，只要我一进门，它们就会乖巧地飞落在我手上。可一天中午发生了一件意想不到的事，当我走进屋时一只小鸟从我头顶飞出了屋外不知所踪了。那天下午，我找遍了附近所有的屋顶，可是依旧没有发现它的踪迹，我心里难过极了却又无计可施，到了夜里只好伤心绝望地倒头睡去。快到凌晨的时候，我做了一个梦，梦见自己在家附近的街道不断徘徊寻找着丢失的小鸟。忽然，我听见了它的叫声，寻声探去，发现它正停在与我家后花园相邻的房顶上。我呼唤着小鸟，它听到了，张开双翅向我飞来，像是讨食的样子，可是它似乎有些犹豫，不敢飞落在我手上。我飞奔着穿过花园跑进房间盛了满满一杯小米。我端着它最爱吃的食物走向它，小鸟立刻飞过来，停在我的手心。于是，我高高兴兴地把它接回家，让它和另外两个小家伙团聚了。

“梦做到这里，我醒了过来。此时天色已经大亮，我飞快地穿上衣服，十万火急地穿过后花园，来到梦里看见小鸟的那栋屋子前。你猜怎么着！那只小鸟当真就在那栋楼的房顶上！而且之后的事情也和梦境分毫不差，它一开始向我飞来，但似乎不太情愿飞到我手上，于是我取来小米，它马上就停落在我手心，然后我把它带回到了小伙伴身边。”

歌德听后说：“你这段年少时的经历真的非常特别，不过自然界无奇不有，虽然我们还不得其解，但像这样的事情肯定不止一两桩。其实我们所有人都行走在神秘事物之中，我们置身于空气里，却不知道它是由什么组成的，也不清楚它与我们的精神、灵魂有着怎样的关联。但有一点是可以肯定的，在某些特殊的时刻和地点，我们灵魂的触角可以冲破肉身的束缚，探知到不远处的未来将会发生什么事情。”

我说：“就在最近，又发生了一件类似的事。那天，我散好步正沿着埃尔福特大街往回走，大约再走十分钟就要到魏玛的时候，我突然有一种强烈的感觉——在剧院的转角处我将遇到一个经年未见而且有段时日未曾想起的人。这个突如其来的念头让我觉得很奇怪，可当我走到魏玛剧院的拐角，那个人真的活生生地出现在了我面的前，而且就在我十分钟前预感到的那个位置，我惊讶得简直有些不知所措了。”

“这也是一个不凡的经历，应该不是碰巧，”歌德说，“就像我刚才说的那样，我们每个人都在秘境中一路摸索前行。此外，哪怕只是无声地擦身而过，两个因此有过片刻相遇的灵魂也会互相产生影响，这样的例子我可以举出不少。我经常会碰到这样的事情，当我和一个熟人结伴而行，脑海中正浮现出一个念头，身边的同伴马上就会说起相同的话题。我还认识一个人，他不必开口，仅凭意念就能让谈得热火朝天的一群人迅速安静下来。他甚至还能不动声色地改变周遭的气氛，让在场每个人都觉得坐立不安。我们身上都带着不同的电波和磁场，当我们遇到意气相投之人时，就像磁铁一样彼此吸引，反之，则会相互排斥。好比说有一个年轻的姑娘在不经意中走进一个黑洞洞的房间，那里正好有一个想要谋害她的男子，即便她对此并不知情，可依旧会感到强烈的不安和一种不详的预感，这种恐惧愈演愈烈，很快就会迫使她跑出黑屋子，另寻安身之所。”

我说：“歌剧里就有这样一幕，一对原本天各一方的爱侣因为机缘巧合走进了同一个黑漆漆的屋子，虽然他们不知道对方已近在咫尺，可是情侣之间的磁力很快就会发生作用，一方会感受到另一方强大的吸引力，他们在黑暗中越走越近，用不了多久，姑娘就会倒在年轻小伙的臂弯中。”

歌德补充说：“这种磁力在两情相悦的情人之间尤为强大，就算隔着千山万水都能产生作用。在我年轻的时候曾有过多次类似的经历。有时候，我一个人孤孤单单地走在路上，心里强烈地渴望心爱的姑娘能陪伴在我的身旁，这样的念头挥之不去，直到最后她真的出现在我眼前，对我说：'刚才我在屋子里无聊极了，不知不觉就走到了这里。'

"我还记得刚在耶拿安家那会儿发生的一件事。当时，我爱上了一名女子。有一次我出了趟远门，回来后因为宫廷事务繁多，好几天都抽不出时间去看望她。再加上我和她的事已经传得满城风雨，所以我也担心白天去她那儿会招来更多的闲话。可是到了第四天晚上，我再也无法忍受相思的煎熬，稀里糊涂地便踏上了去她家的那条路，等我清醒过来时发现自己已经站在了她的家门口。我轻手轻脚地走上楼梯，就在我准备走进她的闺房时忽然听到里头传来其他人的声音，显然她不是一个人在家。我趁没人注意悄悄地走下楼，回到了大街上。当时暮色渐浓，但因为各家各户还没有点灯，所以四周黑咕隆咚的。我憋着满腔难以消解的相思之苦烦躁不已，整个人像只无头苍蝇一样在大街小巷里横冲直撞，就这样胡乱走了一个小时后我又回到了她家楼下，渴盼着能见她一面。可我抬头一看，却发现她的房间没有点灯，于是只好再度打消了念头，举步朝我孤单寂寞的小屋子走去。一路上我都在自言自语：'她肯定是出门了，可这么晚了，她一个人会去哪儿呢？我到底什么时候才能和她见上一面呢？'我穿过一条又一条的街道，遇到了很多人，每个人一眼看上去无论从体貌还是身量都像是她，可走近了一瞧却又都不是。很奇怪，当时我有一种非常强烈的感觉，相信自己可以凭借强大的意念召唤她来到我的身边。我甚至深信四周正围绕着许多超凡的神灵，我默默地乞求他们引领她走向我，或指引我朝她走去。可与此同时我又觉得自己荒谬，忍不住暗骂自己：‘你可真够傻的！与其在这里胡思乱想，还不如回到她家里再去瞧瞧。’

“恍恍惚惚地我走到了大街尽头的空地上，那儿立着几栋房子，后来席勒曾在那里住过。突然不知怎么的，我转身拐进了右侧的一条小路，径直朝着宫殿的方向走去。还没走上百来步，我就看见前方有一个女子向我缓缓走来，从身量上看和我朝思暮想的那抹倩影似乎完全吻合。街边的窗户偶尔透出些许亮光，将小路照得影影绰绰，明暗不定，加之刚才一路上一直认错人，故而我不敢贸然开口确认。等到我俩几乎擦身而过时，彼此的胳膊碰了一下，我停下脚步定睛打量，而她也停在了原地。‘是你吗？’她开口问道。我一下子认出了她悦耳动听的声音。‘太不容易了，我们到底还是见到了！’我几乎喜极而泣，而后我俩同时伸出手紧紧握在了一起。‘这一次终于没叫我空欢喜一场，你不知道刚才我是怎么疯狂地想找到你，我有一种无比强烈的预感，我们一定能见到对方。太好了！感谢上帝让我的预感成真！’她闻言后略带委屈地说道：‘你怎么这么可恶！为什么不早些来找我？今天我偶然听别人说起你三天前就回来了，我以为你把我给忘了，害得我哭了整整一下午。说来也奇怪，就在一小时前，我忽然坐立不安，满脑子就想着一定要见到你，偏偏这时两个小姐妹来看我，一坐下就不走了，我心里急得什么似的，可又不好直说。好不容易等到她们起身告辞，我立刻抓起帽子和斗篷，一头冲进夜色中。我也不知道自己要到哪里去，只知道你一直占据着我的心、我的灵魂，我迫不及待地想要见到你。’她毫无保留地诉说衷肠，我们互相紧握着对方的双手，彼此都已明白短暂的分离并没有让我们的爱情冷却。我陪她走回家，进了屋子，踏上黑黢黢的楼梯时她拉着我的手走在前面，我跟在她身后。满心的欢喜难以抑制，这不仅是因为别后重逢，也因为一种无形而强大的意念最终成为了现实。”

歌德兴致很高，而我就算再听他说上几个小时也不会嫌多。可是慢慢地，他显得似乎有些精神不济，于是我们各自上床休息了。

1828 年

1828 年 3 月 12 日，星期三

昨天晚上离开歌德家后，我一直在思考歌德所说的话。我们谈到了大海和海边清爽明净的空气。歌德说住在岛上和海边的居民要比住在大陆深处的居民更加富有活力，他们身强体健，精力充沛，行动力和创造力也远比后者出色。

夜里，我回味着大海的话题，憧憬着大海振奋人心的力量，迷迷糊糊地入睡了。那一夜，我做了一个奇突而有趣的梦。

我梦见自己住在一个从未见过的地方，和一群陌生人幸福快乐地生活在一起。那儿风景如画，气候宜人，充满着类似于地中海沿岸、西班牙、法国南部，或是热那亚附近地区的夏日风情。中午时分，我们聚在一起举杯小酌，午后，我则和另一群年轻人相约一同玩乐戏耍。

我们先是在灌木丛生的低洼地带无忧无虑地打发时光，一转眼又来到了海中的小岛，齐齐坐在突起的礁石上，那礁石最多只

能坐五六个人。我们正襟危坐，一动都不敢动，生怕一个不小心就掉进海里。我们的身后是一望无际的大海，而在我们眼前则延伸着一道美丽的海岸线，大约游上十五分钟就能到达。岸上有些地方地势平坦，另一些地方则布满礁石，甚至显得有些陡峭险峻。在青草绿树和白色帐篷间能看到一群穿着浅色衣衫的年轻人正悠闲地欣赏着帐篷里传来的音乐。我们中的一人对另一人说：‘咱们还等什么呢，脱了衣服游过去吧。’我说：‘你们都是年轻帅气的小伙子，而且又都是游泳健将，可是我就不同了，我不太会游水，长得又不怎么样，就这么出现在那群人面前我会觉得浑身不自在的。’‘你这个傻瓜！’其中长得最英俊的人开口说：‘你只管脱衣服，我把我的皮相借给你，你把你的给我不就行了吗。’一听这话，我立马脱掉衣服跳入水中，很快我就发现自己真的变成了一个强壮有力的水中好手。我飞快地游到海边，赤身裸体地上了岸，浑身滴着水，从容不迫地走到那群人中间。健美的身躯让我倍感自信，举手投足也变得落落大方起来。凉亭前的桌旁有几个聊得正欢的陌生人，我很快便和他们打成一片。海中礁石上的同伴也陆续上了岸加入到欢声笑语的人群中，可却迟迟未见那个和我交换身躯、让我感觉重获新生的年轻人。最后，他终于也朝岸边游过来。这时，身边有人问我是不是不太乐意看到原先的那个自己。这样的问话让我觉得有些不自在，一方面是因为我之前的皮相确实乏善可陈，另一方面则是因为我担心那位年轻的朋友想要换回他的身体。虽说心情复杂，我还是走向岸边，看着原先的那个我越游越近。他在不远处略歪着脑袋笑着对我说：‘你这副弱不禁风的身躯可把我给拖累坏了，我不得不在风浪中苦苦挣扎，可想而知我为什么来得这么晚，最后一个才到。’我一眼认出了眼前的面容，没错，那就是我，唯一不同的是那张脸孔面色红润，看上去更年轻、更饱满。这时，他已游到岸边，只见他直起身子走上海滩。我欣喜地看到他宽阔的背和修长的腿，身材显得十分完美。他攀上礁石朝我们走来，当他走到我面前时我终于看到了一个全新的自己。我心底暗想：'你弱小的身躯何时变得如此强壮？难道这是与大自然的原始力量搏击抗衡之后的成果？还是那位朋友朝气蓬勃的生命力让这身皮囊变了模样？'我们一起享受着美好的时光，这期间我暗暗惊讶，这位朋友似乎并不打算要回他之前的身体。我思忖：'他确实也没什么好担心的，他看上去那么英勇果敢，用哪一副身躯对他来说压根就无所谓，可我就不同了，这具新皮囊到底会不会萎缩？过了一段时间会不会变得和我之前的一样弱小？对于这些不知从哪儿冒出来的疑问我完全找不到答案。'为了打消顾虑，我把年轻人拉到一边，问他在我的身体里感觉如何。他回答说：'好得不能再好了！你的身体一样让我如鱼得水，我不晓得你为什么对它有诸多抱怨，反正我觉得它很适合我，你瞧，你拥有什么，物尽其用便是，要是你喜欢我的身体那就请尽情享用吧，正好我也想长长久久地呆在你的身体里。'听他这么一说我就放心了，在他的身躯里我的情感、思想、记忆一切如常，梦境里我觉得自己完全可以借用另一副躯体来安放自由独立的灵魂。"

吃完午饭，我向歌德大致描述了昨晚的梦。歌德听后说："这个梦太有意思了，看来缪斯女神对你青睐有加，即便是梦里都会来造访你。你得承认，一个人在清醒的时候很难凭空想出这么离奇而有趣的情景。"

我说："我也不知道怎么会做这样的梦，这几天一直精神萎靡，不曾想在梦里能梦到这样生动活泼的场景。”

歌德说：“人的内心深处其实具备着不可思议的力量，当我们几近绝望的时候美好的事情往往会从天而降。在我的一生中有多少个夜晚泪湿枕衾，可入睡后却好梦连连，充满希望的梦境抚慰了我受伤脆弱的心灵，第二天一睁眼我又变得神采奕奕、精神焕发了。

“事实上，在老一辈欧洲人中或多或少地存在着这样或那样的问题，我们的人际关系虚伪而复杂，衣食住行和生活方式有违自然规律，人与人之间的交往缺少真诚的情感和良好的意愿。虽然每个人看上去都衣着光鲜，彬彬有礼，可是没有人有勇气打开心扉，袒露心声，所以一个忠于自己思想和情感的人在欧洲大陆注定会受到所谓主流文化的排挤。这样的人大概都宁可出生在南部蛮荒的海岛，做一个人们口中的野蛮人，唯有如此才能彻底返璞归真，抛开所有的虚与委蛇、假模假式，顺应朴素烂漫的天性，享受真实纯粹的人生。

“如果带着寥落愁闷的心绪深刻反思一下这个时代的悲哀和痛楚，我们便会发现其实我们正在一步一步向着末日走去。一代又一代，人类前赴后继究竟积累了多少罪孽啊！我们不单单在承受祖辈、父辈造孽而领受的惩罚，而且继承之余还不忘把罪恶的雪球越滚越大，然后心安理得地看着它去荼毒祸害我们的子孙后代。”

这时，我插嘴说道：“我也时常会有这种悲观的想法。可是每当我看到一列骑兵打我身边经过，他们英姿勃发的身影总会带给人无限宽慰，我会对自己说，人类毕竟还是会在地球上继续繁衍生息，情形不至于到了让人绝望的地步。”

歌德说:“生活在农村的居民身强力壮,意志坚定,我希望他们能一直这样保持下去,不仅为我们的国家不断输送优秀的骑兵,还能拯救我们整个民族,使其不至于完全腐朽、堕落。乡野农村如同一潭神奇的不老泉,沉沦的人类置身其中便可脱胎换骨,获得新生。可是当你一到大城市,那感觉就像是从天堂掉进了地域,要是你再到‘跛足二世[①]’那里转上一圈,或去某个开着大诊所的医生那儿串个门,他们咬着耳朵告诉你的那些泯灭人性、贻害大众的奇闻逸事铁定能把你吓得魂飞魄散。

“好吧,让我们暂且抛开这些忧思,告诉我你最近过得怎么样?在忙些什么?有什么有趣的见闻。快给我说说,也好让我换个心情。”

“我最近正在读斯特恩的书,”我回答说,“书中有这么一个场景,说尤里克正漫步在巴黎街头,发现十个行人中就有一个是侏儒。您刚才一说到大城市的罪恶,我便想起了这一段描写。我还记得在拿破仑时期曾经看到过一个法国步兵营,其中有一支部队全部都是巴黎子弟,个个都是一副弱不禁风、病病歪歪的样子,真不知道把这些人送上战场究竟能派上什么用场。”

“这么说来,威灵顿大公爵麾下的苏格兰高地士兵和他们一比当真是云泥之别。”歌德说。

“滑铁卢战役打响的一年前我曾经在布鲁塞尔见过他们,”我回应道,“一个个都是威风凛凛的男子汉,他们身板硬实,斗志昂扬,动作敏捷,反应迅速,就像是上帝花了好一番心血亲手打造出

---

① 法国十八世纪作家勒萨日阿兰·勒内·勒萨日(Alain Rene Lesage,1668—1747)曾著有一部讽刺小说《跛足魔鬼》影射法国社会的时弊,“跛足魔鬼”即为小说主人公的绰号。文中的“跛足二世”可能典出此处,取江湖郎中之意。

来的一样。他们抬头挺胸,果敢自信,光裸结实的双腿迈出轻捷的步伐,仿佛身上从来没有背负过祖先代代积压的罪孽。

"这一点很有意思,"歌德继续说道,"究其原因,无论是源于民族特性,还是成长的原生土壤,无论是得益于相对自由的政治体制,还是积极有效的教育制度,总之,英国人在这方面确实优于其他许多民族。在这里——魏玛,我们遇见了为数不多的英国人,他们显然不是英国年轻才俊中最出跳拔尖的,但毫无疑问,他们个顶个的帅气、优秀。他们年纪轻轻就来到这片陌生的国土,可是在他们的言谈举止中你找不到一点儿局促和狷介的痕迹,恰恰相反,在社交场合他们谈吐不俗,举止得体,浑身上下散发着自信而优雅的光芒,仿佛走到哪里他们都能反客为主,就好像全世界都是他们的主场。正是这种不凡的气度深深赢得了闺阁女子的芳心,搅乱了一池春水。作为德国家庭的一家之长,我自然希求家事和顺,子孙平安,所以每每儿媳说要邀请一位来自大不列颠岛国的青年才俊来家里做客,我就不免提心吊胆,我几乎已经看见当这位访客告辞时,家中女眷洒下殷殷惜别的泪水。他们都是危险分子,而他们之所以危险正是源于他们所具备的美德和品质。"

我忍不住插嘴说:"可我并不认为魏玛的英国人就一定比其他人更聪明、更有学识、更高尚。"

"这不是关键,我亲爱的朋友,"歌德说,"我所说的不同不在于门第或财富,而是在于他们有足够的勇气顺应天性,他们从不瞻前顾后,踌躇不前,也不会表里不一,曲意逢迎,他们就是他们自己,随性自由,磊落坦荡,每一个都是完整的个体。不过我也得承认有时候他们也会做蠢事,变成一个彻头彻尾的呆子,然而即便是傻气也是人类天性中不可或缺的一部分，自然有它存在的意义。

“享有充分的人身自由，具有明确的民族意识，受到他国人民的认同和喜爱，这些即便对于懵懂的孩子而言都是具有重大意义的，有了它们，孩子们无论在家里还是在学校都能获得更多的尊重，同时也能享有更加自由的成长过程。而德国的孩子们却不具备这样的优势，也享受不到这样的福利。

“在魏玛，我只要看一眼窗外就能大致明白孩子们的处境。前一阵子雪下得很大，邻居的孩子们纷纷跑出屋外，拿着雪橇在大街上跃跃欲试，可是不消片刻就有警察赶过来，孩子们只好一哄而散。这两天春光明媚，小孩子在家里自然待不住，阳光招呼着他们到外边和小伙伴们一同嬉戏玩耍，可是出了门，他们又显得束手束脚，犹犹豫豫的，好像生怕做出什么出格的举动又把警察给招来。男孩子们不敢抽响鞭子，放声高歌，或大声喊叫，因为只要他们一这么做，警察就会立马跑过来制止。如此一来，孩子们在各种规矩、各种教条的束缚下变得少年老成，与生俱来的创造力、冲劲和野性被磨得一干二净，到头来一个个都被驯服成了唯唯诺诺的平庸之辈。

“你知道我几乎每天都要接待远道而来的陌生访客，但如果硬要我说我是多么高兴见到慕名而至的德国年轻人，尤其是来自东北部地区的年轻学者，那无疑就是在说瞎话。看看他们，全都戴着近视眼镜，面色苍白，身量单薄，年纪轻轻却一身暮气，几乎每个来拜访我的人都是这副模样。等到我们开始交谈，我便发现但凡是我热衷关心的话题在他们眼里都成了毫无意义、一钱不值的玩意儿，只有那些玄而又玄、不知所云的理论和思想才能让他们产生兴趣。在他们身上你找不到一丁点蓬勃的朝气、敏锐的感知力，他们不食人间烟火，与芸芸众生的喜怒哀乐格格不入。他们摒弃了年轻人该有的情感与快乐，而这些一旦失去都是无法弥补的，如果一个人在二十几岁的年纪便已老去，你如何能盼望他在不惑之年重获青春？”

歌德叹了口气，随即陷入了沉默中。

我不由地想到上个世纪歌德还年轻的时候，那必定是一番美好动人的光景。塞森海姆夏日的清风似乎扑面而来，我情不自禁地念起了他的诗：

风华正茂的年轻人，
坐在午后的凉风里。

歌德长叹一声：“唉，那真是让人怀念的好时光。不过还是不去想为好，怀念意味着失去，尤其像在愁云惨雾笼罩的今时今日更加叫人难过。”

我说：“或许只有第二个救世主才能改变现状，帮助我们卸下那些让人喘不过气来的沉荷重负，从而解放我们的思想和灵魂。”

“即便第二个救世主真的来了，”歌德说，“他还是依旧会被钉在十字架上。话说回来，当前的问题也无需劳动如此伟大的人物来解决。我们只需要参照学习英国人的方式改变一下自己，少一点玄奥高深的哲学，多一些脚踏实地的行动力，简而言之就是少一些理论，多一些实践，那么我们就不必眼巴巴地等着第二个耶稣基督降生，所有的烦恼就能不攻自破了。自下而上的做法是通过课堂教育和家庭教育使国民的综合素质得到普遍提高，自上而下的做法是由执政者制定行之有效的政策，从而使现状得以改观。

“故而，我不赞成国家未来接班人学习过多的理论知识，因为这样的学习会在他们学有所成之前就先毁了他们的身心健康，等到他们真正开始投入到实践工作中去，虽然他们确实具备了大量哲学、理论方面的知识，但是在极为有限的职责范畴中大部分的知识储备完全没有用武之地，很快它们就会被当做无用之物遭人遗弃。而另一方面，这些精英栋梁们真正需要的东西已经永远失去了，他们既没有强壮的身体，也没有过人的精力，而这两者在生活实践中是缺一不可的。

“此外，肩负治理国家重任之人在待人接物中难道就不需要心怀慈悲，流露真情吗？可如果他连和自己相处时都觉得局促不安，他又怎能拥有宽广仁厚的心胸去接纳、包容他人呢？

“然而这些国家公仆的情况都极其糟糕，他们中有三分之一的人终日被拴在办公桌边，繁重枯燥的俗务拖垮了他们的身体，他们愁眉不展，心情郁闷。针对这种状况，我们国家应该颁布相关政策，采取有效措施，至少要避免下一代重蹈覆辙。”

“就现状而言，”歌德无奈地微笑着说，“我们也只好期盼百来年后德国能够旧貌换新颜，希望到那时我们满眼看到的不再是身形佝偻的学究和只会空谈的哲学家，而是能思考、会动手、神采飞扬、性格健全的人。”

1829 年

1829 年 2 月 4 日，星期三

“最近，我一直在读舒巴特[①]的书，”歌德说，“他的确是一位了不起的人物，而且发表的观点也不同凡响，当然前提是我们得先把他的著作译成德语才能领略其中的奥义。其著作的主旨可以归纳为除了立足于哲学范畴之外，我们还可以从博物通达的常识视角看待世界万物，同时，艺术与科学的发展可以完全脱离哲学思辨，通过自由地施展上天赋予人类的才能与情感从而迎来百花盛开的春天。这一观点和我们的不谋而合。我本人就对哲学敬而远之，基于常识的立场观察事物也正是我一直坚持的原则，可见我毕生的所言所行都在舒巴特的书中得到了肯定。

“不过，有一点我不太赞同，他似乎并没有做到知无不言，言无不尽，也就是说他明明对某些事物有着非常深刻的洞见，但表

① 舒巴特(K.E.Schubarth，1796—1861)：德国哲学家、文艺评论家，曾评论过歌德的文学作品。此处歌德提到的是他所著的《泛论哲学，并特论黑格尔的哲学全书》。

述起来却有些含糊其辞，避重就轻，所以他在著书立说的过程中有态度不够诚恳严谨之嫌。就像黑格尔一样，他也硬把基督教和哲学扯上关系，而事实上两者毫不相干。基督教本身就具有一种强大的力量，每当人们陷入困顿，萎靡不振或堕落沉沦时，他们都能一次次从基督教的信仰中获得救赎，重新振作，如果我们承认这种力量的存在，那么基督教就是凌驾于任何哲学学派之上的，它无需借助哲学观点加以支撑。反之，哲学家要证明某种学说，比如灵魂不死，也不需要仰仗宗教的威望。人自然可以相信灵魂不死之说，他有权利选择自己的信仰，这完全符合人的本性所决定的需求，当然，他也可以相信宗教予以信徒的承诺。但是，如果哲学家非得生搬硬套地将灵魂不死之说归于某种传说，这种做法不仅有牵强附会之嫌，同时也无疑是在反证灵魂不死的真实性脆弱得不堪一击。于我而言，包裹灵魂的肉身是靠指挥行动的意念来证明其真实存在的，如果我勤勤恳恳辛劳一生，那么等到一日，当我的皮囊已老旧残败到无法承载我的灵魂时，大自然理所应当给予我另一种形式继续存在于世。”

听了歌德的这番评论，崇敬之心油然而生。

我暗暗佩服，再也没有什么教谕能像歌德的话那样激励人们奋发向上了，试想，如果一个人能因为一辈子勤奋工作而得到永生的应许，那么即便再苦再累他也会甘之如饴。

这时，歌德唤人拿来一套装着绘画和版画作品的画夹，他先是默默地翻看了几页，然后将一张根据奥斯塔德①油画雕琢而成

---

① 安德里安·范·奥斯塔德（Andrian van Ostade，1610—1685）：荷兰风俗画家。画风厚重而单纯，作品洋溢着一种朴素的幽默感，他善于运用明暗效果渲染画面气氛，画风轻松明快，构图也较疏朗。作品多以酒肆、烟馆、农舍为题材。

的精美铜版画递给我。

“看,这就是我们所说的夫妻恩爱、琴瑟和谐的场景了。”

我兴致勃勃地欣赏着眼前的画作。这是一栋农宅,简简单单的一间屋子身兼数职,即是厨房和客厅,也是主人的卧房。夫妻两人面对面坐着,妻子在纺纱,丈夫在绕线,身边站着两人的孩子。他们身后摆着一张床,屋子里除了粗陋朴拙的家什外别无他物。房门敞开着,由此可以看见屋外的空地。画中的男女一边忙着手中的活儿一边四目相对,交汇的眼神中流露着安乐与知足,婚姻生活中难能可贵的恩爱美满跃然纸上。这幅作品向世人完美地展现了在简陋寒微的物质条件下夫妻相守相伴的幸福和乐。

我不由地感叹道:“这幅画有一种独特的魅力,让人越看越感动。”

歌德说:“这就是情感上的共鸣,任何艺术形式都应以此为创作目标,而像家庭生活这样的题材往往又是最能触动人心的。另一方面,当艺术家们想要刻画更高深、更抽象的主题时通常会顾此失彼,在偏重理性表达同时难以兼顾情感上的表达,于是作品不免有失枯燥乏味,落得曲高和寡的尴尬下场。年轻的作家有年轻的优势和劣势,年迈的作家同样如此,故而作家在创作时应该扬长避短,选择能突出自己年龄优势的题材。《依菲琴尼亚》和《塔索》之所以能获得成功,正是因为我当时足够年轻,喷薄而出的少年情感不断地与理性题材交织融汇,使之鲜活灵动,充满生气。到了现在这把年纪,理想化的主题已经不再适合我了,正确的选择是创作一些本身就富有情感色彩的题材。要是格纳斯特夫妇[①]在魏玛，我就准备写两个剧本，每个剧本都只有一幕戏，而且都以散文格式来写。前一部是喜剧，以一场婚礼圆满收梢，而另一部则结局悲惨，男女主人公纷纷倒毙在舞台上，此时大幕缓缓落下。后一部戏其实在和席勒合作的时候就已开始动笔，在我的要求下，席勒写了其中的一场戏。不管是哪一部我都已经构思良久，感觉已经到了瓜熟蒂落的时候，我可以像当年写《平民将军》那样一边口述一边让人记下来。"

"那是再好不过了，"我兴奋地说，"您无论如何也要把这两出戏写出来。您就权当是《漫游年代》增订版出版后的一次消遣，好比通过一场短途旅行来换换心情。要是世人知道您还在为舞台笔耕不辍，奉献好戏，他们该是多么欢欣鼓舞，感激涕零啊！"

"可是就如同我先前所说的那样，如果格纳斯特夫妇还在魏玛，说不定我真的可以醉心于这两部戏的创作了。可惜他们不在，我也就兴味索然了。要知道，写在纸上的戏剧什么都不是，诗人必须清楚他要拿什么来进行创作，同时在刻画剧中角色时要尽量贴近心目中演员人选本身的气质和性格。如果我已经想好男女主人公是按格纳斯特和他妻子的路数来写，而其他人物是以拉罗什、温特贝格尔先生、赛德尔夫人为摹本，那么我就知道接下去该做什么，而且也有把握自己的创作意图能通过这些演员的演绎来实现。为舞台上演创作剧本和其他形式的写作不太一样，如果对舞台没有全面深入的了解，那最好还是不要贸然动笔。人们都想当然地以为白纸黑字记下来的趣事搬到舞台上一样令人捧腹，

① 爱德华·格纳斯特(Eduard Genast，1797—1866)：德国著名戏剧歌唱家，男低中音，歌德好友。

可惜他们完全想错了。读起来趣味横生，或回想起来余味缭绕的事情一旦在舞台上演绎那就完全变成了另外一码事了，书本上令我们心驰神往的故事一到舞台上可能就会变得平淡无奇。凡是读过《赫尔曼与窦绿苔》的人都会觉得这个作品如果演出来一定会很有意思，特普菲尔[①]就曾受人怂恿做过这样的尝试，可结果如何呢？尤其当所有的演出环节都毫无亮点时，谁能拍板说这是一部完美无瑕的优秀剧本呢？剧作家既要懂行，又要有才华，这两个要素无论拥有其中哪一个都已实属难得，而要创作一个好剧本不仅需要同时拥有这两大要素，而且还要把两者天衣无缝地结合在一起，可想而知难度有多大了。”

1829年3月23日，星期一

今天歌德对我说：“我在整理文稿时发现了以前写的一篇文章，在文中我把建筑称为‘伫立不动的音乐’，现在想想倒也不无道理，因为建筑就像音乐一样能引发人们不同的心理活动和情绪上的变化。

“万顷华厦为王公贵戚而建，住在那里的人生活富足安逸，心满意足已无他求。但这却与我的天性不符。在卡尔斯巴德我有一栋漂亮华丽的宅邸，只要一住进去我就会立马变得慵懒懈怠。相反，要是换成一间小屋子，就像我们眼下待着的陋室一样，杂而不乱，带着一点吉普赛人不羁的味道，倒是正合我的脾性。住在里面我觉得心情敞亮，无拘无束，可以自由随性地埋头创作。”

① 卡尔·特普菲尔(Karl Topfer，1792—1871)：德国剧作家，曾经把歌德的诗作《赫尔曼与窦绿苔》改编成剧本，多次在舞台上上演。

接着，我们又谈到了席勒的书信，他和歌德一同工作的岁月，以及两人是如何互相激励，携手共进的。

我说："可以看出席勒对《浮士德》非常感兴趣，他一直敦促您不要停笔，甚至萌生了续写《浮士德》的念头，想想就觉得有趣，想来席勒是个急性子的人。"

歌德说："确实如此。他像所有急脾气的人一样被这个主意那个想法支使得团团转。他一刻也不得安生，一旦开始就没完没了。想必你从那封关于《威廉·迈斯特》的信中已经看出来了，他一会儿建议这样写，一会儿又说那样写会更好，意见想法层出不穷。我要费好大一番功夫才能坚持自己的立场，保证我们两人的作品不被他的临时起意所影响。"

我聊起了今天早晨读的《印第安人的挽歌》。"席勒写得真是太精彩了!"我由衷地赞叹道。

歌德说："你瞧，席勒是一位多么了不起的诗人，只要能展现在他眼前的客观事物，哪怕是历史掌故、传统故事他也一样游刃有余。《印第安人的挽歌》确实列属于他所写的最出色的作品，要是他有更多这样的杰作流传于世该有多好！可是你能相信吗？他最亲近的几位朋友却对这首诗作抱有微词，他们认为它并没有充分反映诗人的理想主义。让我说什么好呢，小伙子，你要知道有时候伤你最深的就是朋友啊。洪堡德不也指摘过我的窦绿苔吗？说她不应该在受到士兵袭击时拿起武器奋起反抗。可是如果没有这关键的一笔，那么在那个特殊的年代、特殊的环境下所塑就的窦绿苔身上的优秀品质就会变得无迹可寻，而她也将沦落为庸脂俗粉中的一员。不过，随着时光流逝年纪渐长，你终将明白这个世界上很少有人懂得欣赏真知灼见，人们大多只会附和、接纳那些符合他们需求的观点。我这里所提到的人们还是指那些有知识、有文化的社会精英们，可想而知普罗大众是何种情形了。明白了这一点你就知道像我们这样的人在世上注定是茕茕无依的。

“如果没有造型艺术和自然科学方面的知识武装我的精神世界，也许我早已在那个罪恶黑暗的年代里万劫不复了。所幸有这两块坚强后盾支撑着我，我也因此能有余力去帮助席勒。”

1829年4月10日，星期五

“趁着等仆人们上汤的功夫，我要给你看一样好东西。”

歌德一边说着，一边把克劳德·洛兰[①]的风景画画册摆在了我面前。

这是我第一次欣赏这位画坛巨匠的杰作，他的画作给我留下了难以磨灭的深刻印象，每翻一页，我心里的惊叹钦佩就增加一分。

画面的两边压着大片的阴影，灿烂的阳光透过背景铺天盖地照射在水面上，产生了一种强烈的对比效果。我隐隐有种感觉，这是画家惯用的技法，而且已达到了出神入化的地步。我欣喜地发现克劳德的每一幅画作都自成天地，画中的每一件事物都无一例外地对应烘托着画作的主题思想，可以说没有一处闲笔。其中有一幅画的是一片海港，港口停靠着船只，渔夫们各自忙着手中的活儿，几座巍峨的建筑伫立在岸边；另一幅画的是一处僻静荒凉的山丘，羊儿散在四处吃草，蜿蜒的溪流上卧着一座小木桥，几

① 克劳德·洛兰(Claude Larraine,1600—1682)：十七世纪法国著名风景画家。

簇灌木丛中冒出一棵葱葱茏茏的大树,一个牧童正坐在树荫下吹着短笛;还有一幅画的是一片湿地围着一泓如同镜面般的水塘,扑面而来的清凉之感似乎顿时驱散了夏日里逼人的暑气。无论画中呈现出什么样的景致,你都会觉得这是一个完整和谐的世界,一草一木、一沙一石都是画面中不可缺少的一部分,没有哪一样东西是格格不入或是硬凑上去的。

歌德说:"从画中你就能看到画家统一完整的精神世界,他眼之所见、心之所念的都是美好的事物,在他心里住着一方天地,一个当人们置身于大自然中却往往视而不见的天地。他的作品是真实世界的高度凝练与升华,却又不带一丝斧凿的痕迹,他对现实世界了然于心,哪怕是最微小的细节都逃不过他那双仔细观察的眼睛,所有这些都成了他创作的工具,用来描绘他灿若夏花的内心。这才是真正的理想主义,借助真实存在的客观自然似真似幻地表达画家深邃的灵魂。"

我不由感佩:"这是了不起的艺术理念,无论是诗歌创作还是造型艺术中都应该加以应用。"

歌德说:"正是如此。不过,我建议你还是饭后再继续欣赏克劳德的绘画,优秀的作品一口气看太多恐怕会消化不良。"

"我也这么认为,"我说,"就在刚才我准备往后再翻一页时,突然有一种莫名的恐惧袭上心头,仿佛因美生惧,当阅读一本好书,佳句妙言接连不断、蜂拥而至时也会让你突然觉得喘不过气来,不得不暂停片刻才能继续。"

歌德沉默了一会儿,然后对我说:"我刚给巴伐利亚国王写了回信,你等会儿可以读一下。"

我回答说:"那真是求之不得,我肯定会从中获益良多。"

歌德又说道:“这儿还有一首刊载在《汇报》上致国王的诗歌,昨天首相为我朗读了一遍,你也看看吧。”

歌德说着便把报纸递给我,我默默地读了起来。

“写得如何?”歌德问我。

“我觉得这首诗可能出自业余诗人之手,行文中透着心有余而力不足的样子。对他来说文学创作的最高境界似乎就是照搬、堆砌一些陈词滥调,他以为那些颂词韵文都是出自他本人之手,其实不过是在鹦鹉学舌而已。”

“我完全赞同你的观点,”歌德颔首道,“这首诗歌确实难登大雅之堂,字里行间找不到一点外部观察的痕迹,通篇都在抒情,而且全然不在点子上。”

我接口说:“写好一首诗需要对题材有全面深入的了解,如果他做不到像克劳德·洛兰那样把整个世界装进心里,一草一木都能成为他信手拈来的题材,那么即便他有再美好的意愿,也画不出一幅像样的作品。”

歌德说:“天分这样东西是与生俱来的,有天赋的人自然知道一首诗应该如何写,而其他人或多或少都会出岔子。”

我说:“美学家就是很好的证明。他们中几乎没人能搞清楚他们究竟想要教会我们什么,年轻的诗人们都被他们弄糊涂了。他们抛开现实,一味空想,不去帮助年轻诗人寻找自身的缺陷并加以修补,反而不断强调他们拥有的天赋才华,这样做其实只会弄巧成拙,适得其反。比如,一个年轻人生性幽默风趣,如果他对此茫然未觉,那么在懵懂的状态下反倒能将这些天赋发挥得淋漓极致,但如果有人天天在他耳边盛赞他天赋异禀,而他对此做不到充耳不闻,那么他势必会受其干扰,影响天赋的正常发挥,因为明意识会弱化才能，非但不能锦上添花，反而成事不足败事有余。”

“你说的没错，”歌德说，“关于这个话题简直可以展开长篇大论。”

他接着说道：“这些日子我一直在研读埃贡·艾伯特新著的叙事诗，我觉得你也应该好好读读，这样也许我们能为他出点力。诚然，他是一位极具才华的诗人，但这首新诗中却缺少了意蕴情致的根基——现实。他所看到的外部景观、日出、日落，这些段落的刻画自然是精妙绝伦，然而那些远去的岁月、沉寂的传说却没有在诗中得以如实还原，整部作品因此失去了真实的内核。比如，关于希腊神话中亚马逊女战士生活情状的描写就流于俗套，这倒是年轻人喜闻乐见的写法——浪漫而富有诗情，美学家们对此肯定也青睐有加。”

我说：“这就是现今吹遍整个文学界一股歪风，大家对具体事物的客观真实性敬而远之，好像生怕一接近真相就会丧失诗歌的优美，从而连累诗人沦落为平庸之辈似的。”

歌德说：“埃贡·艾伯特应该紧紧围绕编年史进行创作，这样的话他的作品才具有艺术价值。遥想当年，席勒在撰写《威廉·退尔》时是如何一头扎进浩如烟海的史料中苦苦搜寻，是如何大费周章地研究了解瑞士的风土人情。我还想到了莎士比亚，他把编年史中的段落一字不差地放进剧本中，我真希望现在的年轻人也能借鉴一下前辈的做法。其实我本人的《克拉维戈》又何尝不是如此呢，里面同样整段抄录了博马舍[①]的回忆录。”

---

① 皮埃尔·奥古斯汀·加隆·德·博马舍(Pierre Augustin Caron de Beaumarchais，1732—1799)：法国喜剧作家，代表作有《赛维勒的理发师》和《费加罗的婚礼》。

“不过经过您的艺术加工后已经与作品融为一体，完全看不出哪个部分是嫁接过来的。”

“如果真的诚如你所言，”歌德说，“那么也许理应如此吧。博马舍简直就是个疯子，你一定看过他的《回忆录》，他似乎成天都在忙着打官司，上了法庭简直就像回到家里一般舒服自在。他惹上的官司无奇不有，其中有一桩可以说轰动一时，在法庭上他行事果敢大胆，舌战群雄，尽显其无与伦比的论辩能力和文学才华，当时他在庭上的发言稿有一部分留存至今。可惜正是这场最著名的官司他却被判败诉了，当退庭后他沿着台阶往下走时，恰巧首相迎面走来，博马舍本该侧身相让，可是他偏不，坚持两个人各踩一半台阶。首相认为博马舍此举有辱他的尊严，于是命令手下把他推开，侍从们自然依令而行。博马舍转身回到法庭，把首相给告了，没想到结果他赢了这场诉讼。”

我津津有味地听着这些趣闻轶事，之后我们又兴致勃勃地聊起了其他许多话题。

“我开始继续写《重返罗马》了，总得把它先结束才能安下心来写其他东西。想必你也知道已经出版的《意大利游记》其实都由书信编撰而成的，可是第二次逗留罗马期间写的那些信却不太适合编入书中，其中牵扯到一些家事，还有许多内容与魏玛宫廷有关，真正描写意大利生活的内容少之又少，不过里头夹杂着一些零散的段落倒是当时我内心世界的真实写照。所以我正在考虑是不是索性把这些段落摘选出来插进叙事体中，好让诗歌呈现出一种与之相偕却又截然不同的风味。”

我认为这个想法非常值得一试，于是告诉歌德我完全支持他这么做。

“从古至今，人们不断重复着一句话：人应该尽一切可能认识自己，”歌德说，“这是一个古怪的要求，迄今为止没有人能做到，将来也不可能有人做到。人类所具备的所有感官、付出的所有努力都是为了适应外部世界，也就是周围环境。为了达到自己的目的，他必须了解这个世界，并且搞明白哪些方面、哪些部分是可以为他所用的。只有当他感知快乐与悲伤时他才会开始了解自身，也只有通过这些情感体验他才会慢慢弄清楚哪些是可以追求的，而哪些是必须放手的。总而言之，人是一种懵懂无知的生物，他既不知道自己打哪里来，也不晓得此后要往哪里去，他对周围的世界所知甚少，而对于自身几乎一无所知。我从来不曾认识过我自己，但愿上帝不要赐予我这种异能。不过，此刻我想说的是，在我四十几岁旅居意大利期间，不知怎么的，我突然开窍了，对自己有了不少了解。比方说，我在造型艺术上没有什么才能，以后也不可能有什么发展前途，这条路从一开始就选错了。面对有形的实体，我缺乏将其绘于纸上的强烈意愿，画画的时候总是有种莫名的恐惧缠绕心头，生怕描绘的对象对我施加过大的压力，我不喜强势，温和平缓才更对我的胃口。如果要画一幅风景画，我总是先从远景画到中景，却从来不敢在近景上着力渲染，所以我的画作总是凸显不出重点，清汤寡水，淡而无味。而且，如果不是经常练习，画技就停滞原地，毫无长进，要是哪幅画我画到一半暂时丢开手，等到想要接着往下画时往往得重头来过。不过我在绘画方面倒也不是一无所长，至少在风景画上多少还有些潜力，哈克尔特[①]就经常对我说：‘要是你能抽出时间和我一同住上一年半

① 哈克尔特（Hackert，1737—1807）：德国著名风景画家，歌德的好友。

载，你的画技一定会突飞猛进，到时你就能画出让你自己满意的作品了。’”

我饶有兴致地听着，然后问他：“可是，要怎样才能知道自己不具备造型艺术方面的才能呢？”

歌德回答说：“真正有天赋的人对于形状、颜色、明暗关系天生敏感，所以只需要稍微点拨一下就能很快掌握绘画技巧，下笔时把一切安排得妥妥当当。他对实物的外形尤为敏感，而且有一种强烈的冲动想要通过光线的明暗对比将其描绘得立体逼真，活灵活现。即使在练习的间歇，他的技艺也不会退步，不仅如此，在内在修养上还能获得进益。这样的天才不难辨认，而造诣非凡的画家自然更能慧眼识才。”

歌德神色轻松地往下说道：“今早我去了趟宫廷，公爵夫人的房间重新装修了一番，变得十分雍容雅致，可见库雷德和他那班意大利工匠确实有些本事。粉刷匠是米兰人，正忙着刷墙，我用意大利语和他们闲聊了几句，发现自己居然还没有忘记这门语言，看来只要有意大利人在，就会让人感到仿佛置身于那个国度，异国氛围扑面而来，语言能力自然也就跟着回来了。他们告诉我之前刚刷完了符腾堡国王的城堡，完工后就被派去哥达，不过大家在去不去哥达这件事上产生了分歧。正巧魏玛宫廷这边也听说他们技艺精湛，于是他们便应召来到魏玛给公爵夫人装修宅邸。我一边听着，一边用意大利语和他们交流，真高兴有这样一个机会操练这门外语，要知道嘴里说着什么语言似乎就能感受到这个国家的人文风物。这批技艺高超的工匠们已经离开故乡三年了，不过他们告诉我等他们完成冯·施皮格尔所托，为我们大剧院绘制好一幅布景后就直接从魏玛打道回府。这些手艺人的技术确实了得，其中一人师从米兰最负盛名的布景师，由他们来操持剧院的布景对我们来说真是再好不过了，我们就安安心心地期待他们的杰作吧。”

弗雷德里克上前把餐具一一撤下，然后歌德命他在桌上打开一张罗马地图。

歌德说：“对我们而言，罗马可不是什么永居之所。你若是想在那里定居，就必须和当地人结婚，皈依天主教，否则就会遭人排斥，很难在那里过得顺心顺意。作为一名新教徒，哈克尔特在罗马待了那么长时间，可想而知他也是经历了一番不易的。”

歌德指给我看米兰最著名的广场和建筑物。“看，就在这儿，”歌德指着地图说，“法尔内塞花园。”

“咦，《浮士德》里‘巫厨’那场戏可不就是发生在法尔内塞吗？”我问道。

“不，”歌德回答说，“不在法尔内塞，是在博格赛花园。”

接着，我又细细欣赏了几幅克劳德的风景画。关于这位大师，我和歌德聊了许多。

我说：“现在有没有哪一位青年画家能以克劳德为学习榜样呢？”

歌德回答说：“如果他拥有与克劳德相似的精神世界，那么他就可以效仿这位画坛巨匠，取得非凡的成就。可是如果他没有克劳德的灵魂与胸怀，那么他顶多只能学到一些皮毛，然后成天把它们挂在嘴边却始终派不了实际用场。”

1829年12月6日，星期日

今天晚餐过后歌德为我朗读了《浮士德》[①]第二幕的第一场戏。这场戏的戏剧效果可谓震撼人心，听完歌德的诵读后我的心中充满了幸福与满足。这次我们再度来到浮士德的书房，梅菲斯托费勒斯发现一切就和之前他离开时一模一样。当他伸手从衣钩上取下浮士德那身老旧的长袍时，成千上万只蛾子和小飞虫一下子从衣袍里飞窜了出来，它们听从梅菲斯托费勒斯的指挥，纷纷躲进了指定好的藏身之处。书房显得亮堂了些，我们也终于看清楚了屋内的情形。他披上了那件长袍，趁浮士德还躺在幕后昏迷未醒时准备再次冒充书房的主人。他拉了拉铃，那尖利刺耳的铃声回荡在空荡荡的修道院里，房门被震得一扇接着一扇弹开，墙壁也在可怕的铃声中不停地战栗。仆人忙里忙慌地疾走进书房，发现椅子上端坐着的不是浮士德时不由一愣，他不认得梅菲斯托费勒斯，不过依然态度恭敬。梅菲斯托费勒斯向他打听瓦格纳[②]的消息，仆人告诉他如今瓦格纳已经跻身名流，并一心盼望着导师能快点回来，据说他眼下正在实验室里专心致志地研究摆弄他的人造人。问完话，梅菲斯托费勒斯便让仆人退了下去，紧接着又进来一个学生模样的年轻人，此人正是多年前被披着浮士德长袍的梅菲斯托费勒斯戏弄过的学生。那个腼腆畏羞的小家伙如今已经长成了大小伙子，不仅窜了个子，就连性格也发生了一百八十度的转变，他那种目空一切、盛气凌人的做派就连梅菲斯

① 此处指《浮士德》下卷，全本在歌德逝世后出版。

② 在上卷中是浮士德的助手，典型的书呆子。

托费勒斯也有点招架不住了，只好拖着椅子不停地往前挪，最后几乎挪到了舞台前的乐池边。

歌德把整场戏都念完了。剧本散发着只有年轻作家笔下才会喷涌而出的强大的创造力，结构、情节的安排一环紧扣一环，剧情完整而紧凑，我由衷地为歌德感到高兴。“这部戏的构思由来已久，可以说五十年来我一直把它放在心上，内容的创作与素材的积累从来就没有断过档，所以现在的问题不是其他，而是在于拣选与删减。虽说《浮士德》的下卷与上卷间隔了这么多年，直到最近才开始动笔，但当中漫长的岁月并没有白白浪费，它开启了我的心智，增长了我的才学，让我心澄目明，更加深刻地了解世界，通晓世事，所以迟迟动笔倒也未见得就是坏事。这就像一个人在年轻时开始攒钱，虽然只是一堆不太值钱的银币、铜板，可随着时光流逝，小钱不断累积，等到年老时，聚少成多的银币铜板已经可以兑换成一块块金砖了。”

我们又谈到了那个学生。“他是不是代表了某一类理想主义的哲学家？”我问道。

“不，”歌德说，“他体现的是年轻人身上特有的狂妄自负，尤其在德国解放战争①之后，像他这样傲慢到令人侧目的例子并不鲜见。事实上，每个人在年轻的时候都会认为有了他才有了这个世界，世上万物全都为了他而存在。在遥远的东方曾经有过这样一个人，他每天清晨都要把仆役召集起来，在他还没有下令让太阳升起前不许他们出工。不过，他很聪明，总是要等到太阳跃出云端前一刻才发布日出的命令。”

---

① 此处指反抗拿破仑占领德国的战争。

歌德若有所思地静默片刻，之后他又说道：

“人一旦迈入暮年，对红尘俗世的看法就会和年轻时有所不同。比如，现在我经常会有这样的念头，神灵为了逗引要弄人类，总是把几个卓尔不凡的人物下放到芸芸众生中，这些人圭璋特达，绝伦逸群，吸引着凡夫俗子争相效仿，可因其太过出众，让人难及万一。他们中有思想和言行同样完美无瑕的拉斐尔，虽说几位追随者也十分杰出，似乎已经可以望其项背，但最终还是无法与之比肩；莫扎特也是伟人中的一员，他在音乐上的造诣同样冠古超今；文坛巨匠莎士比亚同样如此。也许你并不赞同我的观点，但你要明白我指的只是天然资质，与生俱来的天赋。再比如拿破仑也堪称是万中无一的军事天才。当年俄国人虽然一直觊觎君士坦丁堡，但权衡利弊之下还是克制了自己的野心，与之相较，拿破也毫不逊色，他知道分寸，懂得进退，故而没有进军罗马。”

这样的话题令人浮想联翩，我也不由暗自思忖，歌德是否也是落入凡尘的圣人呢？他的人格魅力让人钦慕不已，而他的成就又是如此高不可攀，让人无法超越。

1829年12月16日，星期三

今天吃完饭后，歌德为我朗读了《浮士德》的第二幕第二场，主要讲梅菲斯托费勒斯去找瓦格纳，发现后者正在实验室里调制化学药剂准备制造一个人出来。实验成功了，药剂瓶里出现了一个微小的发光人体——何蒙库鲁兹，而且立马活了过来。瓦格纳有些不甚明了的地方想向梅菲斯托费勒斯请教，后者却拒绝为他解惑，说他可不想管这档子闲事，现在他满脑子都在想如何立即展开行动帮助不省人事的浮士德，对他来说这才是当务之急。而对于何蒙库鲁兹这个人造个体而言，现实世界如同清澈的河水一般能一眼望穿，此时，他就看到了浮士德的心灵深处。他正在做一个无比香甜的美梦，梦见勒达①在湖中沐浴，这时游来一群天鹅②与她相会。何蒙库鲁兹的描述仿佛在我们的眼前缓缓展开了一幅动人的画卷。可是梅菲斯托费勒斯却说自己什么也没看见。这话引来了何蒙库鲁兹的嘲讽，说他就是北方人蒙昧愚钝的活招牌。

歌德说："和何蒙库鲁兹相比，梅菲斯托费勒斯似乎处于劣势，我想对此你多少会有所察觉。在思维缜密、思路清晰这方面，两人旗鼓相当，然而何蒙库鲁兹善于发现、欣赏美好的事物，不遗余力地追求真与善的修为，在这点上他就把梅菲斯托费勒斯远远甩在了身后。因为何蒙库鲁兹类似于某种精神产物，他还没有完全变成人并因此受到人之本性的局限和影响，所以他理应归于精灵的范畴，加之他称梅菲斯托费勒斯为表弟，所以两人之间确实有某种割不断的关联。"

我说："的确如此，梅菲斯托费勒斯似乎是个低人一等的角色，不过我总觉得他在何蒙库鲁兹研制成功这件事上是暗自出过力的。对此我们不应觉得突兀，因为之前在海伦出场的戏里他也起到过同样的作用。类似的举动无形中为他自己加了分，提升了他的个人形象，于是在其他问题上他也就不那么招人反感了。"

---

① 希腊神话里的海中仙女，斯巴达王廷达瑞俄斯的妻子，斯巴达王后。宙斯醉心于她的容貌，趁她在河中洗澡时，化作天鹅与她亲近。她因此怀孕，生下美人海伦。

② 其中一只天鹅是宙斯的化身，勒达将这只天鹅抱在怀里，后来天鹅产卵，生出卡斯托尔、克吕泰涅斯特拉、波吕丢克斯和海伦。

歌德闻言说:“你对这个人物处境的理解很到位。其实我一直在斟酌,当他去找瓦格纳看到何蒙库鲁兹正在烧瓶中成形时是不是应该让他念几句诗,这样既能表明他确实助了一臂之力,同时也能向观众明白交代他参与其中的事实。”

“这种设计倒也无妨,”我说,“不过,在这场戏落幕前梅菲斯托费勒斯的那句话已经给了大家暗示:

种瓜得瓜
种豆得豆。”

“没错,”歌德说,“对于那些细心如发的观众而言有这句话就足够了,不过我还是想再加上一些诗句。”

我说:“这两句落幕词写得非常精彩,不过要想完全明白其中的深意确实也不是件容易的事。”

歌德说:“这话听在不同的人耳朵里会有不同的感触,比方说一个生了六个儿子的父亲最后却落得无家可归、老无所依的下场,如果是他之前造了什么孽,那么就活该自食恶果;还有国王和大臣,在他们的授意下许多人平步青云,扶摇直上,可是最后他们却有负所托,在金钱权力的诱惑下中饱私囊,腐化堕落,国王大臣也应该反思一下究竟为什么会产生这样的后果。”

我又想起了浮士德梦见勒达的情景,想必这是至关重要的点睛之笔。

“剧中的情节环环相扣,互为依托,彼此衔接得严丝合缝,同时又不落痕迹,这样的安排实在是妙不可言。浮士德梦里的勒达其实为之后出场的海伦埋下了伏笔。在戏里我们一直能隐约看到关于一群天鹅和天鹅之子的暗示,不过在这场戏中,暗示变成了真真实实浮现在眼前的一幕,带着这一印象当我们再看到海伦登场时，前后形成了呼应，一切就变得豁然开朗了。”

歌德肯定了我的看法，他很高兴我能有这样的洞见。

他说：“你还会发现在之前的几场戏中经常会响起古典交响乐和浪漫的弦乐，它们配合着剧本中彼此相异却又和谐统一的文学风格形成了一道缓缓上升的阶梯，好让人们拾阶而上，最终攀上顶端和等在那里的海伦相见。”

歌德继续往下说道：“法国人现在也开始客观地看待这种戏剧处理方式了。正如他们所言，无论是古典派还是浪漫派都一样优美动人，关键是要通过正确的理解来合理运用这两种风格，使之交相辉映，相得益彰。如果不加判断一味滥用，那么就会同时毁了两者。我觉得法国人所言极是，既然他们已经这么说了，接下来我们也就可以顺理成章地这么做了。”

1829年12月30日，星期三

今天用完餐点后歌德继续朗读《浮士德》的后一场戏。

“宫廷里的人们得了一笔钱，变着法地寻欢作乐。国王想借助法术亲眼看看帕里斯[①]和海伦的真容，可是梅菲斯托费勒斯和希腊神话扯不上半点关系，实在没有办法让神话中的人物显形。于是浮士德临危受命，并且出色地完成了任务。至于浮士德究竟通过何种方法让帕里斯和海伦穿越到国王面前的，我暂时还没有写完，等到下次我再读给你听，今天你先听听两人显形的段落。”

我表示非常期待，歌德随后便开始了朗读。

---

① 希腊神话中的特洛伊王子，擅长放冷箭，数名希腊名将因此而受伤。特洛伊战争将近结束之时，帕里斯在特洛伊的盟友太阳神阿波罗的指点下，暗箭射中阿喀琉斯的脚跟，致使阿喀琉斯最后死亡。

国王和大臣们走进了古老的大殿，准备一同目睹接下来将要发生的奇迹。大幕缓缓升起，舞台上出现了一座雄伟的庙堂，梅菲斯托费勒斯躲进了为演员提示台词用的箱子里，舞台的一侧站着占星师，而浮士德手捧三脚香炉站在另一端。只见浮士德嘴里念念有词，不一会儿帕里斯便在冉冉升起的香火中渐渐显出了人形。在细若游丝的音乐声中，这位俊朗的少年配合着浮士德的解说做着各种动作。他坐了下来，侧着头靠在一条胳膊上，那姿态和我们看到的古代雕塑一模一样。帕里斯是女人眼中的宠儿，他盛放的青春让她们倾心不已，可他也是男人心头的一根刺，他点燃了他们的熊熊妒火，男人们口出恶言，把他贬损得一无是处。过了一会儿，帕里斯沉沉睡去，海伦缓缓现形。她走到酣然入梦的帕里斯身边，轻轻地吻了吻他的唇，然后转身走了，就在转身的一刹那她回过头看了帕里斯一眼，那眼神是如此深情，如此缠绵，男人们只要见了立刻便会拜倒在海伦裙下成为不二之臣，就像女人们难逃帕里斯的青春魅力一样。这一刻，男人们的心里全都是浓得化不开的迷恋，嘴里全都是多得数不尽的赞美，而女人们的心则忍受着妒忌憎恨的啃咬，仿佛只有不断用恶毒的语言腹诽海伦才能稍稍抵消心头的痛楚。浮士德也不由地神魂颠倒，看着眼前自己召唤而来的尤物已经忘了身在何处。躲在提词箱里的梅菲斯托费勒斯一旦发现浮士德出戏就赶紧提醒他不要忘乎所以。此时的帕里斯和海伦已然郎情妾意，你侬我侬了，美少年一把抱起海伦准备带她离开，浮士德情急之下想要伸手阻止，可当他举起钥匙指向帕里斯时，突然响起了剧烈的爆炸声，帕里斯和海伦的幽魂随之灰飞烟灭，浮士德也倒在地上昏了过去。

1830 年

1830 年 3 月 14 日，星期日

晚上歌德他给我看了大卫[①]寄来的雕塑珍品，这些天我看他一直在指挥仆人们拆包整理，现在这批法国著名年轻诗人的侧面浮雕石膏像已经一个挨着一个整整齐齐地摆放在了几张桌子上。这当下，歌德再度盛赞了大卫的才华，说他无论在构思理念还是雕刻技巧上都同样出色。歌德还给我看了法国浪漫派代表人物托大卫转交赠送给他的最新作品。这些人中有圣伯夫[②]、巴朗

---

① 大卫(P.J. David，1787—1866)：法国著名现实主义雕塑家，曾到魏玛拜访歌德，并为他雕刻过半身像。在大卫的穿针引线下，当时法国文坛的一些作家与歌德开始书信往来。

② 查尔斯·奥古斯汀·圣伯夫(Charles A. Sainte Beuve，1804—1869 年)：法国当时最负盛名的文学评论家。他是将传记方式引入文学批评的第一人。他曾在《地球》杂志上陆续发表过《周一谈话》，影响很大。作为一名浪漫主义运动的支持者，圣伯夫也撰写了浪漫主义风格的诗歌和一部浪漫主义风格的小说。

西[1]、维克多·雨果、巴尔扎克、阿尔弗雷·德·维尼[2]和幼尔·雅宁[3]。

歌德说："大卫的礼物能让我高兴好一阵子，要知道整整一个礼拜我都在读这些年轻诗人的作品，他们的文笔、视角别开生面，独出机杼，清丽俊逸的诗行仿佛为我注入了全新的生命力。我要为大卫的浮雕和诗人们的诗歌分别编写一套目录，并且在我的艺术展览室和图书馆里专辟一角好好收藏、展示这些珍品。"

可以看出，歌德从法国诗人们的作品中深切地感受到了他们对他的敬慕之情，对此他感到十分高兴。

接着他朗读了埃米尔·德尚[4]《论文集》中的一些篇章，并称赞德尚翻译的《柯林斯的新娘》[5]译出了原汁原味，非常成功。

"关于这首诗歌，我手头上还有一部意大利文的译稿，无论从内容还是风格，甚至连韵脚都再现了诗歌的原貌。"歌德说。

《柯林斯的新娘》让歌德想起了他写过的其他民歌体诗，他说："我之所以写了这些诗歌主要得益于席勒。当时，他正忙着为《四季女神》组稿，所以总一个劲地撺掇我多创作一些新作。其实，这些诗歌已经在我的脑海里盘桓许久了，它们把我的一颗心占得满满的，像美丽的倩影，又像醉人的绮梦，飘忽不定，时隐时

---

① 巴朗西(P. S. Balance, 1776—1847)：法国著名宗教学家和社会学家，著有《社会的死后还魂》。

② 阿尔弗雷·德·维尼(Alfred de Vigny,1797—1863)：法国浪漫派诗人、小说家、戏剧家。

③ 幼尔·雅宁(Jules Janin,1804—1874)：法国作家和戏剧评论家。

④ 埃米尔·德尚(Emile Deschamps,1791—1876)：法国文学家，曾和雨果合创杂志《法国诗神》，著有《法国和外国研究论文集》，也曾翻译过歌德和席勒的诗歌作品。

⑤ 《柯林斯的新娘》是歌德的一篇民歌体诗作。

现，它们就爱这样乐此不疲地逗弄我，只要一想到它们我的心就立刻充盈着无尽的喜悦。可如果我硬要把它们变成贫乏呆板的文字，那么这些慰藉我多年的美好影像就会转瞬消失，故而我迟迟不能下定决心，只因我实在不愿与它们就此挥手作别。最后，它们终于在白纸上尘埃落定，我看着它们只觉得无限惆怅，那感觉就如同和交往半生的挚友永别一样。”

歌德话锋一转，又说道：“可是写其他诗歌的情形就大不一样了，没有任何征兆，诗兴就这么兜头兜脑地卷过来，它让我喘不过气，就像藏在我体内的小兽蠢蠢欲动，又像挥之不去的梦魇死死纠缠，好像我不立时三刻动笔把它变成白纸黑字，它就决不会放过我似的。通常在这样一种恍恍惚惚的梦游状态之下，一首诗如同泉水般从笔尖汩汩流出，直到收笔或发现没空白处可写的时候我才惊觉刚才做了什么。我曾有过许多这样胡乱涂写的诗稿，可惜后来都陆续遗失了，不仅是草稿，我也因此遗失了诗人在忘我境界中作诗的证据。”

之后，话题又重新回到了法国文学和几位著名文学家的超浪漫主义倾向上。歌德认为当前尚处于萌芽状态的文学革命是有益于文学发展的，然而对于发起这场革命的文学家而言可能会产生消极影响。

歌德说：“任何革命总免不了出现极端主义，在政治运动中，人们都希望在一开始就消除一切不合理现象，可是还没等他们回过神来，许多人就已经倒在了血泊中。这次的法国文学革命也同样如此，他们的初衷是想冲破桎梏，追求更自由奔放的文学表现形式，可是后来他们并不满足于此，他们不仅要抛弃传统的形式，而且还要把传统的内容一同摒弃掉。革命者们宣称凡是歌颂高尚情操和英雄事迹的文学作品都是平庸乏味的，他们非但不弃恶扬善，相反将目光调向男盗女娼、鸡鸣狗盗之事。他们不再推崇希腊神话中美好高尚的一面，而是对魔鬼、巫婆、吸血鬼津津乐道，彪炳千古的伟人、英雄被赶下神坛，取而代之的是江湖术士和囚徒苦役。按他们的说法，这样才够刺激，才能产生轰动效应！可是公众尝多了由各式各样调味料烹制而成的食物，一旦他们的味蕾习惯了这种味道，口味就会变得越来越重，他们会变本加厉，无休止地期待更刺激、更浓烈的滋味。一个有天赋的青年作家在其还不具备足够强大的内心去坚持走自己想要走的道路之前，如果要打开局面并且获得认可，那他只好迎合大众的口味，使出浑身解数超越前人，将恐怖血腥、离奇荒诞的文学作品进行到底。然而，就在他一味追求刺激效果的同时，他也不可避免地忽略了提高内在修养，循序渐进地发展、培养写作才华。即便时下流行的这种文风能给文坛带来一定的新鲜感，使之从中受益，但对于一个才华横溢的作家而言，其危害却是不可估量的。”

我有些奇怪，于是问道：“可是这种对青年作家有害的文风如何能给文学界整体带来好处呢？”

歌德这样回答道：“我之前所提到的极端想法和异常情况不会永久存留，他们会逐渐消失，最后留下来的将是一大裨益，也就是说除了在文学形式上更加自由之外，我们也会拥有更加丰富多彩，层出不穷的创作主题，万丈红尘、百态人生将不再因其缺少诗意、难登大雅而被文学创作拒之门外。眼下，文学正在经历一场高烧病痛，这种混乱癫狂的局面自然不是我们所期盼的，但烧退之后机体将较从前更强壮有力，这便是我们希望看到的结果。虽然，现在的文学作品中充斥着五花八门、乱七八糟的东西，但它们不可能成为将来文坛的主流，充其量也不过就是跑跑龙套而已，而现在被人们排斥嘲笑的真、善、美的事物也会在日后卷土重来，成为人们趋之如鹜的创作主题。”

听到这里，我忍不住插嘴道：“让我倍感惊讶的是就连您喜爱的梅里美竟然也踏上了超浪漫主义之路，我在他的《弦琴集》[①]里看到了恐怖题材的诗歌。”

歌德回答说：“梅里美处理这些题材的手法和时下那些作家大相径庭。虽然你提到的诗歌中也不乏阴森森的坟场、伸手不见五指的岔道、令人汗毛倒竖的幽灵和吸血鬼之类的恐怖主题，可是你可以看到这类事物并不是反映诗人内心情感或观点的载体，相反，他在观察描述的时候始终站在一个客观的立场，和它们之间保持着一定的距离，而且笔触中流露出了反讽的意味。他以艺术家的身份和胸襟来对待、处理这些主题，将之视为同类题材中一个极富趣味的尝试。正如我之前所说的那样，动笔的时候他已经进入了浑然忘我的境界，他不仅忘了自己的存在，同时也忘了自己是个法国人。难怪第一次品读《弦琴集》的人会以为这真的是流传于伊利里亚的民歌，而梅里美也几乎因此实现了最初以假乱真的目的。”

歌德继续往下说：“梅里美实在让人不得不佩服！你要明白，面对某个题材始终保持中立，不掺杂任何个人情感和观点，客观地进行处理和描写，其中所需要的才情和定力远远超出常人的想象。拜伦虽然极有个性，但有时也能做到将自己完全抛开抽离，

① 梅里美的《弦琴集》又名《伊利里亚诗歌选集》，1827 年出版时作者假托是一个叫伊・玛格拉诺维奇的人搜集的伊利里亚民歌。伊利里亚位于巴尔干半岛西北部和亚得里亚海沿岸，靠近南斯拉夫。

这一点在他的戏剧作品中可见一斑，尤其在《马力诺·法里埃罗》中人们甚至看不出这部戏出自拜伦——一个英国人之手。剧本把我们带到了威尼斯，让我们完全沉浸在那个地方、那个时代、那个故事中。剧中大小角色的台词符合他们各自的身份和处境，你看不出一丝一毫作者本人的情绪和观点。这才是真正的创作之道。可是那些急于表达、措辞夸张的年轻法国浪漫主义作家们却唯恐自己说的不够多，他们写的诗歌、小说、剧本中随处可见作者本人的影子，没有一个人的作品能让我暂时忘了这是出自一个巴黎人、一个法国人之手。哪怕写的是发生在很久以前异国他乡的故事，可读者读起来仍旧觉得有一股浓浓的法兰西味儿，或更确切的说，一股浓浓的现代巴黎味儿，故事的背景、人物的语言、陈设道具以及矛盾冲突都恍若发生在当下这个时代。"

我壮着胆子问了一句："贝朗瑞的文学创作似乎也只局限于巴黎这个大都市和他自己的主观感受。"

歌德说："贝朗瑞则又另当别论，他的表达手法和内心世界是非常有看头的。你能在他身上看到所有伟大高尚的品格。他天资过人，意志坚定，心无杂念地坚持走自己的路，孜孜不倦地发掘、打磨自身的才华，并使才华、性情、品格和谐完美地统一起来。他从来不问：现在流行什么？写什么才能夺人眼球，引起轰动？什么样的作品才能讨好读者？别的作家都在写些什么？更不会以此作为前进道路上的航灯。他只为自己而写，他的作品就是他本真天性的写照，他不会迎合公众的口味，或是费心巴力地去满足这个党或那个派的期许。当然，在千钧一发的节骨眼上，民众的情绪、心愿和诉求也会触动贝朗瑞，但是这份触动只会更加坚定他的内心，因为他的心和民众的心是息息相通的。贝朗瑞的笔只懂得真情流露，他写不出违心之言。

“你知道的，对于所谓的政治诗歌我一向避之不及，可是贝朗瑞写的政治诗我倒是挺爱读的，因为他写的不是脱离实际的夸夸其谈，不是虚无缥缈的镜中花、水中月，他从不无的放矢，相反他选择的主题都是关乎国家命运、民生问题的大事。他崇拜拿破仑，由衷地怀念曾经战功赫赫的光辉岁月，这些激昂而深情的文字对于当时正处于水深火热的法国人民而言无疑是一种慰藉、一种激励。他痛恨神职人员为虎作伥，担心耶稣会的教徒故伎重演，把法国推入黑暗的深渊。这些都是能引起民众共鸣的话题。而他描写的手法是多么精准练达啊！在把想要表达的一切落实成文字之前，他在脑海里反复推敲斟酌了多少遍！等到落纸成字那一刻，你便会发现他的每一句话里无不暗含机锋，每一行诗中无不蕴藏着一片丹心、一腔赤忱。他的诗歌每年都在数以百万的民众间传唱，人们在优美的诗行中感受到了无限喜悦。他的诗歌朗朗上口却又不落俗流，通过平易近人的文字，无数劳苦大众体会到了积极快乐的精神力量，在诗歌的熏陶之下，他们的精神世界得到了升华，他们比之前拥有了更美好的心灵、更高尚的情操。对诗人而言，难道还有比这更好的褒奖吗?”

我应声说道:“毫无疑问，贝朗瑞确实优秀，您知道我已经崇拜他很多年了，可想而知听到您这番话我有多么欣喜快慰。但是如果要问我更喜欢他的哪些诗歌，我想我还是更喜欢他的情诗，因为政治诗歌中某些意有所指的地方总让我看得不明所以。”

“那是因为这些政治诗并不是针对你而写的，”歌德闻言说道，“如果你问一下法国人，他们就会告诉你其中的精妙之处。一般说来，如果运气够好，恰逢天时地利人和，那么一首政治诗就能替民众发声，然而在大多数情况下，它只能沦为某个派阀的喉舌。不过只要诗歌本身足够出色，它就能受到一国之民或一党之众的热烈推崇。诚然，政治诗理应被看做是某个时代、某个特定社会环境下的产物，随着时光流逝，当社会环境发生变化，一首政治诗就成了明日黄花，其主题意义也就随之消亡了。但对贝朗瑞而言，他却不存在这方面的担心，因为从某种意义上讲，巴黎就等同于法国，这个国家的命之所系统统集中于此，只要以它们为主题的诗歌都能获得蓬勃的生命力和外界的热烈反响。此外，贝朗瑞的政治诗绝不是为某一个党派、阀系充当传声筒，相反他是代表这个国家绝大多数民众的利益而口诛笔伐，故而他的声音理应被视为全国人民的心声。然而，在我们德国，这一切是行不通的。在这里，没有任何一座城市或者任何一片土地能让我们斩钉截铁、理直气壮地声称：这里就是德国！如果我们在维也纳问当地的居民，得到的回答肯定是：这里是奥地利；换成柏林，答案就变成：这是普鲁士！可是就在十六年前，当我们和法国人浴血奋战誓将他们赶出去时，无论是维也纳还是柏林都是我们德意志的疆域。彼时彼刻，政治诗人也许能以一诗动天下，可是当时却没有他施展拳脚的用武之地。全国上下正处于贫困交加的窘况中，耻辱感如同病毒一样随处蔓延，又像恶魔一样牢牢地盘踞在每个人的心头，无需诗人振臂一呼，燎原的烈火早已自行燃烧起来。当然，我不会否定阿恩特、科尔纳尔和李柯尔特所起的作用①。”

我脱口而出道：“当时人们都谴责您，说在这样一个关键的时

---

① 阿恩特(Arndt，1769—1860)、科尔纳尔(Korner，1791—1813)、李柯尔特(F. Ruckert，1788—1886)三位德国诗人在英国、俄国和普鲁士等国联盟反击拿破仑时都曾写过鼓动民族解放的政治诗。

刻您没有拿起武器，还说您至少应该以一名诗人的身份声讨反击。”

“我亲爱的朋友，让我们把这个问题放在一边吧，”歌德回答说，“这个世界太过荒诞，人们不知道自己需要什么，也不知道有些事应该顺其自然。如果我心里没有仇恨，那为什么要拿起武器？爱和恨都是年轻人的专利，可当时我已不是愣头青了，怎么可能轻易地被点燃仇恨的火焰？要是我只有二十来岁，那肯定头脑发热，不甘人后，可是事情发生的时候[①]我已经六十多岁了。

“而且，报效祖国可以采取不同的方式，只要各施所长、各尽所能即可。我已经辛辛苦苦操劳了半个世纪，该奉献的都已经奉献了，而且我可以问心无愧地说，为了能完成万能的主指派给我的使命，我从未懈怠过一天，也从未辜负上天赐予我的才华，我夜以继日埋头苦干，勤奋研究，在力所能及的范围内务求做得最多、做得最好。如果每个人都能像我这样‘独善其身’，那么全人类就可以迎接太平盛世的到来了。”

我宽慰道：“您大可不必为这些莫名的谴责生气，相反您应该引以为荣，因为这正好证明了您在人们心目中有多重要，您的一举一动都备受关注。而且，正因为对于国家的文化事业您出的力比其他任何人都要多，故而人们就觉得您应该承担所有的重任。”

“很多事我并不想解释，”歌德回答道，“只是事情远没你想得这么单纯，那些谴责声中暗藏的恶毒心机不是你能想象到的。多年来我经受了那么多无端的恶语中伤，所谓的谴责不过是新瓶装旧酒罢了。我很清楚许多人恨我入骨，巴不得除之而后快。既然

① 此处指拿破仑占领德国后，全国各地自发发起的解放战争。

没办法剥夺我的才华，他们也只好在我的品性上做文章了。今天说我傲慢无礼，目中无人，明天又说我自私自利，唯我独尊；一会儿说我妒忌才华横溢的后起之秀，一会儿又说我夜夜笙歌，耽于声色；以前说我不信基督教，现在又说我不爱自己的祖国，不爱自己的同胞手足。你认识我已经有些年头了，对我这个人应该有了比较全面的认识，所以我想你可以客观地评判一下这些话究竟有几分可信。不过，如果你想深入了解我在这方面经历的苦痛，可以读一读《讽刺诗集》，从我的回击中你就会明白人们是如何一次又一次地想尽办法来伤害我了。

“德国的作家就是德国的殉道者！我亲爱的朋友，你会发现没有例外。我不能自怨自艾，其他同仁的境遇也不见得比我好，有的甚至更糟。在英国和法国情况也和德国差不多。莫里哀所受的非难、歪曲一言难尽，卢梭和伏尔泰又何尝不是如此？拜伦就是被飞长流短赶出了英国，若不是因为他英年早逝，恨他的人还不乘胜追击一直把他赶到天涯海角去！

“如果只是目光短浅的普通民众容不下立志高远的灵魂，那也就罢了，可是事实并非如此。很多时候这种不见硝烟的斗争大多源于文人相轻，比如普拉顿和海涅就互为仇敌，攻击、诋毁的言辞如同蛇口蜂针，恨不得把对方说成鬼见愁。然而这个世界天高海阔，无所不容，它可以容下你，同样也绝对容得下其他人。话又说回来，一个人只要有才华，就一定有敌人，而这个敌人就是他自己，这对冤家可能会互相缠斗一辈子。

“关在屋子里冥思苦想写一首战歌，仿佛这就是我必须完成的使命。要是身在前方营地，耳旁传来远处敌营中战马的阵阵嘶鸣，在这样的氛围下写战歌那还凑合，可是这不是我的生活，也不是我事业发展的方向，这是科尔纳尔的生活和事业，因为他的性格气质注定他就是为写战歌而生的。然而，我生来就不喜欢争斗，对于战争也没有什么特殊的情怀，所以硬要我写战歌，那就像是在我脸上安上了一个完全不相称的假面具。

“我写的诗里找不到矫揉造作的痕迹，凡是我不曾亲身经历过的，不曾让我产生过创作欲望的，都不会出现在我的诗歌中。因为我爱过，所以我才会动笔写情诗，同理，如果我心中没有恨意，叫我如何编造充满仇恨的诗句？这话就我们两个人之间私下里说说，其实我并不恨法国人，虽然我感谢上帝德国终于摆脱了他们的统治。于我而言，脱离蒙昧野蛮走向文明教化才是最重要的事，法国是世界上最文明的国家之一，而我所获得的学养大多来自这个国度，面对这样一个民族，教我如何能恨得起来！”

歌德继续说道：“总而言之，民族仇恨是一桩奇怪的事情，你会发现文明程度越低的地方，民族仇恨就越强烈，而当文明教化程度达到了一定的水平，民族仇恨就自行消失了。从某种意义上讲，这个国家已然超越了狭隘的民族主义，对于邻国人民的悲喜它往往能感同身受，并将之视为自己的悲喜。像这样的文明程度与我的天性正好合拍，在我步入耳顺之年以前，悲天悯人的情怀已经在我的内心深处牢牢扎根了。”

1830年8月2日，星期一

今天，七月革命的消息传到了魏玛，一石激起千层浪，人们群情激奋，议论纷纷。我下午来到歌德家，他一看到我进门就冲着我大喊道：“快告诉我，你对这一伟大事件有何高见？火山爆发了，到处烈焰滚滚！从今往后，我们再也不会关起门来私下交易了。”

“这真是一则骇人的新闻！”我回答说：“可是大家都知道法国目前的政治环境有多么糟糕，当局如此腐败，除了皇室改朝换代外我们还能指望什么呢？”

“啊呀，我亲爱的朋友，咱们两个人像是在鸡同鸭讲！我想说的不是七月革命，完全是两码事。居维叶[1]和杰弗里[2]两个人之间的争论已经公开化了，双方吵得不可开交，这对于科学界而言不啻是一枚重磅炸弹。”

我没想到歌德说的是这件事，一时之间竟有些语塞，不知该如何作答了。

歌德没管我在边上发愣，自顾自继续说道：“这件事太重要了！你大概想象不出我在听到法国科学院七月十九日召开会议后的激动之情。现在我才知道杰弗里·圣希莱尔原来一直是我们强大有力、立场坚定的同盟军。我能看出法国科学界对这次会议有多重视，就算当时正在发生那场骇人听闻的政治动乱，会堂上依然座无虚席。不过，最重要的是杰弗里把研究自然科学的综合法明明白白地摆在了整个法国科学界面前，想必之后再也没有谁能视其为无物了。这次自由讨论是在大庭广众之下进行的，讨论的过程和结果已经对外公布，所以不会像以往一样只是提交秘密委员会，然后几个人把门一关暗箱操作，该处理处理、该抹杀抹杀。从现在开始，法国科学界将以精神主导物质的方法来研究自

① 乔治·居维叶(Georges Cuvier, 1789—1832)：法国动物学家、地质学家、比较解剖学和古生物学的奠基人。

② 杰弗里·圣希莱尔(Geoffroy de Saint Hilaire, 1772—1840)：法国著名解剖学家。居维叶是他一手提拔起来的法国科学院同事，两人的主要分歧在于居维叶主张自然科学研究应使用分析法，而杰弗里则主张综合法。歌德本人一向是综合法的支持者。

然科学，人们也将得以从中窥见造物主在创造世界万物时究竟动用了什么样的神奇法则。反之，如果我们弃用综合法而使用分析法的话，那么我们同自然万物的交流沟通就会仅仅停留在表面，不过是终日围着事物的物质成分打转，不可能切切实实地感受、接触到事物的内在气韵，而正是由事物内部规律形成的气韵决定了构成事物的每一个成分应该驻守的位置、排列顺序，以及如果某个成分偏离了位置将会受到怎样的处罚。

"我已经为综合研究法努力了整整五十年，起初势单力薄，孤掌难鸣，后来有幸得到了一些有识之士的支持，他们中有很多人青出于蓝而胜于蓝，这让我由衷地感到高兴。记得最初我将关于中间楔骨的研究报告寄给彼得·坎培①，结果却石沉大海了无回音，为此我曾经感到颜面尽失，羞恼不已。在布鲁门巴赫②那里的遭遇也好不到哪儿去，虽说后来经过一段时间的接触交往，他与我站在了同一阵营。所幸的是我的观点获得了索麦林③、奥肯④、道尔顿⑤、卡鲁斯⑥以及其他几位同道中人的认同和支持，而现在，杰弗里·圣希莱尔无比坚定地和我们站在了一起，在他身后还有与他志同道合的众多法国学者和追随者。这件事对我而言意义非凡。我亲眼见证了毕生为之奋斗的事业迎来了拨云见日的一天，我想我有理由为这最终的胜利举杯欢庆。"

---

① 彼得·坎培(Peter Camper，1722—1792)：荷兰医生、解剖学家。

② 布鲁门巴赫(J. F. Blumenbach，1752—1840)：德国生理学家和比较解剖学家，他对人种进行了最早的分类，是最早将比较解剖学应用于人类学研究的学者。他将人类分为五个种族：高加索人、黑人、美洲人、蒙古人、马来人。

③ 索麦林(S. T. V. Sommering，1755—1830)：德国自然科学家、医生。

④ 洛伦兹·奥肯(Lorenz Oken，1779—1851)：德国自然科学家、哲学家。

⑤ 约翰·道尔顿(John Dalton，1766—1844)：英国物理学家、化学家。

⑥ 卡尔·古斯塔夫·卡鲁斯(Carl Gustav Carus，1789—1869)：德国医生、哲学家。

1831 年

1831 年 2 月 13 日，星期日

今天和歌德一起用餐。席间他告诉我他正在着手写《浮士德》下卷的第四幕，而且正如他所期望的那样，开篇写得非常顺畅。

歌德说："关于写什么我已经酝酿多时，但是至于如何写，我却有点举棋不定。不过今天终于想到了几个好点子，总算可以让我松口气了。现在我要做的就是把'海伦'那幕戏和第五幕之间的空档填补衔接好，然后制定一个写作计划，接着就可以有条不紊地动笔了，至于先写什么后写什么就全凭我个人的喜好了。

"第四幕戏有些特别，它像一个自成一格的小世界，和之后的剧情几乎不沾边，仅仅依靠一些暗示点出故事的前因后果，使之与全剧连为一体。"

我说道："这样看来第四幕和其他几幕的特质还是一致的，因为从本质上讲，奥尔巴赫的酒窖、女巫的厨房、布罗肯山峰、帝国

会议、化装舞会、纸币、实验室、传统节日五朔节[①]前夕和海伦，每一幕其实都可以看成是一个独立完整的故事，它们之间虽然彼此呼应、相互影响，但总体而言关联性并不强。作者的重点是要向观众呈现一个多姿多彩、千奇百怪的世界，他运用一位妇孺皆知的英雄传奇来穿针引线，把他自己想诉说的故事全部串联在一起。《奥德赛》和《吉尔·布拉斯》[②]也是运用了同一种创作手法。”

“完全正确，”歌德说，“采用这种叙事结构只需要注意一点，就是把每一个独立成章的部分刻画得条理清晰，并且让人留下非常深刻的印象，与此同时又要使整个故事显得扑朔迷离、耐人寻味，就像一个始终悬而未决的难题一样诱使人们一遍又一遍地反复阅读。”

之后，我和歌德聊起了一位年轻士兵的来信。我和其他几位朋友曾劝他到国外当兵，他去了之后却发现当地的情况和预想的不一样，所以来信中对我们颇有怨怼。

歌德闻言说道：“劝人这件事蛮有意思的，如果你在人世间摸爬滚打了足够久，你就会发现有时候再合理明智的建议也有可能会在阴沟里翻船，而荒唐可笑的馊主意反倒常常歪打正着，那时你就会明白劝人这种吃力不讨好的事情还是能免则免。归根结底还是因为向别人讨主意的人能力有限，优柔寡断，而老是给别人出主意的人又总是好为人师，自以为是。只有当你和征询意见

---

① 五朔节是欧洲传统民间节日。用以祭祀树神、谷物神，庆祝农业收获及春天的来临。五朔节历史悠久，最早起源于古代东方，后传至欧洲，每年5月1日举行庆典活动。

② 《吉尔·布拉斯》，全名为《吉尔·布拉斯·德·桑蒂亚纳传》，是勒萨日的代表作，也是法国著名的流浪汉小说。小说分三期发表，描写了吉尔·布拉斯的坎坷人生。

者参与同一件事情时，你才能帮他出谋划策。如果有人求我帮他出主意，我的回答肯定是‘乐于效劳’，但有一个前提条件，就是他必须答应千万别照着我的点子去做。”

后来我们又谈到了《圣经·新约》。我对歌德说我重新研读了耶稣在海上漫步时遇见彼得的那一段。

我说：“长久不读《新约》的人，当他重新翻开书册时必定会惊讶于福音传道者道德品格的高尚与伟大，他们对我们提出了极高的道德要求，有时甚至带有命令式的强制性。”

歌德表示赞同，他说：“尤其在讲到信仰问题时作者的口吻尤其斩钉截铁，不容置疑。后来，穆罕默德又将这种命令式的布道方式进一步发扬光大。”

我接着说道：“另外，如果仔细研读你会发现书中充满了彼此相异甚至互相矛盾的观点，想必成书的经过异常曲折，所以最终才呈现出我们现在看到的样子。”

歌德说道：“如果谁想要追本溯源，将《圣经》如何成书的来龙去脉搞得一清二楚，难度基本上等同于把整个海洋吸干喝尽。最好的做法就是不要白费力气探究过往，而是牢牢抓住书中的白纸黑字，一看到哪个部分能提升自己的道德水准、文化教养就毫不犹豫地占为己用。不过了解书中各个地方的人情风物倒也是件风雅的事情，而要实现这个愿望，我能推荐给你的最佳选择莫过于罗尔那本关于巴勒斯坦的书了，这本书深得已故大公爵的喜爱，他买了两本，一本读完后捐给了图书馆，另一本他一直珍藏在身边，走到哪儿就带到哪儿。”

我听了大表惊讶，没想到大公爵竟对这类事情感兴趣。

歌德说：“在这一点上他的确非常了不起，无论隶属于哪个专业，只要这个事情具备一定的价值和意义，他都会兴致勃勃地学习、研究。他总是与时俱进，昂首阔步地走在时代的前端，只要市面上出现了什么有趣的新发明，他总会想办法得到一个，如果哪儿新建了一个好玩新奇的场所，他也一定会亲自前往，一探究竟。要是某个创造发明中途流产了，他便再也不会提及，当我还在绞尽脑汁地为这个失败、那个失败编排理由时，他却一笑置之，转身又开始追捧另一个新鲜玩意去了。这是大公爵身上最突出鲜明的特点，而且完全与生俱来，绝非后天习得。”

饭后我们一同观赏了出自当代艺术家之手的铜版画作品，主要是风景画，令我们感到欣喜的是每幅画都是那么完美，几乎挑不出一点儿毛病。

歌德说：“我们世世代代已经累积了这么多伟大的作品，现在踩在前人的肩膀上多出佳作也是情理中的事，想想也没有什么可惊讶的。”

我说：“最糟糕的问题是青年才俊们被太多错误的条条框框捆绑住了手脚，他们晕头转向，不知道哪条才是他们应该为之奋斗一生的正确道路。”

“这样的例子真是俯拾即是，”歌德感叹道，“我们都曾亲眼目睹错误的理念毁了整整一代艺术家，我们自己也曾深受其害，而现在这个时代有了印刷机，托它的福，任何谬误都能轻而易举地传得满世界都知道。一个曾提出过谬论的评论家就算他在几年后纠正了自己的错误观点，并且将之公之于众，然而之前的谬论会像蔓生荒野的杂草一样连同之后的正确观点在当下以及将来不断地影响着公众的思想。唯一令我感到安慰的是一个真正伟大的天才是不会被谬论牵着鼻子走的，更不会在它的蛊惑下误入迷津。”

我们又看了几幅铜版画。歌德对我说:“这些作品确实不错,它们的作者不仅才华出众,而且已经具备了不俗的品味和深厚的造诣。不过画作中还是缺少了点什么,确切地讲,缺了一股雄健之风。记住这个关键词,并在心里给它加上着重号。这些画无一例外地少了一种让人为之一振的力量,就在一个世纪前,我们的画坛里还随处可见这种雄浑的力量,可如今却已无迹可寻。不仅仅是绘画,其他艺术领域中也存在同样的问题。比起前人,我们这一代卑怯懦弱许多,也不知道是因为先天不足,还是在教育方针、饮食结构上出了问题。”

我接口说道:“由此可见伟大的艺术源自伟大的人格,这一点从前人的艺术作品中就可见一斑。在威尼斯,当我们伫立在提香[①]和保罗·委罗内塞[②]的作品前,我们能透过画布感受到扑面而来的雄浑之气,无论是对主题最初的创想构思还是最后落实到画布上的每一笔勾勒,这股蓬勃雄壮的气息无处不在。它贯穿于景物中的一草一木,人物的举手投足、姿容风貌,画家借助画面将这种浑厚的力量传递给我们,让我们在驻足观赏中开阔了胸襟,提升了精神境界。而您刚才所提到的雄健之风在鲁本斯[③]的风景画中体现得尤为明显,他画的不过是些随处可见的树木、土地、流水、山峦、云朵,但他却将雄浑强劲的力量浸透其中。所以虽然我

---

① 提香·韦切利奥(Tiziano Vecellio,约1488或1490—1576):意大利文艺复兴后期威尼斯画派的代表画家,擅长肖像、风景及神话、宗教主题等绘画。他对色彩的运用不仅影响了文艺复兴时期的意大利画家,更对西方艺术产生了深远的影响。

② 保罗·委罗内塞(Paul Veronese,1528—1588):意大利文艺复兴后期的威尼斯派著名画家,和提香、丁托列托组成文艺复兴晚期威尼斯画派中的“三杰”。

③ 彼得·保罗·鲁本斯(Peter Paul Rubens,1577—1640):佛兰德斯画家,巴洛克画派早期的代表人物。他的绘画着眼于生命力与感情的表达。

们看到的只是日常生活中再寻常不过的景物，但我们却能从中强烈地感受到艺术家本人的人格力量，正因如此，平凡的景物在我们眼中也就显得不再平凡了。”

“确实如此，”歌德说道，“人格魅力是决定艺术和文学作品是否成功的关键所在，然而现代文艺评论家中却有不少人因为自身不具备强大的人格力量而将其重要性一笔抹杀，在他们看来，伟大的人格不过是艺术作品中可有可无的点缀而已。

“不过，只有当一个人本身具有一定的素质，他才可能去感受、仰视伟大的人格。比如，所有否定欧里庇得斯的人无外乎可以分为两类：一类是酒囊饭袋，他们因为自身水平太低故而理解不了欧里庇得斯深邃广博的灵魂；另一类则是江湖骗子，他们妄想踩低别人抬高自己，而让人大跌眼镜的是这些无耻之徒的诡计居然得逞了。”

1831年2月17日，星期四

今天与歌德一起用餐。上午，我完成了歌德写于1807年的《旅居卡尔斯巴德》的校订工作，我把手稿带给他，然后一同聊起了那些日常记录中的精彩片段。

歌德笑着对我说道：“人们总以为人越老就越有智慧，可实际情况却是随着岁月流逝，人的智慧会慢慢退化，要想和从前一样才思敏捷是件非常困难的事情。在人生的不同阶段，人所呈现的风貌、具有的状态、持有的思想也是截然不同的，当然，在某些事情上，他二十岁时的想法可能和他到了六十岁时的感悟是同样正确的。

“我们从平原上看到的世界是这个模样，站在山巅鸟瞰脚下则是另一番景象，要是身处深山老林的冰天雪地中，眼中看到的肯定又是另一个世界，总之，换一个立足点也许能看到比之前更加广阔辽远的天地，可是也仅此而已。同时，我们也不能说从这个视角看待问题所得出的结论就一定比从另外一个视角观察所得的答案更正确。如果一个优秀的作家在其笔耕生涯的不同阶段中留下一座座丰碑，那么他与生俱来的才华和温润纯良的本性将是这些丰碑最稳固的基石。在每一个人生阶段他会忠实而直白地记录下一路上的所见所闻、所感所悟，他不会遮遮掩掩，也不会心存杂念。而他每一个阶段的作品都是彼时彼刻思想活动的真实写照，虽然在之后的人生道路上他对同一件事情的看法可能会变得更加深刻或者发生根本性的改变。”

歌德的这番话让我深深折服。

他继续说道：“前些日子，我发现了一页弃之不用的手稿，我读了一下觉得还不错，心想要是换成我来写，差不多也就是这个样子，不见得就能写出什么新意来。可等我再仔细一瞧，发现这页稿纸原来是我自己书稿中的片段，因为我只顾着马不停蹄地往前写，竟然忘了自己写过什么，等哪天捡起来一看，还以为是别人写的东西呢。”

我询问《浮士德》进展如何，歌德回答说：“这回我可不会写写停停，非得一鼓作气把它写完不可，为此，我的脑子每天都在不停地构思。我已经让人把第二部的整部手稿拿去装订了，没准有厚厚的一大本，第四幕尚未完成的部分暂且用白纸来代替，而鞭策我把这些白纸尽快填满的最大动力无疑就是已经完成的部分了。要知道，有时候这种看得见摸得着的成果远比人们想象的重要，我们需要借助各种手段和方式来激发创作动力。”

他命人拿来装订好的《浮士德》，看着眼前一部厚厚的对开本我着实吓了一跳，没想到歌德已经写了这么多。

我说："在我来魏玛六年间您居然写了这么厚一部书稿，而且期间您还要处理其他各种事务，能让你专心写作的时间寥寥可数，由此可见只要坚持不懈，我们就能集腋成裘，聚沙成塔。"

歌德说："人越老越觉得这话有道理，而年轻人则觉得什么事都能一气呵成、一蹴而就。如果我够走运，身体状况也没有什么大碍，我想到明年春天，第四幕基本上就能写完了。其实你知道这一幕戏很早之前就已经构思好了，但因为在真正动笔时前后几幕戏的内容不断扩充，所以到最后能用的只剩下第四幕的纲要，其余地方则需要加进新的构思从而和前后情节融合成一体。"

我说："较之第一部，第二部呈现的世界更加丰富多彩。"

歌德说："我也这么认为，第一部纯粹是主观世界的展现，它完全出自于一个迷惘困惑同时又满怀激情的年轻人之手，那种似懂非懂的状态或许让人觉得很有意思；而第二部则恰恰相反，它不带一点主观色彩，你能在这里看到一个更高更远、更加清朗明晰、更加内敛沉厚的世界。对于一个不曾上下求索，没有人生阅历的人而言，第二部将成为一个难以勘破的谜。"

我接口说："阅读第二部也许是对思维能力的考验，没有一定的知识积累也许没法读懂。还好我读过谢林关于卡皮里的书[①]，否则我恐怕也领会不了您在'古典的五朔节前夕'中那段经典段

---

① 弗里德里希·谢林(Friedrich Wilhelm Joseph von Schelling，1775—1854)：德国哲学家，继费希特和黑格尔之后德国唯心主义哲学的主要代表。他在《希腊萨摩特勒斯岛上的众神》一书中描述过祭祀卡皮里神的秘密宗教仪式。歌德在《浮士德》第二部中曾加以引用。

落的深意。”

歌德听后笑了起来，说：“所以我说嘛，多知道一点总是不会错的。”

1831年2月21日，星期一

歌德对谢林之前安抚慕尼黑大学生的那次演讲大加赞赏。

“实在太精彩了！”歌德说，“谢林是我们一直熟知并敬重的天才，很高兴我们能有机会再次一睹其风采。这次的主题恰逢其时而且极有价值，谢林的演讲可以说是取得了巨大成功。如果演讲的题目变成了卡皮里神，我们也一样会给予高度赞誉，因为他同样会展示其惊人的口才和无与伦比的艺术禀赋。”

谢林的卡皮里神把话题引向了《浮士德》第二部中的“古典的五朔节前夕”，以及这场戏和第一场“布罗肯山峰”之间的不同。

歌德说：“原来的‘五朔节前夕’带有君主制的背景，因为在那里魔鬼被尊为君王，享有至高无上的权力，可是‘古典的五朔节前夕’体现的却是彻彻底底的共和制，人与人之间没有贵贱之分，大家同属于一个阶层，没有人颐指气使地发号施令，也没有人奴颜婢膝地唯命是从。”

我补充道：“而且在‘古典的五朔节前夕’中，每一个个体都塑造得立体丰满，让人过目不忘，但在‘布罗肯山峰’中似乎没有突出刻画某一个个体，而是偏重于描画魑魅魍魉的群像图。”

歌德说：“所以当何蒙库鲁兹对梅菲斯托费勒斯说起塞萨利女巫时，后者马上就明白是怎么一回事了。像塞萨利女巫这样的关键词立刻能让一个对古代历史颇有研究的行家浮想联翩，可是对于一个胸无点墨的人来说，这不过就是一个毫无意义的符号而已。”

“您肯定通晓古代历史，”我接口说，“若不然您也不可能收放自如地把剧中每一个历史人物刻画得栩栩如生。”

歌德说：“要不是因为我毕生都致力造型艺术的研究，我也不太可能做到这一点。其中最大的困难在于可供选择的形象实在太过丰富，我必须从中取舍，尤其是要割舍掉那些和创作主旨不相符合的人物。比如我就没有把弥诺陶洛斯①和哈耳庇埃②以及其他一些神怪放入剧中。”

我说：“您在五朔节前夜的场景中将人物形象组合得如此完美，人物与人物间彼此烘托映衬，画面感如此鲜明，令人一见难忘。这是画家最舍不得放过的创作题材了，我尤其想看一看梅菲斯托费勒斯带着那个著名的面具出现在奇丑无比的福耳库阿斯姐妹③中间的情形。”

歌德说：“这其中有好些有意思的桥段，它们或多或少会以不同的方式出现在后人的作品中。假设法国人看出了‘海伦’一幕中有什么东西是可以为他们舞台所用的，他们一定会把这幕戏拆解得支离破碎，但也一定会巧妙地借鉴其中某些结构或情节来实现他们自己的创作意图。我们不也经常在前人的杰作中汲取灵感吗，同样的，我们也希望自己的作品能为他人提供养分。另外，我觉得法国人肯定会在福耳库阿斯姐妹登场时配上一支由妖魔鬼怪

① 古希腊神话中的半牛半人怪。

② 古希腊神话中的鹰身女妖，长着少女的头和身体，长长的头发，鸟的翅膀和青铜的鸟爪。

③ 古希腊神话人物，是海神福耳库阿斯和刻托的孩子，姐妹三人共用一只眼睛和一颗长长的门牙，她们白发苍苍，形象丑陋不堪。

组成的合唱团，其实我在其中一个段落中已经给出了这样的暗示。”

我说：“要是能有一位浪漫主义诗人将整部作品改编成一出歌剧，并且请来罗西尼倾尽全力为之谱曲，使整部戏呈现出‘海伦’那一幕的戏剧效果，那肯定是了不起的创举！它集合了恢宏华丽的布景，千姿百态的人物造型，绚丽多彩的服饰，优雅迷人的芭蕾舞美，能同时展现这些元素的剧目并不多见，更不要说所有丰富的素材、合理的情节设置都是建立在一个构思精妙、难以超越的寓言故事之上的。”

“顺其自然吧，”歌德说，“像这样的事情是不能操之过急的。最关键的还是人们能够真正地走进戏里去慢慢感受、慢慢体会，对剧院经理、诗人和作曲家而言则要在剧中看到能让他们发挥所长的地方。”

1831年6月6日，星期一

今天，歌德给我看了《浮士德》第五幕的开头部分。我读到了费勒蒙和博西斯的小屋被大火烧毁，浮士德披着夜色伫立在宫殿露台上闻到了微风吹来焦味的那一段。

我说道：“费勒蒙和博西斯这两个人名一下子把我带到了弗里吉亚海岸，让我想起了古希腊神话中那两位家喻户晓的人物①，不过第五幕的故事发生在现代，场景设置也是基督教风格的。”

---

① 费勒蒙和博西斯是古希腊传说中住在小亚细亚海岸的一对老夫妻，有一天乔装外出的天神宙斯和神使赫尔墨斯偶然经过此地，受到了夫妻两人的热情款待。作为回报，宙斯将他们的小茅屋变成一座大神庙，夫妻二人也成了庙里的祭祀，宙斯还允诺让两人同时寿终正寝，并在死后变成两棵彼此缠绕的大树。而在《浮士德》中的费勒蒙和博西斯在殷勤待客之后却受到了截然相反的待遇。

“我故事里的费勒蒙和博西斯跟希腊神话中的那对老夫妇还有他们的传说可是一点关系都没有。我只是借用了他们的名字以此来凸显剧中角色的个性。在第五幕里，其他人物和这两人之间的关系同希腊神话中的差不多，所以沿用同样的名字肯定能产生更好的戏剧效果。”

然后我们谈到了浮士德，以及牢牢扎根在他性格中的那一部分——贪得无厌，即便迈入暮年依旧没有任何改观，尽管他已坐拥全世界的财富，并且统治着自己一手缔造的新国家，可是一想到那两棵不属于自己的菩提树、一栋小茅屋和一座钟，他就茶饭不思，坐立难安。从这点上看他和以色列国王亚哈倒是半斤对八两，后者就无比执着地认定只要还没有把拿伯的葡萄园占为己有，那他就等同于一无所有。

歌德又说：“按我的意思，在第五幕里浮士德已经整整一百岁了，我觉得是不是应该在什么地方点明一下他的岁数。”

而后，我们又谈到了结尾，歌德指着文稿让我留意下面的诗行：

帮助高贵的灵魂，
逃离恶魔的掌控，
那些不屈的人们，
我们定要出手搭救，
上主从高高的苍穹
投来慈爱的关注，
祝祷平安的孩童，
热烈将他们迎送。

“这些诗行里就藏着浮士德得到救赎的关窍，”浮士德说，“他身上发生着一系列的变化，变得越来越高尚，越来越纯粹，最后在离世时得到了上帝的恩典，获得了永恒之爱。这和我们的宗教观完美地统一起来，也就是说沐浴神恩不仅需要自身的努力，还要依靠上帝的赐福。

“你得承认灵魂升天得道的结局确实很难处理，对于这种超现实的、无法用感官体验的事情我找不到任何参照，头脑里几乎一片空白，好在教堂里那些线条清晰、轮廓分明的雕像、绘画给了我灵感，让结尾处虚无缥缈的情节有了具象的展现。”

过了几个星期，歌德完成了之前没有写完的第四幕，到了八月，《浮士德》第二部付梓装订。在经过了漫长而艰辛的创作历程后，《浮士德》终于完稿收官，歌德很是快慰。

他说：“剩下的日子对我来说就是上天赐予我的礼物了，今后我是继续工作还是悠闲度日已经不再重要。”

1832 年

1832 年 3 月 11 日,星期日

今晚在歌德家待了一个多小时,和他谈论了各种有趣的话题。我之前买了一部英文版的《圣经》,可是发现里面没有附上次经,不免感到些许遗憾。次经之所以被删,据说是因为它们并非来自上帝的神谕,而是由旁人杜撰伪造的。我特别想看《托比亚斯》,它是虔敬生活的楷模典范,还有《所罗门智训》、《耶稣·便·西拉智训》,这些书中包含的精神哲学和净化灵魂的道德教谕是其他经书难以相比的。我向歌德表达了失落之情,并且表示不应该偏狭地认为只有《旧约》才源于上帝,而其他同样出色的书却因为不是《旧约》就与上帝无关。按照这种狭隘的思路,难道这个世上还有什么美好高尚的东西竟然不是出自上帝之手,不是在上帝的赐福下结出的累累硕果!

歌德说:"你说的完全正确。但是在研究探讨《圣经》的相关问题时,要知道目前存在两种观点。第一种源自原始宗教,也就是完

全符合上帝纯自然和纯理性的观点。只要造物主存在，这种观点将历久不变，而且会世世代代原封不动地传承下去。不过这种观点太过伟大崇高，不太容易在大众中推广普及。也正是因为这个原因才有了之后代表教会的观点，它们更贴近人性，容易为普通人接受，但同时它们不是完美的，总带有这样或那样的瑕疵，于是不得不经常变来变去。不过只要人类生生不息，只要人性中的软弱代代延续，那么此类观点就会在不断的变化中永远存在下去。苍穹之上天主充满启示的光芒太过纯净又太过耀眼，这是脆弱的人类无法消受、无法承载的。这时，教会作为中间人介入其中，他们在那无比圣洁的光芒中添加了一些烟火气，让它变得更加柔和、更容易被人们所接受，这样每个人都能从中得到帮助，获得裨益。教会通过让人们相信他们是耶稣基督的继任者，能够替人们消除罪孽从而拥有了无上的权力，而如何继续保有这种权力，如何使基督教会这座大厦屹立不倒也就成为了神职人员最关心在乎的事了。

“所以你看，教会很少过问《圣经》中这部或那部经书能否给人以教化启迪，其中有没有劝人向善、净化灵魂、陶冶情操的教谕。他们倒是反复强调《摩西五经》中因为人类祖先堕落故而需要一位救世主降临人世的故事；又在《先知书》里不断搜寻万众期待的救世主必将到来的预兆；最后在《福音书》里告知我们救世主真的降临人世，之后为了替人类赎罪被钉在了十字架上。如果按照他们这种传教的目的来判断衡量的话，无论是高尚的托比阿斯，还是所罗门、西拉的智训都显得无足轻重了。此外，关于《圣经》各书真与伪的问题也非常奇怪，何为真？难道不是那些和自然规律、纯粹理性相适相应、和谐共融，并指引我们不断提高道德修养、不断完善自我的崇高理念吗？何为伪？难道不是那些虚假空洞、荒谬无稽而且无法产生任何结果，至少无法结出善果的愚昧谎言吗？如果判断《圣经》各书真伪的标准是流传至今的经书内容是否绝对真实的话，那么我们甚至可以怀疑《福音书》也不是真经，因为关于马可和路加的篇章也不是亲眼所见、亲身经历后的产物，而是多年之后根据祖祖辈辈口口相传的片段整理而成，而最后的《约翰三书》也是在使徒约翰垂垂老矣时回首当年而写成的。即便如此，我依旧认为《四福音书》都是真实的，因为字里行间无不透露出耶稣基督的伟大品格，而如此圣洁高远的人格恐怕在人世间是绝无仅有的。如果有人问我是否从心底崇敬信仰基督，我的回答是：毫无疑问！他怀瑾握瑜，品行高洁，是体现人类最高道德标准的典范，令我高山仰止；如果有人问我是否从心底膜拜太阳，我的回答依然是：毫无疑问！高悬于天际的太阳同样体现了至高无上的存在，也是千千万万地球子民得以亲眼所见、亲身所感的最伟大的力量。我崇拜普照大地的阳光，它孕育、关照着无数的生命，正是因为有了它，我们人类还有所有的动植物才能在这颗星球上繁衍生息；但是如果有人问我是否愿意向使徒彼得或保罗的一根拇指骨鞠躬行礼，那么我的回答是：饶了我吧，快把这些奇奇怪怪的玩意儿拿开！

使徒保罗说过：切莫熄灭精神。教会定下了许多滑稽可笑的规章制度，可是既然它要继续掌握实权，那就势必要有一批目光短浅、头脑简单的民众朝它顶礼膜拜。这些位高权重、富甲一方的教士天不怕地不怕，唯一害怕的就是广大平民受到启蒙。他们严禁老百姓接触《圣经》，能禁多久就禁多久。试想一下，当一个身无分文的教徒看到《福音书》里的基督生活清贫，和门徒出门时安步当车，神态谦和安详，再看看身边的教士们个个锦衣玉食，坐着香车宝马趾高气扬地招摇过市,他们会作何想?

“我们甚至都没有意识到马丁·路德和他发起的宗教改革为我们带来了怎样的裨益,”歌德继续说道,“我们摆脱了禁锢思想的枷锁;由于知识文化水平的不断提高,我们终于有能力去追本溯源,探寻基督教最纯粹的教义;我们重获勇气坚定地站在神创造的大地上,重新感受神赐予我们的人性的力量。就让精神文明不断地提升,就让自然科学的研究不断拓展、深化,就让人类的智慧无限地增长,然而无论我们日后走得多远、攀得多高,都不可能超越《福音书》中闪烁着的无上崇高的道德之光。

“我们新教徒在追求高尚品德的道路上行进得越快,天主教徒紧随其后的脚步也就越发迅速,一旦他们发现时代启蒙的洪流已经追赶而上,他们就会继续奋力向前,无论他们愿意与否,最终所有的教派都将殊途同归,交汇成一个整体。

“届时,新教内部的阀系斗争也将停止,父母子女、兄弟姐妹之间的宿仇旧怨也将一笔勾销,当我们真正参透领悟了基督教本真纯粹的教义和仁厚博爱的精神,并将其内化为待人处事的基本原则,那么我们就会深切地感受到身而为人的自由与伟大,同时也就不会再计较不同宗教派系外在形式上所存在的细微差异了。此外,我们也将从信奉一种热衷于对教义咬文嚼字的基督教逐渐进化为信仰一种关注内心情感和行为操守的基督教。”

然后话题转向先于基督之前,生活在中国、印度、波斯、希腊的先哲。据说他们同样受到了神力的影响,就像神力作用于《旧约》中提及的犹太人一样。之后我们又探讨了神力是如何影响现代伟人的。

歌德说:“如果听听周围的论调,你也许会盲目跟风,认为很久之前上帝已从人世间隐退，人类站稳了脚跟，已经可以考虑没有上帝和他无处不在的守护将如何生存下去。在宗教信仰和品性道德范畴里，固然还承认神的重要性，但谈到科学和艺术领域，人们则认为这是完全可以由人类自己掌控的事情，而所有的成果也完全是人自身努力的产物。

“如果真是这样的话，那么就请其中哪一位来试试，看看单凭他自己的意志和努力是否可以创造出能与莫扎特、拉斐尔、莎士比亚的著作相媲美的作品来。我当然知道这三位绝非独一无二的天才，在每一个领域中出现过的伟大人物如过江之鲫，出自他们手中的作品完全有资格和三位相提并论。但是如果一定要说他们和莫扎特、拉斐尔、莎士比亚同样杰出，那么他们所具备的超凡脱俗的资质才华也一定是来自上帝的恩赐。

“事实究竟如何呢？事实就是在上帝用六天完成创世后，他非但没有隐退休息，相反他和第一天一样继续辛勤地工作着。对于上帝而言，用一些简单的元素创造一个繁复庞大的世界，并让它在阳光的照耀下日复一日、年复一年地运转，这并不是什么轻松讨喜的活儿，如果他不在这个笨重的世界里再创立一个为物质基础提供精神养分的家园的话，那么他肯定会觉得更加无趣乏味。故而，他挑选出天资出众的人才，在他们身上倾注心血，让他们照亮这个庸常凡俗的世界。”

歌德说完这番话便陷入了沉默中。而我则将他所说的字字句句铭刻在心。

几天后

今天我们谈到了希腊人的悲观主义。

歌德说:“这种观念已然过时,已经不再适合当代人的思维方式了,而且它和我们的宗教观也不相符。如果现在有哪位诗人想把这种陈旧的观念写到剧本里去,那肯定会让人觉得肉麻。就好像一件老早就过了时的衣裳,比方说古罗马人穿的长袍,套在我们身上一定会显得不伦不类。

“对我们现代人来说,拿破仑那句‘政治即为命运’要更合时宜,不过像最近文人老是挂在嘴边的‘政治即是文学’,还有‘政治就是作家最好的题材’这类的话,我们还是姑妄听之吧。英国诗人汤姆森写过一首精妙绝伦的四季诗,可当他以自由为题时,简直让人读不下去。这并不是因为诗人缺少才情,而是自由这个题目本身就毫无诗意。

“如果一个诗人立志要为政治而创作,那么他最好先加入某个党派,但如果他一旦变成了某党的一员,他也就不可能再成为一个诗人了,因为他不得不和自由洒脱的灵魂、客观公正的立场挥手作别,然后拉下偏激、盲从的帽子来堵住自己的耳朵。

“作为一个人以及一个公民,诗人自然热爱故土,可是让他抒发诗意、施展才情的故土并不局限于某一个省份或某一片疆域,而是任何能够发现真、善、美,以及高贵品格和伟大情怀的地方。无论他在哪里,只要看到了美好的事物,他就会紧紧抓住那一瞬间的感动,而后奋笔疾书将它转化成一首美丽永恒的诗。他像一只盘旋在高空的苍鹰,一旦野兔撞入视野,就立刻俯冲下去一把攫住,他才不管野兔出现的地方究竟是普鲁士还是萨克森。

“那么,所谓爱国又是什么意思呢?什么样的行为才算是爱国呢?如果一个诗人能终其一生致力于和谬论偏见作斗争,铲除狭隘偏激的观念,帮助民众摆脱蒙昧状态,脱离低级趣味,提升他们的思想境界和学养修为，还有什么比这更伟大、更卓越的贡献呢？还有什么比这更加爱国呢？

“在一个诗人身上加诸这些吃力不讨好的要求就和让军队里的一团之长不干正事而是积极参与到政治改革中以此来证明自己是一个爱国者一样不合情理。对团长而言，他的军队就等同于他应该效力的国家，他要证明自己爱国就应该恪尽职守管理好部下，整顿军纪，打造一支骁勇善战、所向披靡的军队，一旦祖国陷入危难，他能带领部队冲锋陷阵，救国家于水火。可见，他的爱国情怀与政治毫无关联，他完全没有必要卷入政治中去，除非他和政治事件有所牵连。

“我痛恨玩忽职守，在我看来这无异于犯罪，而在国家大事上玩忽职守则更加不可饶恕，因为它可能会直接导致生灵涂炭、民不聊生的恶果。

“你知道我从来不在乎外界对我的评论，可是总挡不住有人把风吹到我耳朵里。我心里很清楚，虽然我辛苦操劳了一辈子，但是所有的成就在别人眼里一钱不值，不为别的，就是因为我从来不屑于参加任何派系斗争。想要赢得他们的青眼，我就必须成为雅各宾派的一员，专事宣扬流血暴力。好了，这个糟心的话题就到此为止吧，明知道这些人没有脑子，蛮横无理，想要和他们论清是非曲直，那我岂不是也要变得和他们一样没有理性了吗！”

接着歌德又以同样的口吻批评了政坛红人乌兰德①的政治倾向。

---

① 乌兰德(Uhland，1787—1862)：继歌德之后的德国著名诗人，是施瓦本浪漫派的主要代表。

然后他感叹道："你看着吧，身为政客的乌兰德早晚有一天会把诗人乌兰德给吞噬掉，因为议员整天活在唇枪舌剑、争斗打闹中，这样粗劣的土壤是不可能培养诗人纤细敏感、温柔多情的性格的。也许我们再也听不到乌兰德的吟诵，这真是让人扼腕痛惜！施瓦本地区有那么多正直善良，富有教养，同时又能言善辩的人才，他们都可以胜任议员一职，可是才情卓著的诗人乌兰德却是绝无仅有啊！"

歌德辞世的翌日清晨，我突然有股强烈的冲动想再度前去瞻仰遗容。他忠实的侍从弗雷德里克为我打开了停放遗体的房间。歌德仰面平躺在那里，神态安详，仿佛正在酣睡中。他的面容高贵而肃穆，全身上下散发着宁静祥和的气息，坚毅饱满的额头似乎还沉浸在思索中。我想剪下他的一绺头发留念珍藏，可是深深的敬畏之情却让我不敢轻举妄动。遗体仅盖着一层白色的床单，身旁放着大块的冰，以尽可能长久地保存遗容，使之宛若生前。弗雷德里克轻轻地掀开床单，我惊讶于那神祇一般完美庄严的身躯。宽阔的胸膛线条优美，坚实有力，双臂和双腿肌肉紧致，足形匀称漂亮，通体上下不见一丝赘肉，也没有任何消瘦、腐坏的痕迹。眼前安卧的男子是如此俊朗、威严，一时间我竟有些恍惚，几乎忘了那不朽的灵魂已经离开了身躯。我将手放在他的胸口，四周寂静无声，然后我转身离去，让压抑许久的泪水尽情地流淌。